아리쿠이 씨

남부작은개미핥기인
아리쿠이 도장포의
가게 주인

아리쿠이 도장포 직원 + α 소개

우사

엄청나게 쿨한
여종업원

개미핥기 도장집
운명의 사람과 가을 한정 과일 파르페와 할인

하토미 스타 지음

사사키 요시유키 일러스트
정선옥 옮김

카피오
허무주의 사상가 겸 디자이너

귀엽고도 감칠맛 나는 캐릭터들이 엮어내는 이야기를 기대해주세요.

하트 아무개 씨
커피 한 잔으로 버티는 손님

ARIKUI no INBOU

개미핥기 도장집

운명의 사람과 가을 한정 과일 파르페와 할인

하 토 미 스 타 지음

사사키 요시유키 일러스트

정선옥 옮김

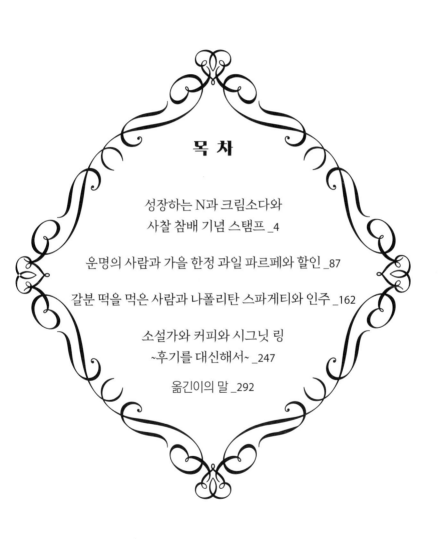

목 차

개미핥기 도장집

성장하는 N과 크림소다와
사찰 참배 기념 스탬프

1

모기에 물려서 가장 최악인 건 정강이 주변이다.

미치도록 가렵고 뼈가 불룩 솟아오른 곳은 제대로 긁어지지도 않는 데다 교복 치마와 양말 사이가 어쩐지 엄청 눈에 띄고.

그래서 물파스를 발라 개운해지고 싶은데 약 상자에서 찾아낸 그것은 완벽하게 텅 비어 있었다. 아버지는 절대로 사지 않으니까 보충해 놓지 않은 작년의 내 잘못이다.

"지금도 할머니랑 함께 살았다면, 분명 감쪽같이 새것을 사다 놓으셨을 텐데……."

그런 생각을 한 자신에게 화가 나서 난 분홍색으로 부어오른 곳으로 손끝을 뻗었다.

'노나야, 이런 곳을 물리면 손톱 끝을 꽉 눌러서 나사 모양을 새겨 보렴. 이렇게 하면, 비교적 물린 자국이 눈에 띄지 않고 가려움도 가라앉는단다. 게다가 로봇 같아서 멋있지?'

정강이의 부어오른 부위에 나사 머리를 만들고 씩 웃는 아버지의 얼굴이 머리 한구석을 스친다. 옆에는 이상한 걸 가르치지 말아요, 하고 어이없어 하는 엄마가 있고 기꺼이 자신을 로봇으로 개조하는 어린 나도 있었다.

"······흠."

코로 크게 숨을 내쉬고 침대에서 일어난다. 자신의 방에서
나가 목욕탕으로 가서는 샤워기의 물을 힘껏 다리에 끼얹
었다.

"후······ 힉."

가려움이 가시는 기분 좋은 느낌에 그만 이상한 소리가 나
온다. 하지만 이걸로 됐다. 다리에 가위표 같은 걸 만들 필
요는 없다. 난 이제 어린애가 아니다.

한결 개운해지니 조금 기분이 나아졌다. 하는 김에 욕조도
닦아 놓자.

세제 노즐을 욕조 쪽으로 향한다. 난 조금 망설이고 나서
꾹꾹 성대하게 발사했다. 힘차게 욕조 뚜껑에도 발사하고 스
펀지로 박박 문지른다.

"좋은 느낌이야, AN."

거품투성이가 된 욕실에서 난 기분이 상쾌했다.

'AN'은 내가 갖다 붙인 아버지의 별명. 지난 달 열네 살이
된 나와 마흔 네 살이 된 아버지와의 사이에는 그 나이차 이
상으로 이해할 수 없는 간극이 있다.

아버지는 휴대 전화도 폴더 폰이고 종이 신문으로 뉴스를
읽는 데다 내일 날씨가 궁금할 때면 하염없이 텔레비전 채널
을 돌리고.

게다가 내가 쓰는 말에 '반증이 아니라, 방증이다'라든가 '가장 나쁜 건 의미가 중복되어 있어' 같은 느낌으로 일일이 트집을 잡는다. 뉴스도 날씨도 스마트폰으로 볼써요(볼 수 있어요)라고 가르쳐 줘도 '줄임말 쓰지 마라'라고 또 혼이 난다.

국어 시간에 선생님이 '디지털 네이티브(Digital Native)'라는 말을 가르쳐 주었다. 우리처럼 태어났을 때부터 컴퓨터에 접해 있는 세대를 가리키는 말인 듯하다.

'그런 식으로 세대가 다르면 외국인과 이야기하는 것처럼 말이 통하지 않는 경우가 있어. 나와 너희들처럼 말이야.'

선생님은 소란스러운 교실을 둘러보며 아무도 듣고 있지 않는 수업을 이어 나갔다.

죄송하게 생각하면서도 나는 그 말에 매우 납득했던 것으로 기억한다.

아버지는 아날로그 세대라서 나와 생각이 다른 것이다. '이 과자, 존맛탱(정말 맛있다는 뜻의 은어)이야'라고 말했더니 '그렇게 맛없냐?' 하는 말이 되돌아왔고.

옛날에는 좋았다. 아버지도 아이 같은 면이 있었지만 나도 어린애였으니까. 서로 아이의 말로 말하고 들어 주며 이야기가 잘 통했으니까.

하지만 요즘 들어 아버지는 아무튼 위험하다.

'쓸데없이 세제를 낭비하지 마라', '스마트폰만 보지 마라',

'식사할 때 주스를 마시지 마라', '맥주는 괜찮아', '말대꾸
하지 마라', '부모 말을 들어라', '숙제는 다 했니(안 했지?)', '지
금 몇 시인 줄 알아!(밤)', '지금 몇 시인 줄 알아!(아침)' 등등.
불만에 가득 찬 어린아이처럼 이쪽 말도 들어보지 않고 전부
부정.

아버지는 아날로그적인 사고방식인 데다 철저하게 '네거
티브(부정적).' 그래서 아날로그 네거티브(Analog Negative)의 첫
글자를 따서 AN이라고 부르기로 했다.

참고로 나는 아버지가 정장에 흰 양말 차림이라서 센스가
꽝이구나 하는 생각이 들어도 그 양말을 둥글게 뭉친 상태로
세탁기에 집어넣어도 딱히 불평하지 않는다. 고무장갑을 끼고
몰래 AN을 계속 부르면서 뭉친 양말을 바로 펴서 세탁할 뿐.

부정적인 말에는 가시가 있어서 두고두고 상대방의 마음
에 박힌다는 걸 아니까.

그런 의미에서는 나도 '네거티브(소극적)'일지도 모른다. 그
렇지만 상대방에게 상처를 주는 것보다는 훨씬 낫다고 생각
한다. 아버지의 그런 점은 싫지만 무신경한 말로 누군가의
인생이 잘못되는 건 더 싫다.

줄곧 그렇게 생각했었다.

"노나, 밥 먹자."

아버지가 주방에서 나를 부른다.

"......."

나는 대답 대신 수도꼭지를 비틀어 다시 한번 정강이에 차가운 물을 끼얹었다.

"노나, 학교는 어떠니?"

아버지가 '잘 먹겠습니다'라는 말 뒤에 그런 말을 이어 하는 건 백 번째 정도 되는 것 같다.

'저, 괴롭힘 당하고 있어요.'

그렇게 말하면 아버지는 어떻게 생각할까?

분명 아무 생각도 하지 않겠지. 아마 이유도 묻지 않고 '너한테도 문제가 있을 거야' 하고 부정할 뿐. 아버지는 나를 걱정하고 있는 게 아니라 부모의 의무로 대화하고 있을 뿐이니까.

"뭐, 그냥."

나는 평소와 같은 말로 대답하고 말없이 식사를 한다.

아버지가 만드는 요리는 맛있지도 맛없지도 않다. 얼마 전까지는 하도 간이 세서 불평하고 싶었던지라 꽤 실력이 늘었다고 본다. 딱히 아무래도 상관없지만.

"잘 먹었습니다."

작업 같은 식사를 마치고 일어나자 아버지와 눈이 마주쳤다. 무언가 말하고 싶은 듯 그 입이 반쯤 벌어졌지만 나는 무시하고 주방으로 향한다.

그토록 꽥꽥 시끄러웠던 AN인 아버지는 지난주에 내가 그 말을 하고 난 뒤로 말수가 적어졌다. 그건 비겁한 말이었을지도 모르지만 말하게 한 쪽이 잘못했다. 먼저 '반항기냐?' 하고 이쪽의 전부를 봉인하는 부정을 한 건 아버지 쪽이다.

찜찜한 마음을 떠내려가게 하듯 힘껏 수도꼭지를 비튼다.

묵묵히 접시를 닦고 있자 불투명 유리 너머로 비를 느꼈다.

물을 틀어놓고 있어서 소리는 들리지 않는데 6월의 비는 냄새와 온도로 존재를 억지로 증명해 온다. 마치 말하지 않아도 눈으로 나를 부정하는 아버지처럼.

"······시끄러워."

나는 매일을 평온하게 보내고 싶다. 엄마와 할머니 같은, 조용히 지켜봐 주는 사람들과 지내고 아무도 부정하지 않고 살아가고 싶다.

그런데 아버지도 학교도 비도 죄다 시끄러워서 엄청 짜증이 난다.

"빨리, 주말이나 돼라."

물소리에 푸념을 섞고 나는 거실로 돌아갔다.

골든 위크(명절이나 공휴일이 이어져 있는 연휴)가 끝나면 다음 공휴일은 이제 여름 방학. 비도 학교도 음울한 지금, 나의 즐거움은 주말밖에 없다.

조만간 나는 집을 나갈 작정이다. 구체적으로는 시골에 계신 할머니께 키워 달라고 할 예정.

그래서 주말은 신사나 절에서 기도를 했다. 몸이 아프신 할머니가 빨리 나으시길. 그리고 AN인 아버지의 손아귀에서 나를 거두어 주시기를 하고. 그것만이 지금 유일한 즐거움.

"노나, 정말로 학교에서 아무 일도 없는 거냐?"

소파에서 텔레비전을 보고 있던 아버지가 발포주(맥아 함량이 25% 미만인 주류)를 한 손에 들고 말했다.

"······."

나는 대답 대신 방울을 울리고 불단에 계신 엄마를 향해 합장을 했다.

2

차임벨이 울리고 4교시 수업이 끝난다.

반 친구들이 일제히 일어나 왁자지껄 떠들면서 책상을 맞댔다.

잠시 후, 반 안에 여러 개의 섬이 생겨났지만 내가 있는 곳은 외딴섬.

2주 전까지는 이렇지 않았다. 급식 시간이 되면 나도 하루카와 유이나가 앉아 있는 앞으로 이동해서 옆에 있는 남자애에게 자리를 바꿔 달라고 했다.

그렇게 해서 누가 동아리를 그만두었다느니 나중에 같이 화장실에 가자느니 조만간 셋이서 댄스 유닛을 짜 보자느니 하는 얘기를 하면서 급식을 먹곤 했다. 입에 우유를 머금고 서로 이상한 얼굴도 만들어 보였고 몰래 만화를 빌려 보기도 했다.

요컨대, 나도 평범한 여중생이었다.

하지만 어느 날, 여느 때처럼 남자애에게 말을 걸자 그는 무슨 말인가를 하고 싶어 하는 듯이 입을 반쯤 벌렸지만 결국 아무 말도 하지 않고 내 자리로 이동했다.

어쩌면 그 애는 자리를 바꾸고 싶지 않은 걸까? 하지만 그 말을 할 수 없으니까 그렇게 입을 뻐끔거리며 말을 삼킨 건가?

그도 나와 마찬가지로 다투기보다 참는 타입일지도 모른다. 그렇게 깨닫고 크게 반성했다.

"나, 내일부터 내 자리에서 먹을게."

급식을 먹으면서 하루카와 유이나에게 전하자 이유를 물어 왔다. 하지만 남자애 이야기를 하면 '저런 음침한 애는 신경 안 써도 되지 않아?'라고 대답할 것이다. 거기서 다시 대꾸해서 친구들을 부정하는 건 싫다.

"아니 그냥. 하지만 화장실은 같이 갈게."

그렇게 대답하자 다음 날부터 하루카도 유이나도 화장실

에 같이 가기는커녕 말도 안 하게 되었다.

오해를 받았다는 걸 알았을 때는 이미 늦었다. 단체 채팅방 앱을 여니 하루카와 유이나가 'N'──내 욕을 죽 써놓고 있었다.

거기에 따르면 수수한 학생인 내가 하도 딱해서 그녀들이 친하게 대해 주었다는 것 같다. '그런데 우리를 성가시다고 하지 않나, 진짜 별꼴이야' 하고 하루카와 유이나는 몹시 화를 냈다.

'성가시다는 말 같은 건 한마디도 안 했어.'

그렇게 전해도 내 메시지는 무시를 당한다. 지긋지긋했다. 그렇지 않아도 아버지가 시끄러워서 짜증이 나는데 더는 누군가에게 부정당하고 싶지 않아.

도대체가 나를 수수하다고 말하는데 하루카와 유이나도 비슷하다. 우리는 모두 평범한 여자애로 가끔씩 말이 지나쳐 싸움이 나기도 하고 시간이 지나면 화해도 한다.

그래서 나도 두 사람을 무시했다. 혼자서 맛있지도 맛없지도 않은 급식을 먹고 혼자만의 쉬는 시간을 보냈다. 작년에 하루카와 유이나가 다투었을 때는 3일 정도 뒤에 원래대로 돌아왔었지 하고 회상하면서.

그렇지만 문제는 내가 예상하지 않았던 방향으로 굴러간다.

반 안에 외딴섬은 여러 개 있지만 기본적으로는 모두 남자애였다. 그래서 혼자서 급식을 먹고 있는 여자애는 아무래도 눈에 띈다. 몹시 띈다.

"대박 웃겨! 야채가 야채를 먹고 있네! 동족상잔의 비극!"

작업처럼 급식을 먹고 있자 옆의 대륙에서 웃음이 터졌다.

발언한 건 남쪽 동네 애다. 그녀는 반의 리더 같은 존재는 아니지만 슬슬 머리를 물들이거나 귀를 뚫거나 할 것 같은, 눈에 띄는 위치에 있는 학생.

"그런 말, 자주 들어."

나는 붙임성 있는 웃음과 함께 대답했다. 이건 '月觀 野菜'라고 쓰고 '쓰키미 노나'라고 읽는 내 이름의 숙명이라서 일일이 화를 내지 않는다.

그 뒤에 남쪽 동네 애의 추종자 A가 "베지터블!" 하고 외치고 추종자 B가 "찐 베지터블!" 하고 대답하자 왜인지 웃음이 빵 터졌을 때도 난 같이 웃고 있었다. 아마 이 애들은 젓가락이 넘어지면 "찐, 촙 스틱 슬로링!" 하고 웃겠지 하고 내심 어이없어 하면서.

급식에 야채가 나오지 않는 적은 없으므로 이 '괴롭힘'은 매일 계속된다. 이 또한 지겹지만 난 눈치껏 웃었다.

무시하거나 과도하게 반응하면 '괴롭힘'은 '따돌림'이 된다. 어차피 며칠만 지나면 싫증이 난 그녀들은 다른 무언가에 달라붙을 것이다.

그렇게 생각하고 있었는데 나는 그만 스스로 화젯거리를 제공하고 말았다.

"우와, 뭐야 그거! 부적? 무서워라!"

점심시간을 때우기 위해 난 집에서 가져 온 사찰 스탬프 북(신사나 절에서 참배를 한 기념으로 도장을 찍어 한데 모아 놓은 노트)을 바라보고 있었다. 그걸 남쪽 동네 애가 재빨리 발견하고 눈동자를 빛낸다. 물론 나쁜 의미로.

아뿔싸, 하는 얼굴은 하지 않았다고 생각하지만 남쪽 동네 애는 어떻게 봤을까? 이 상황에서는 섣불리 얼버무리기보다 제대로 설명하는 게 순순히 흥미를 잃어 줄지도 모른다. 그렇게 생각했다.

"사찰 스탬프는 부적은 아니지만, 거기에 가깝다고 해야 할까."

나는 남쪽 동네 애가 보기 쉽게 사찰 스탬프 수첩의 방향을 바꾸었다. 꾸불꾸불하게 펼쳐진 16장의 단단한 화지에는 현재 사찰 스탬프가 여덟 개까지 줄지어 있다.

"이 엽서 크기의 한 장 한 장, 정확하게는 일체이지만, 여기에 먹물로 쓰인 본존의 이름과 참배일 그리고 범자와 절과 신사의 이름이 찍힌 도장을 총칭해서 사찰 참배 기념 스탬프라고 해. 기본적으로는 각지의 절이나 신사에 가서 참배하고, 얼마간의 시주를 하면 받을 수 있는 참배의 증거이려나."

참고로 '일체'로 세는 건 사찰 스탬프는 신의 분신에 가까운 것이기에 신체와 같다고 생각해야 하니까. 그런 의미에서 감사함은 부적에 가깝다고 본다…… 라고 이때의 나는 태평하게 그런 생각을 하고 있었다.

"헉. 왠지 갑자기 엄청 수다스러워져서 기분 나쁜데."

몸이 얼어붙었다. '멈춰' 하고 명령을 받은 로봇처럼 머리도 사고를 포기한다.

남쪽 동네 애의 말을 받아 추종자가 "소름 끼쳐", "아, 진짜로" 하고 동조했다. 그 분위기는 순식간에 교실 안을 뒤덮고 모든 학생이 호기심이라기보다 기이한 눈으로 내 쪽을 쳐다본다.

"그보다. 왜 그런 걸 수집하는데? 대박 쩔지 않냐?"

"나, 텔레비전에서 봤어! '사찰 스탬프 수집광 소녀'인가 그러더라."

그 말은 미디어가 만들어낸 명칭으로 SNS의 영향으로 기념 스탬프를 모으기 시작한 여자애를 가리킨다. 그녀들은 절과 신사 특유의 일본풍의 분위기를 즐기거나 인스타그램 감성의 붉은빛의 도리이를 촬영하고 그 고장의 화과자를 먹고 그것을 인터넷에다 보고하는 존재라고 추종자 A가 설명했다.

"뭔가 매너도 없다고 신사의 스님이 텔레비전에서 말했 었어."

확실히 그런 사람도 있지만 그건 신사에 있는 스님만큼 아 주 드문 존재라고 생각한다. 내가 만난 사찰 스탬프 수집 마 니아 언니들은 다들 예의바르고 친절했다. 하는 법을 몰라 망설이고 있는 나에게 시범을 보여 주거나 사찰 스탬프와 관 련한 블로그를 추천해 주기도 했고.

하지만 그런 건 상관없이 남쪽 동네 애와 그 추종자는 나 를 지독한 사찰 스탬프 수집광 소녀로 단정 지었다. 추종자 B가 인터넷을 잘 아는 듯 인스타그램 계정을 알려달라느니 디저트 사진을 보여달라느니 하고, 그런 건 없다는 걸 알면 서도 나를 장난감으로 삼으려고 야단법석을 떨었다.

나는 그 말을 흘려들었어야 했다. 계정도 사진도 없어 하 고 실실 웃었다면 일주일 뒤에는 다시 원래의 생활로 돌아 간다.

그런데 난 일어나서 소리치고 말았다.

"난 장난삼아 참배하는 게 아니야!"

아마도 아버지에 대한 일이나 하루카와 유이나의 일로 짜 증이 나 있었던 것 같다.

정월에 첫 참배하는 신도 모를 것 같은 사람들이 이러쿵저 러쿵 하는 것도 싫었다.

하지만 바로 후회했다. 하필이면 가장 최악인 상대에게 대들었구나 싶어 공포가 오금을 저리게 한다.

그런 내 모습을 보고 남쪽 동네 애의 얼굴이 확 일그러졌다.

"허. 그럼, 왜 그딴 기분 나쁜 걸 모으는데?"

"그건, 아버지…… 가 아니라, 할머니가……."

어떻게 설명해야 할지 망설이고 있자 차임벨이 울렸다.

5교시 수업 동안, 난 내일부터 어떻게 될까 하고 불안했다.

넌지시 단체 채팅방을 보자 이미 '노나'는 강제 퇴장을 당한 상태였다. 지금쯤 하루카와 유이나도 합세해서 신나게 내 욕을 하고 있겠지.

속이 메스껍고 어지러웠다. 하지만 조퇴하면 약점을 보이는 것 같아서 난 억지로 새침한 표정을 지었다.

그래서 본격적으로 침울해진 건 집에 돌아와서.

딱히 남쪽 동네 애가 상습적으로 괴롭히는 건 아니지만 그 일그러진 미소가 두려웠다. 그건 유쾌한 상황에 반응했다기보다 어떻게 하면 가장 재미있어질까를 생각하는 얼굴이었으니까.

내가 침대에서 몹시 우울해져 있자 아버지가 또 딱딱거렸다.

중학생 딸이 불도 켜지 않고 방에 있으면 걱정하든지 가만 놔두는 게 보통의 부모라고 생각한다. 화가 나서 말다툼이 벌어진 끝에 난 그런 말로 대꾸했다. 아버지는 충격을 받은 것 같지만 이쪽은 그럴 상황이 아니다.

다음 날 아침, 우울한 기분으로 학교에 간다.

그렇지만 별로 아무 일도 없었다. 급식 시간도 남쪽 동네 애와 추종자는 나를 히죽거리며 보고만 있을 뿐 평소처럼 괴롭히지도 않는다.

어쩐지 섬뜩했다. 저 정도로 끝날 리가 없기 때문에 분명 물밑에서 한창 흥이 나 있을 것이다. 먼 자리에 있는 하루카와 유이나도 나를 보며 웃고 있었다.

다음 날 등교해서 신발장을 열자 실내화가 흠뻑 젖어 있었다. 이건 안다. 개의치 않고 신고 있자 "뭔가 구린내 나지 않냐?" 하고 반 전체가 술렁거리고 실내화가 변기 속에 담겨 있었다는 것을 눈치채고 이중으로 충격을 받는 패턴이다.

난 실내화를 버리고 체육용 실내 운동화를 신고 수업을 받았다.

2교시에 나는 "숙제를 깜박했습니다" 하고 선생님께 용서를 빌게 되었다. 가져왔을 프린트가 책가방 안에서 사라졌으니까.

범인은 알고 있다. 하지만 증거가 없다. 화를 내며 항의하려고 해도 상대는 집단. 담임은 무사안일주의라서 제대로 상대도 해주지 않는다. AN인 아버지에게 말하면 내 잘못이라고 부정을 할 뿐.

어쩔 수 없었다. 다시 생각하면 기분이 나빠지므로 자세히는 말하지 않겠지만 교묘하고 교활하고 사소한 괴롭힘은 이후 매일 이어졌다.

지금으로선 큰 피해는 없지만 머지않아 행위의 수위가 점점 더 높아질지도 모른다고 생각하니 불안해서 구역질이 났다. 밤에 침대 속에 들어가자 채팅방 앱에 적혀 있을 험담이, 보지도 않는데도 머릿속에서 시끄럽게 들린다.

솔직히 말해서 상당히 위험한 상황이지만 나는 어떻게든 버티고 있었다.

왜냐하면 나에게는 '피할 길'이 있으니까.

3

"갰다!"

잠에서 깨자마자 곧장 창밖을 보며 나는 승리의 포즈를 취한다.

기다리고 기다리던 토요일. 오늘은 멀리 나가 '순례'를 할 생각이었다. 이 며칠 계속 내리던 비가 그친 건몹시 좋은 징

조다.

들뜬 기분으로 옷을 갈아입고 부엌에서 아침 식사를 마친다. 내친 김에 척척 주먹밥을 만들고 텀블러 안에 레몬차 티백을 옮겨 담았다.

방으로 돌아가 거울 앞에서 평소에는 내리고 있는 머리를 양갈래로 묶었다.

기합은 충분. 자, 나가자 하고 사찰 스탬프 수첩을 배낭에 넣었을 때 아버지가 말을 걸었다.

"노나, 어디 나가는 거냐?"

아직 자고 있는 줄 알았는데 아버지는 어느새 불단 앞에 있었다. 좀 더 서둘렀다면 집에서 나갈 수 있었는데, 가장 최악의 타이밍.

"노나, 어디 나가냐고 묻잖니."

"……보면 알잖아요."

"그게 대답이야!"

'그렇게 윽박지르는 사람이랑 살고 싶지 않아서 참배하러 가는 거야! 할머니가 건강해져서 나를 데려가 키워 주실 수 있게!'

그렇게 소리치고 싶었지만 결국은 아무 말도 하지 않고 신발을 신는다.

"노나야."

불러 세우는 목소리를 무시하고 나는 현관을 뛰쳐나갔다.

"겨우 도착했다. 꽤 머네……."

훌륭한 인왕문을 올려다보며 안도와 피로로 휴 하고 숨을 내쉰다.

내가 살고 있는 곳은 가와사키 노조미구치라는 곳으로 도쿄 다마시에 있는 이곳 다카하타후도에는 전철을 갈아타고 한 시간 조금 더 걸렸다.

실은 더 빨리 도착하는 경로도 있었지만 전철 요금으로는 412엔인 이게 가장 싸게 먹힌다. 중학생의 용돈으로는 기념 스탬프 모으는 일도 만만치 않다.

그런 의미에서도 할머니가 얼른 나으셨으면 좋겠다. 나도 한창 나이대인 소녀라서 갖고 싶은 것 한두 개쯤은 있다―

―.

"아니에요, 아니에요! 방금 한 말 취소!"

나는 획획 고개를 저어 신에게 정정하는 기도를 했다.

이제부터 내가 하려는 것은 '순례', 즉 시코쿠 내 88개의 사찰을 방문하여 참배하는 것. 물론 도쿄는 시코쿠는 아니지만 다카하타의 부동명왕이 모셔진 이 절에는 시코구의 88군데를 본뜬 미니어처판 순례 코스가 있다. 그 이름도 '산속 88순례지'

보통 성지를 순례할 때에는 먼저 신에게 소원을 비는 '발원'부터 시작된다. 그리고 모든 사찰을 돌면 '결원'——즉 소원이 이루어진다고 알려져 있다.

한 시간 만에 다 돌 수 있는 산속 88순례지에서도 같은 효험이 있는지 모르지만 난 할머니가 빨리 쾌차하실 수 있도록 참배하러 왔다. 그게 마음 한구석에서 무심코 원했던 만화나 게임으로 이루어진다면 울래야 울 수도 없다.

아직 참배 길이니까 유효하겠지 하고 움찔움찔 떨면서 나는 문 앞에서 두 손을 모으고 빌었다.

"오늘은 할머니의 회복을 기원하러 왔습니다. 잘 부탁드립니다."

다시 소원을 중얼거리고 인왕상 사이를 지나 경내를 나아간다.

데미즈야에서 손과 입을 헹궈 청결하게 하고 나서 우선 앞쪽에 있는 부동명왕을 모시는 불당에 참배. 이어서 칠복신 중 하나인 변재천님, 그 다음에 본존인 대일여래상을 모신 사당에서 합장을 하고 일단 참배는 종료.

시줏돈은 각각 5엔씩.

딱히 인색하게 구는 건 아니고 '5엔은 인연'이라고 사찰 스탬프를 수집하는 언니들이 알려준 블로그에서 읽었으니까. 글을 쓰는 건 아저씨 같은 사람이었기 때문에 나는 멋대로

'사찰 스탬프 아저씨'라고 부르고 있다. 단어 선택에 상냥함이 묻어나 있는 문장에서 '이런 사람이 아빠였다면 좋았을 텐데' 하고 생각하면서 나는 가끔씩 확인해 보곤 했다.

아버지를 떠올리고 가슴이 답답해진지라 빠른 걸음으로 기념 스탬프를 받는 곳으로 향한다. 접수대 직원에게 사찰 스탬프 수첩을 내밀고 잘 부탁드립니다 하고 공양의 의미를 담아 약간의 돈을 냈다.

원래는 전부 참배하고 나서 부탁하는 건데 지금은 수국 철이라 참배객이 엄청 많다. 사찰 스탬프를 받는 것도 시간이 걸릴 것 같아서 기다리는 시간 동안 88군데를 둘러보려는 계획.

그럼 갈까 하고 물통에 든 레몬차를 한 모금 마시고 난 산속 88순례지로 이어지는 산길을 걷기 시작했다.

그러나 몇 걸음 못 가서 〈산속 제1번〉 팻말과 고보 대사 동상과 마주친다.

주변을 둘러보자 바로 옆에 〈제2번〉도 있었다. 아무래도 생각보다 밀도가 높은 성지인 것 같다. 체력에 자신이 없어서 불안했었는데 이거라면 나도 한 시간이면 순례를 마칠 수 있을지도.

"할머니의 건강이 좋아지시기를."

눈을 감고 동상 앞에서 합장을 한다. 나를 거두어 주었으면 하는 속마음은 있지만 이 소원 자체는 진심이었다.

재작년에 엄마가 돌아가시고 나와 아버지 두 사람만으로는 힘들 거라며 할머니가 시골에서 와 주셨다.

할머니는 AN인 아버지와 달리 늘 조용히 이야기를 들어주신다. 그래서 나는 어리광도 많이 부렸고 아버지도 자신의 어머니라서 거리낌이 없었다.

그렇게 우리가 지나치게 의지한 결과 할머니의 건강이 나빠지셨다. 명백히 우리 때문인데도 '노나야, 걱정을 끼쳐서 미안하구나' 하고 할머니는 미안해하시며 주치의가 있는 시골로 돌아가셨다.

그래서 나는 열심히 기도한다. 마침내 소원이 이루어져 시골에서 살 수 있게 된다면 집안일도 다 할 작정이다. 아버지 몫까지 할머니께 보답해 드리고 싶으니까.

그러기 위해서라도 우선 참배를 해야 한다며 난 이어지는 2번, 3번순으로 아주 순조롭게 순례를 했다.

이윽고 20번을 지나갔을 때 잠깐 쉬려고 걸음을 멈춘다.

"기분 좋다……."

눈을 감고 가슴 가득 숨을 들이마시자 흙과 풀 냄새가 났다. 바람도 불지 않는데 공기가 싸늘하니 시원하다.

"조용해……."

산속이라 그런 건 아니고 사찰은 어디에 있어도 고요함을 느낄 수 있다. 여기저기에 참배객이 있어도 시끄럽게 느끼지 않는 건 왜일까. 적당한 긴장이 속세를 잊게 해주니까? 혹은 신전의 공기를 마셔서 마음이 정화되는 건지도.

"자 봐, 이 부분이 수국의 진짜 꽃인 '참꽃'이야. 우리가 꽃잎이라고 생각하는 부분은 '헛꽃', 즉 꽃받침이래."

갑자기 남자 목소리가 들려서 나는 살짝 눈을 뜬다.

"그 깨알 같은 지식, 꽤 쓸 만하네요."

산비탈을 물들이는 수국 앞에 크고 작은 두 개의 그림자가 있었다.

큰 쪽은 여자 쪽이고 따분한 듯이 하품을 하고 있다. 짧은 흑발을 가지런히 잘라서 언뜻 보기에는 십대 후반 정도? 하지만 시원스러운 눈매와 입가에 묘하게 어른스러운 여유가 있다. 나이를 알 수 없다기보다는 여러 사람을 겪어 온 경험이 있어 보인다.

그런 미스터리한 언니 옆에 서 있는 작은 그림자. 처음에는 어린아이인 줄 알았는데 그 실루엣이 몹시 땅딸막하다.

신기해서 눈을 부릅뜨자 작은 몸은 온몸이 새하얀 털로 덮여 있었다. 그러면서 배 부분만 갈색 앞치마를 두르고 있는 것 같은 무늬가 있다. 그리고 무시무시하게도 수국으로 뻗은 손끝에는 까맣고 굵은 손톱이 삐죽 자라나 있었다.

"북극곰······!"

그 생명체를 형용할 말이 그것 말고는 달리 떠오르지 않는다.

"엇."

마치 사람이 놀란 듯한 소리를 내고 북극곰이 뒤를 돌아본다.

곰치고는 얼굴이 약간 홀쭉하다. 그 눈도 동글동글하니 아주 귀엽다.

"저, '북극곰'이라는 게, 저를 말하는 건가요?"

"앗."

이번에는 내가 놀랐다. 곰이 말했다. 상냥해 보이는 아저씨 같은 목소리로 나에게 질문을 했다. 어쩌지? 냉큼 도망쳐야 할까? 왠지 지금도 고개를 갸웃하는 게 무지 귀엽지만, 곰은 위험하죠?

"저는 아리쿠이라고 합니다. 곰이 아니라 개미핥기입니다."

자신을 개미핥기라고 밝힌 북극곰이 쓰고 있던 모자를 벗고 꾸벅 인사를 했다. 그 짧고 복슬복슬한 앞발이 명함을 내민다.

아리쿠이 도장포 점주 / 아리쿠이 마나부

호기심에 져서 들여다보니 그런 글씨가 적혀 있었다. 개미핥기라서 아리쿠이? 그런 것치고는 좀 통통하기도 하고 역시 곰인가? 왜 이름이 히라가나지?

눈앞에 곰 같은 동물이 있는데도 나는 아무래도 좋다는 생각을 하고 있었다. 혼란스럽다기보다 귀여운 겉모습에 위기감이 반응해 주지 않는다.

"이 고장에는 예로부터 이런 전설이 있었답니다."

하얀 개미핥기 옆에 있던 언니가 온순한 표정으로 한 걸음 앞으로 나온다.

"'수국이 피는 계절에 고민에 빠져 있는 한 소녀가 산길을 걷고 있었는데, 그때 전설의 하얀 개미핥기가 나타나 소원을 들어주었다──까지는 아니었지만, 그럭저럭 고민을 들어주었다'고."

언니는 싱긋 웃고는 개미핥기가 들고 있던 명함을 내게 주었다.

"우리 가게는 가와사키 노조미구치라는 곳에 있어요. 조금 멀지만, 괜찮다면 놀러 와요. 놀라게 한 사과로 한턱낼게요. 점장님이 부담하는 걸로."

그럼, 하고 언니가 등을 돌리고 떠나간다.

개미핥기도 꾸벅 머리를 숙이고 언니의 뒤를 쫓아갔다.

"우사, 또 그렇게 아무 말이나."

"점장님 잘못이에요. '단합 대회 겸 참배하러 가자'는 말을 하니까. 저 애를 놀라게 한 것에 대한 사과에서 자연스럽게 영업까지 가져간 제 수완을 칭찬해 주세요. 상도 주세요."

"하지만, 나를 신처럼 말하는 건……."

"데모판도 제품판도 안 돼요. 식사 준비와는 별도로 간식도 요구하겠어요."

그런 대화를 끝으로 두 사람(?)의 모습은 보이지 않게 되었다.

"뭐였지, 방금 그건……?"

나는 온몸에서 힘이 빠져나가 그 자리에 털썩 주저앉는다.

"환각? 꿈? 나, 잠들었었나……?"

순식간에 일어난 일이라 그런지 도무지 현실감이 부족하다. 그렇지만 내 손 안에는 하얀 명함이 똑똑히 남아 있다.

"〈도장 및 경양식 제조 판매〉……? 뭐 하는 가게지, 여긴?"

수수께끼는 점점 깊어질 뿐.

하지만 장소가 장소인만큼 신비한 체험을 해도 이상하지 않다고 생각한다. 이런 곳에서 신이나 아야카시──즉 요괴를 만난다는 얘기는 자주 듣고.

그렇긴 해도 말하는 개미핥기라니 좀 이상하다는 생각도 들지만 적어도 도시 전설에 나오는, '보기만 해도 기절하는' 도깨비 같지는 않았다.

"그럼…… 좋은 거려나. 응, 그 개미핥기는 좋은 요괴일 거야. 우연히 만난 건 할머니가 완쾌되실 징조야. 분명, 그럴 거야."

그렇게 생각하기로 하고 나는 기분 좋게 순례를 재개했다.

조용한 곳에 있을 때의 나는 긍정적이구나 하는 생각이 든다.

한 시간에 걸쳐 88번째 순례를 마치자 뭐라고 말할 수 없는 성취감이 있었다. 할머니, 저 열심히 참배했어요, 꼭 소원이 이루어질 거예요, 하고 주먹을 쥐고 눈을 감는다.

그것만으로도 감개무량한데 스탬프 찍는 곳으로 돌아가 사찰 스탬프 수첩을 받자 그만 가슴이 찡해져 버렸다.

사찰 스탬프는 각 사찰에 하나인 것은 아니고 참배한 곳마다 받을 수 있는 경우도 있다. 다카하타의 부동명왕이 모셔진 이 금강사에서는 본존인 대일여래상, 그 화신인 부동명왕 그리고 변재천 님 등 88곳을 돌아본 증거로 고보 대사의 인을 받을 수 있었다.

난 방문 기념 도장을 모으기 시작한 지 얼마 안 돼서 사찰 스탬프의 숫자가 늘어나는 것 자체가 기쁘다. 빼어난 솜씨로 쓴 붓글씨는 부적 같아서 든든하기도 하고 내가 이렇게 조용한 곳을 많이 알고 있다고 생각하면 일상생활에서도 안심이 되니까.

"어린데, 대단하네요."

등 뒤에서 젊은 여자 목소리가 들렸다. 나이 때문인지 혼자 참배하고 있으면 이렇게 말을 걸어오는 경우가 있다. 대개는 할아버지나 할머니지만 가끔은 사찰 스탬프 수집 마니아로 보이는 언니들도 있었다.

이번에도 그런가 하고 고개를 드니 목소리의 주인은 아까 개미핥기를 '점장님'이라고 불렀던 언니였다.

"어머? 점장님, 점장님. 이 도장, 어디선가 본 기억이 나요."

언니는 흥미롭게 내 사찰 스탬프 수첩을 들여다본다.

"응, 유베코 신사의 도장이네. 선대 때부터 우리 가게에서 새기고 있어. 공방에도 인고가 남아 있지."

언니 뒤에서 개미핥기가 얼굴을 불쑥 내밀었다.

나는 "나왔다!" 하고 눈을 부릅뜬다.

"유베코 신사의 사찰 도장이군요. 그건 또, 인연이 있네요."

"응. 유베코 신사에는 인연을 맺어준다는 신수가 있으니까, 그 덕분 아닐까?

언니와 개미핥기가 나를 보며 미소 짓고…… 있는지는 미묘하지만 표정은 상냥했다. 가까이서 보니 정말로 동물 같다.

그건 그렇고 나는 조금 놀랐다. 확실히 유베코 신사에는 신수가 있지만 따로 팻말 같은 게 있는 건 아니다. 영적인 기운을 얻을 만한 곳으로서는 굉장히 마이너하고 인연을 맺어주는 효험이 있다는 이야기는 나도 사찰 스탬프 아저씨의 블로그에서 읽고 처음 알았다. 그것을 알고 있다니 이 개미핥기, 꽤 이 방면에 훤한가? 어쩌면 정말로 신이나 요괴인가?

"아아, 이 도장. 신메이지에도 참배하러 갔었군요. 거기 주지 스님, 좀 유별나셨죠?"

"아……? 네! 불호령 스님!"

그 스님까지 알고 있다니 난 그만 기뻤다.

신메이지에는 늘 못마땅한 얼굴로 경내를 서성거리며 참배객을 붙들고는 '경책' 하는 명물 스님이 계신다. 작법을 지키고 있어도 손톱이 길다느니 머리를 물들이지 말라느니 하며 불호령을 내리는지라 난 기념 스탬프 받는 곳에 줄을 서 있는 동안 줄곧 몸을 움츠리고 있었다.

"어머머, 왜 그래요? 갑자기 어두운 얼굴을 하고."

난 "아무것도 아니에요" 하고 언니에게 웃음을 지어 보인다.

정말 아무것도 아니다. 신메이지도 우리 집에서 가까워서 처음 참배하러 갔을 때는 하루카와 유이나도 함께였다. 그게 좀 생각났을 뿐.

"그 스님께는 저도 혼이 났습니다. 경망스럽게 행동하지 말라고요. 전 도장이 있는 곳에 오면 도무지 마음이 들떠 버리는지라."

내가 야단맞은 일이 생각나서 풀이 죽어 있는 것으로 오해했는지 개미핥기가 격려하듯 말해주었다.

"그건 아마도, 태도가 아니라 겉모습을 말하는 걸 거예요."

언니의 냉정한 태클에 나도 모르게 웃음을 터뜨린다. 개미핥기의 어디를 트집을 잡을지 망설이고 있는 스님을 상상해 버렸다.

"아, 내릴 것 같네."

갑자기 개미핥기가 씰룩씰룩 코를 움직이며 하늘을 올려다본다.

"점장님이 말하는 거니까 내리겠네요. 우산은 가져 왔어요?"

언니는 내게 묻고 있는 것 같다. 고개를 옆으로 젓는다.

"이 수첩의 맨 첫 장에 있는 도장이 유베코 절과 신메이지인 걸 보면, 당신은 노조미구치에서 그리 멀지 않은 곳에 살고 있군요?"

"아, 네."

"그런데 곧 비가 올 것 같은데, 우린 차로 왔거든요. 모르는 사람의 차에 타는 건 절대로 안 되지만, 우리가 만나는 건 벌써 두 번째. 이것도 무언가의 인연이기도 하고, 물병을 가져온 절약가의 전철 요금도 아낄 수 있을 테니 괜찮다면 타고 가지 않을래요? 점장님도 저도 귀엽기만 하지 아무런 해가 없거든요?"

이런 말까지 들었는데 거절할 사람이 있다면 난 진심으로 존경할 거다.

4

언니의 이름은 우사이고 개미핥기 가게에서 서빙 아르바이트를 하고 있는 것 같다. 평소에는 도내의 대학에 다니는 여대생이라고 한다.

그런 우사 씨의 차에 탄 순간, 난 살짝 몸을 뒤로 빼고 말았다.

차 안 여기저기에 호피 무늬의 모피가 붙어 있고 핸들과 백미러도 화려하게 번쩍번쩍. 내부 장식이 본인의 외모에 전혀 어울리지 않는, 완전히 노는 언니의 취향이었으니까.

"이, 이건 언니 차라서! 내 게 아니에요!"

당황한 듯 설명해 준 우사 씨의 말에 의하면 개미핥기 점장님은 보다시피 그런 모습이라서 전철을 타면 작은 소동이 일어나는 모양이다. 그래서 점장님이 볼일을 보러 외출할 때는 언니에게 차를 빌려서 운전을 해 준다는 것.

우사 씨는 남들이 언니와 같은 취향으로 여기는 것을 싫어하는 듯 차가 출발하고 나서도 자신들 자매의 차이점에 대해 계속 이야기했다. 엄청 상세했기 때문에 분명 두 사람은 사이가 좋을 것 같다.

이윽고 차가 국도에 들어서자 부슬부슬 비가 오기 시작했다.

"우리 점장님은 냄새를 잘 맡아요. 눈은 콘택트렌즈를 꼈지만."

우사 씨의 말을 받아서 개미핥기가 여러 가지 이야기를 해 준다.

개미핥기는 노조미구치에서 도장집을 하고 있지만 도장만으로는 경영이 어려워 찻집도 같이 하고 있는 모양이다. 정성 들여 만든 메뉴의 맛을 보는 바람에 남부작은개미핥기라는 종치고는 너무 통통해져 버렸다고 한다.

"하지만 살을 빼려고 하면 우사한테 혼이 난답니다. 남들 보는 앞에서 미역을 감아도 야단을 맞죠."

그 온화한 목소리를 듣고 있노라면 개미핥기는 정말로 평범한 아저씨로밖에 생각되지 않았다. 이야기의 내용상으로도 어른임에 틀림없을 것 같아 난 '아리쿠이 씨'라고 불러야할지도 모른다.

"점장님은 물에 젖으면 체중이 줄어들어요. 소녀가 원하는 건 보송보송함이거든요."

와이퍼가 딱딱하게 움직이는 동안 우사 씨와 아리쿠이 씨는 계속 이야기를 해 주었다. 내가 아직 미묘하게 경계를 하는 게 전해졌던 것 같다.

하지만 두 사람의 이야기는 조금도 시끄럽게 느껴지지 않았다.

아리쿠이 씨가 말을 할 줄 아는 이유는 여전히 모르지만 그 목소리는 겉모습과 마찬가지로 따뜻함이 있고 우사 씨는 마치 내 마음을 읽은 것처럼 알아듣지 못하는 부분의 얘기에 보충 설명을 해 준다.

난 눈치 못 채고 애완견용 육포를 먹은 여자의 이야기에 키득키득 웃고, 도장을 계기로 사귀기 시작한 커플의 이야기에 "헉!" 하고 놀랐다. 솔직히 내가 가장 시끄러웠던 것 같다.

아버지였다면 '이상한 소리를 내는구나' 하고 부정할지도 모르지만 두 사람의 이야기는 듣고 있자니 무척 마음이 편안해졌다. 틀림없이 나는 지난 몇 달을 통틀어 가장 즐거운 시간을 보낸 것 같다.

그래서 차가 노조미구치역에 도착하고 "노나야, 가게에 올래?"라는 질문을 받았을 때 난 조그만 더 어리광을 부리기로 했다.

"귀여워!"

국도 옆의 주차장에서 걸어가면 바로 나오는 그곳. 상점가 끝과 미하라시 용수로가 교차하는 다리 근처에 〈아리쿠이 도장포〉가 있었다. 벽돌로 지어진 건물. 창문에 그려진 물방울무늬. 가게 앞에 놓인 작은 나무 탁자와 오늘의 추천 메뉴가 손 글씨로 적혀 있는 칠판.

약간 유럽풍의 느낌이지만 전체적으로는 일본 특유의 감성. 처음 봤는데도 정겨운 분위기가 나는 가게에 나도 모르게 들뜬 목소리를 낸다.

"안에는 더 귀여운 게 있지."

우사 씨가 가게 문을 열고 안으로 들어갔다. 짤랑 하고 예쁜 소리가 들린다. 문 위쪽에 탁한 빛깔의 종이 달려 있었다. 좋은 음색.

"노나 양, 어서 와요."

아리쿠이 씨가 손짓하여 부르자 난 긴장하면서 가게로 들어섰다.

그 순간, 어른스러운 향기를 맡고 가슴이 철렁한다.

이건 커피 냄새…… 지? 그러고 보니 나, 지금까지 패스트푸드점만 가 봤지 찻집도 카페도 들어가 본 적이 없었다. 위험해. 엄청 긴장돼.

가능한 한 침착한 척을 하면서 천천히 가게 안을 둘러

본다.

　조금 어두운 듯한 가게 안에는 여러 개의 테이블석과 카운터가 있었다. 벽과 기둥에는 올망졸망 액자가 걸려 있는데 내용물은 상장이거나 오리너구리(?) 그림 등 제각각이지만 의외로 조화를 이루고 있다.

　손님으로는 젊은 여자가 많다. 하지만 혼자 차를 마시고 있는 아저씨와 아이를 동반한 아주머니도 있었다. 일단 중학생이 올 수 없는 곳은 아닌 것 같아 안심한다.

　"카피오, 수고했어."

　아리쿠이 씨가 카운터 안으로 말을 걸었다.뭐지, 그 이상한 이름은? 하고 봐 보자 주방에 아리쿠이 씨보다 더 작은, 갈색 털의 생명체가 있다. 아마도 발판 사다리 같은 것에 올라타 있는 그 생명체는 졸린 듯한 얼굴로 프라이팬을 쥐고 있었다.

　"카피바라…… 맞죠?"

　나에게는 그렇게 보였다. 그렇지만 '카피오'는 여닫이문을 열고 주방에서 나오더니 두 발로 걸어서 내 앞을 가로질러 간다. 게다가 카운터석 끄트머리에 앉아, 놓여 있던 노트북을 태연히 만지작거리기 시작했다.

　"와아……."

　이미 아리쿠이 씨를 봤던 터라 난 놀라기보다는 그 사랑스러움에 마음을 빼앗겼다. 우사 씨가 말했던 '더 귀여운 것'은 분명 이 애인 것 같다.

"초트 씨도 도와주셔서 감사했습니다."

아리쿠이 씨가 다시 주방 쪽으로 말을 걸었다. 이번에는 어떤 동물일까 하고 생각했지만 차분하게 고개를 숙인 건 유카타를 입은 평범한 여성.

아니, 평범하지 않을지도. 이름도 이상하고 굉장한 미인이다. 어쩐지 걸을 때마다 찡 하고 풍경이 울릴 것 같은 요염함. 오히려 아리쿠이 씨보다 요괴스럽다.

그런 초트 씨가 가볍게 인사를 하면서 내 옆을 지나간다.

그러자 그야말로 찡 소리가 났다. 하지만 그건 자전거의 벨 같은 소리로 카피오가 있는 카운터와 반대편에 있는, 안쪽 테이블석에서 들려온다.

거기에는 왜인지 비둘기가 있었다. 비둘기는 묘하게 흥분한 모습으로 오래된 영화에 나올 법한 타자기를 쿡쿡 부리로 쪼고 있다.

"저 비둘기는, 하트 아무개 씨라는 소설가예요. 저건 글이 잘 써져서가 아니라, 초트 씨가 돌아가서 기분이 안 좋아서 그런 거예요."

우사 씨의 말에 의하면 저 찡 하는 소리는 문장의 줄을 바꿀 때 나는 것으로 평상시에는 좀처럼 울리는 일이 없다는 것 같다. 하트 아무개 씨는 '늘 슬럼프에 빠져 있고, 글 쓰는 속도가 느리고, 오탈자가 많은, 어디에나 있는 평범한 소설가'라고 한다.

"평범……? 앗, 우사 씨, 귀여워요!"

일단 가게 안쪽으로 사라졌다가 다시 돌아온 우사 씨는 빳빳한 흰 셔츠와 검은 스커트로 갈아입었다. 그것만이라면 '귀엽다'가 아니라 '멋있다'가 되겠지만 우사 씨의 머리 옆에는 왜인지 봉긋하게 개의 귀 같이 생긴 것이 늘어져 있다.

"여중생은 뭐든지 귀엽다고 하니까."

하지만 고마워 하고 웃으면서 우사 씨는 카운터 자리를 권해 주었다. 엉덩이에 둥근 꼬리가 달려 있었기 때문에 어쩌면 개가 아니라 토끼일지도.

"점장님이 쏘는 거니까, 되도록 비싼 걸 시켜."

우사 씨가 놓아 준 물로 목을 축이고 난 넌지시 주위를 살핀다.

아리쿠이 씨와 카피오의 존재에 놀란 손님은 없는 것 같았다. 모두가 태연하게 받아들이고 있다기보다 이상하게 생각하면서도 조용히 즐기고 있는 것처럼 보였다.

"……나도, 그래야지."

눈에 들어오는 모든 게 신기할 따름이지만 그걸 부정하면 슬픈 일상으로 돌아갈 뿐. 지금이 꿈인지 현실인지 따윈 아무래도 좋다.

왜냐하면 난 지금 엄청 즐거우니까.

설레는 가슴으로 메뉴판을 펼친다. 맨 위에는 커피나 홍차 같은 음료가 실려 있었다. 나폴리탄 스파게티 같은 식사도 있고 케이크 같은 디저트도 있다.

다양한 게 있구나 하고 다음 페이지를 넘겨 보자 '흑수우'라든가 '티타늄'이라는 낯선 단어가 나열되어 있었다. 아무래도 도장의 소재를 말하는 것 같다. 그리고 보니 본업은 도장 가게였지. 아리쿠이 씨네의 존재를 빼놓더라도 상당히 특이한 가게일지도.

자, 느긋하게 굴어도 혼은 나지 않겠지만 슬슬 뭔가 시켜야 해.

우사 씨가 말한 것처럼 제일 비싼 걸 주문할 마음은 없다. 하지만 음료수만 마신다면 '부담 갖지 말고' 하고 마음을 써 줄 것 같아. 그렇다고 음식을 주문할 수도 없다. 왜냐하면 배낭에는 아직 주먹밥이 들어 있다. 빨리 먹지 않으면 상하고 말아.

그렇게 되니 이 상황에서는 디저트? 아, 수제 케이크 세트는 좋을지도 몰라. 케이크와 음료수를 합해서 680엔이면 저렴한데…… 뭐, 내가 돈을 내는 게 아니니까…….

어쩐지 고민스럽다. 남한테서 얻어먹는 일은 별로 없는

데다 애초에 얻어먹는 이유도 잘 모르겠고.

그런 식으로 메뉴를 보면서 고민하고 있자 그 네 글자가 눈에 들어왔다.

'크림소다 580엔'

음료 중에서는 압도적으로 비싼 가격. 가게에 따라서 부르는 이름이 다르지만 멜론 소다에 아이스크림을 얹은 그것은 대개 이런 이름인 것 같다.

어릴 때 가족끼리 패밀리 레스토랑에 가면 나와 아버지는 자주 이걸 시켰다. 처음에 소다를 쭉쭉 빨아 마시고 서로 초록색이 된 혀를 보이며 웃는다. 엄마는 그런 우리를 보며 '애가 둘이네' 하고 웃음을 짓고──.

나는 휙휙 머리를 흔들어 좋았던 시절의 추억을 쫓아 버렸다. 마음을 가다듬고 메뉴를 본다.

팬케이크…… 카페오레…… 크림소다…….

프렌치토스트…… 호지차(찻잎을 센 불로 볶아 만든 일본의 전통차) 라테…… 크림소다…….

다 맛있어 보이는데 기어이 눈은 크림소다에 끌린다. 내 입 안은 이미 초록색의 톡톡 쏘는 소다수를 기다린다.

"……크림소다, 부탁드리겠습니다."

"오래 기다리셨습니다. 차가울 때 마셔요."

보송보송한 손이 선명한 초록색으로 가득 찬 유리잔을 카운터에 올려놓았다.

　전혀 기다리지 않았다. 아무래도 꼭 시킬 거라는 확신을 들게 할 정도로 난 크림소다 글자를 응시하고 있었던 모양이다. 창피하다. 귀가 뜨겁다.

　나는 유리컵에 달려들어 힘껏 초록색 소다를 들이마셨다.

　차가운 단맛이 혀에 실린다.톡톡 쏘는 기분 좋은 자극이 목을 타고 넘어간다.

　"……!"

　놀라 입에서 빨대를 떼었다. 자신이 마신 것을 말똥말똥 쳐다본다.

　바닥이 홀쭉하게 쏙 들어가 있는 들어간 귀여운 모양의 유리잔. 그 속에 든 건 초록색이고 여러 개의 작은 얼음이 반짝반짝 빛나고 있다. 제일 위에는 둥근 아이스크림이 얹어져 있고 주변의 소다가 톡톡 터져 청량감이 있었다. 그 옆에는 시럽에 절인 체리가 소다수에 빠지지 않으려고 필사적으로 아이스크림을 붙잡고 있는 것처럼 보인다.

　실례일지도 모르지만 아주 평범한 크림소다였다. 남녀노소를 불문하고 이름을 들으면 모두가 떠올리는, 그 크림소다다.

　"……그런데, 왜 이렇게 맛있지?"

　"엄청 오랜만에 마셨든지, 기분이 좋아서 그런 거 아니야?"

내 혼잣말에 커피를 나르는 중이었던 우사 씨가 대답했다.

아마도 맞는 말인 것 같다. 요즘 난 아버지가 만드는 밥도 학교에서 먹는 급식도 전부 똑같이 느끼고 있었다. 만약 집이나 학교에서 이 크림소다를 마셨다면 아무 느낌 없이 그냥 다 마셨을 거다.

"나, 정말로 계속 즐겁지가 않았던 거구나······."

입 밖에 낸 순간 코가 벌름 움직였다. 큰일 났다. 울 것 같아──.

그 타이밍에 가게 안에 띵 하는 좋은 소리가 울렸다. 깜짝 놀라 눈물이 쏙 들어간다.

고마워요, 하트 아무개 씨 하고 안쪽 자리를 봤지만 비둘기 소설가는 타자기 앞에서 머리를 감싸쥐고 있었다.

아무래도 방금 그 소리는 오븐에서 피자 토스트가 다 구워진 소리인 것 같다. 우사 씨가 따끈따끈한 그것을 나르는 것을 보고 나는 킥킥 웃고 말았다.

"다행이야. 처음 만났을 때부터 우사가 걱정했거든. 노나가 기운이 좀 없어 보이는 것 같다고. 얏."

아리쿠이 씨가 뒤집개로 팬케이크를 뒤집으며 말한다.

"아니······ 에요. 저, 평소에도 늘 다운되어 있는 걸요."

"노나는, 무슨 계기로 사찰 스탬프를 모으게 됐어?"

"네? 앗, 그게······."

할머니의 건강이 회복되기를 기원하는 마음으로 하고 대답하면 되는데 왜인지 말을 잇지 못한다.

"난 말이야, 사찰의 도장을 파기 위해 참배를 시작했어."

"도장을, 파려고요?"

"응. 난 조각가로서의 경험이 부족하기 때문에, 여기저기서 사찰 도장을 받아서 공부를 하고 있어. 그렇긴 해도 인장을 견학할 수 있는 건 한순간이고, 애초에 날인하는 것을 볼 수 없는 사찰도 많아서 꽤 힘들어."

확실히 그럴지도. '찍힌' 사찰 스탬프는 제대로 보지만 '찍는' 쪽의 도장 본체는 그다지 마음에 둔 적이 없다.

"사찰 도장이란 게, 한위노국왕인(중국 후한의 광무제가 일본의 왕에게 하사한 금으로 만든 인) 같은거 맞죠?"

"글쎄. 역시나 금인은 아니지만, 크기나 글자체는 비슷한 게 있지. 사찰 도장은 어디까지나 총칭이니까, 각각의 도장은 이렇게나 다양하게 있어."

그렇게 말하고 아리쿠이 씨가 자신의 사찰 스탬프 수첩을 보여 주었다.

"우린 사찰 도장이나 사원 도장이라고 부르지만, 노나가 잘 알고 있듯이 이렇게 오른쪽 상단에 찍혀 있는 길쭉한 도장, 이건 인수라든가 관방으로 불리는 종류인데, 산호(절 이름 위에 붙이는 칭호)라든가 후다쇼(사찰 순례자가 참배의 표시로 패를 받는 곳)의 번호가 많으려나. 그리고 이렇게 본존불의 묵서에 찍혀 있는 것이 보인인데, 사찰이라면 범자가 들어간 초형인 (사물의 모양을 새겨 넣은 인장)이 주류야. 그리고 왼쪽 하단에 산호나 사호인이 사찰 도장의 기본형이고, 그 밖에도 건물마다 도장을 만드는 곳이 있기도 하고 요즘에는 제사 기념인을 찍는 경우도 늘기 시작해서——."

아리쿠이 씨가 폭풍 같은 기세로 이야기를 꺼내는 바람에 난 놀라서 아이스크림을 먹는 손을 멈추었다.

"우리 점장님은, 도장 진짜 좋아하거든."

마침 지나가던 우사 씨가 예의 그 얼굴로 웃는다.

"그 아이스크림, 맛있지? 점장님이 손수 만든 거야. 이야기를 흘려듣는 동안 천천히 맛 봐."

우사 씨가 태평하게 떠난 후에도 아리쿠이 씨는 팔랑팔랑 짧은 손을 흔들면서 열변했다.

언젠가 학교 점심시간에 나도 그랬던 것 같다. 좋아하는 것에 대해 이야기하면 누구든 수다스러워진다. 그 기세에 난색을 표할 수도 있지만 남쪽 동네 애처럼 일부러 상대를 부정할 필요는 없다.

나는 생글생글 웃으면서 아리쿠이 씨의 이야기를 흘려들었다.

가게 안에는 식기가 달그락 부딪혀 울리는 소리와 우사 씨가 손님을 맞이하는 소리 그리고 아주 가끔씩 타자기의 벨도 울리지만 전혀 시끄럽게 느껴지지 않는다.

마치 사찰의 경내 같은 가게 안에서 바닐라아이스크림은 천천히 내 입 속에서 녹았다.

5

부정의 가장 큰 문제는 가능성을 없애는 것이라고 생각한다.

초등학교 4학년 때, 난 여름방학 자율 과제(실험, 관찰, 조사, 만들기 등 학생의 적성에 맞게 주제를 골라서 자발적으로 하는 학습)를 제출했다. 우리 학교에서는 숙제가 아니라 말 그대로 제출도 자율에 맡긴다. 그래서 전교에서 스무 개 안팎밖에 모이지 않은 자율 과제는 모든 게 공작실에 전시되었다.

나는 〈야채 페트병 재배〉라는 관찰 기록을 제출했다. 계기는 텔레비전 과학 프로그램. 나도 할 수 있을 것 같아서 해봤는데 의외로 쑥쑥 자라주어 엄마가 '자율 과제로 제출해보는 게 어떻겠니?' 하고 권해주었으니까. '노나'와 '야사이(야채)', 어느 쪽으로 읽히든 좋은 제목을 붙여준 것도 엄마.

내 과제는 최우수상을 받았다. 분모는 적지만 전교에서 일등. 상을 받은 건 물론 자랑스럽다. 하지만 그 이상으로 '사진이 귀여워', '산뜻하고 예뻐', '나도 해 보고 싶어' 하고 친구들이 칭찬해 준 게 기뻤다.

'이걸 계기로 노나가 세계의 식량 사정을 해결하는 학자가된다면, 우리도 칭찬을 받겠지. 딸에게 최고의 이름을 지어준 부모라고.'

엄마도 아빠도 기뻐해 주어서 난 약간 그럴 마음이 생겼던것 같다.

그렇지만 다음 날, 공작실에서 자신의 전시물을 히죽거리며 보고 있었을 때 반도 학년도 다른 한 학생이 내 자율 과제에 내린 평가를 듣고 말았다.

말하기를 '텔레비전에 나온 거 따라 했네', '왠지 없어 보여', '이름만 재미있어' 그걸로 끝이었다. 나는 과학자를 꿈꾸기는커녕 페트병 재배도 하지 않게 되었다. 5학년이 되어서도 6학년이 되어서도 자율 과제는 제출하지 않았다.

이유는 간단하다. 부정은 긍정의 반대가 아니니까.

단 한 명의 매정한 말 때문에 나는 모든 게 싫어졌다. 많은사람이 칭찬해 준 말은 전부 머릿속에서 사라져 버렸다.

흔히들 '좋아하다'의 반대말은 '싫다'가 아니라 '무관심'이라고 하는데 그것과 똑같다고 생각한다. 긍정의 반대말은 부정이 아니고 부정의 반대말도 긍정이 아니다.

그래서 한 사람의 비난을 백 명의 칭찬으로 지울 수는

없다. 부정적인 말은 입에서 나온 순간 칼날이 되어 상대방의 마음에 꽂힌다.

정신력이 약하다고 하면 그뿐이지만 난 누군가에게 비난을 받을 각오로 자율 과제를 제출한 게 아니다. 그건 단순한 자기만족이었고 처음에는 칭찬조차 기대하지 않았다.

하지만 많은 칭찬을 받고 신이 났다. 이때 처음으로 난 전혀 흥미가 없었던 '학자'라는 장래 희망을 꿈꿨던 것 같다.

그렇지만 미래에 과학자가 됐을지도 모르는 나는 어디에 사는 누구인지도 모르는 인간이 별 생각 없이 내뱉은 말에 간단히 부서지고 말았다.

이게 과학자의 길을 가는 첫걸음이었다면 그 비판을 달게 받아들였을 것 같다. 하지만 난 출발선에 서 있지 않았다. 각오를 하기 전에, 꿈을 꾸기도 전에 아직 가능성의 단계에서 나의 미래는 단절되었다.

가벼운 마음으로 말했다고 해도 말은 무겁다.

한번 내뱉은 말은 정정할 수도 없다.

가령 발언자가 실수를 인정하고 사과를 해도 그건 벌어진 상처만 아물 뿐. 마음에 난 상처는 평생 사라지지 않는다.

그래서 나는 남을 부정하지 않는다. 긍정할 수 없다면 그냥 침묵한다.

무책임하게 누군가에게 상처를 주는 말을 나는 절대로 입에 담지 않는다.

울고 싶어질 정도로 즐거웠던 토요일에 힘을 다 써버리고 일요일의 난 계속 침대에서 보냈다. 그리고, 조금도 졸음의 유혹에 저항하지 않았다.

덕분에 자율 과제를 비롯하여 어릴 때의 꿈을 많이 꾸었다.

잠에서 깰 때마다 엄마가 몹시 그리웠다. 돌아가신 지 벌써 2년이 지났지만 지금이 가장 쓸쓸하게 느낀다. 엄마가 내 이야기를 들어 줬으면 좋겠어. 5초라도 좋으니 머리를 쓰다듬어 줬으면 좋겠어. 그렇게 울면서 또 잠이 든다.

그러자 꿈속에서 할머니가 달래 주셨다. 작년에는 할머니가 계셔 주었기 때문에 엄마가 없는 외로움을 견뎌낼 수 있었던 것 같다. 할머니가 시골로 돌아가신 뒤로 모든 게 꼬여버렸다.

꾸고 싶지 않았지만 아버지 꿈도 꿨다. 아버지는 왜인지 내 방에서 말없이 이쪽을 바라보고 있었다. 솔직히 말해서 기분 나쁘다. 내가 그 말을 하기 전의, AN(아날로그 네거티브)이었을 때가 더 나은 것 같다.

저녁때가 되어서야 침대에서 나올 수 있었다. 집 안에 아버지는 없다.

아마도 차로 중고 서점을 돌아다니고 있을 거다. 어릴 때 잡지에서 읽은 절판 만화를 다시 사들이는 게 아버지의 소소한 취미니까.

"요즘 계속 안 갔으면서."

분명 아버지도 나와 얼굴을 마주치고 싶지 않은 거겠지. 자신을 부정하는 상대와 같이 있는 괴로움을 몸소 알았을 것이다.

나는 아버지에게 상처를 입힐 의사를 가지고 그 말을 했다. 후회가 되지 않는 건 아니지만 나도 괴로웠다. 그 마음을 전하고 싶었다.

"비, 계속 내리는 건가…… 하아암."

부엌은 어둑어둑하고 바깥의 우울함을 유리창에 떨어뜨리고 있다. 보고 있자니 공연히 하품이 나왔다. 그렇게 잤는데도 아직 졸리다.

"내일부터 또 일주일 동안, 학교……."

결국 바로 침대로 들어가 나는 아침까지 계속 꿈속으로 도망쳤다.

6

등교해서도 실내화에 이상은 없고 신발장에 끈적거리는

껌도 붙어 있지 않았다. 여자 화장실이 평소보다 더 소란스럽지도 않다.

어쩌면 남쪽 동네 애가 싫증이 나서 그런 걸 수도 있었지만 안심시킨 다음 밀어 떨어뜨리는 것이 그녀의 방식이었다. 방심은 금물이다.

그렇게 생각하면서도 작게나마 희망을 품고 있던 나는 교실에 들어가 자리에 앉고 나서 소스라치게 놀란다.

칠판에 한 장의 종이가 붙어 있었다.

그것은 메신저 앱 화면을 확대해서 인쇄해 놓은 듯한 것으로 급식 시간에 우스꽝스러운 표정을 짓고 있는 내 얼굴 사진과 거기에 이어지는 '추녀', '진짜 토 나와', '코에서 야채가 나올 것 같아' 같은 참가자의 발언이 줄을 잇고 있다.

창피함과 분노로 손이 떨렸다. 하지만 칠판으로 가서 떼어 버릴 수가 없다.

왜냐하면 반 전원의 눈이 나를 향하고 있으니까. 남쪽 동네 애와 그 추종자만이 아니다. 하루카도 유이나도, 무슨 말인가를 하려다가 잠자코 자리를 옮겼던 남자애도.

반 전체가 내가 모르는 곳에서 나를 일방적으로 부정하고 있다. 그걸 상상하자 공포로 발끝에 힘이 들어가지 않았다.

"그보다, 외톨이가 학교 올 의미가 있나?"

'이제 와서 하는 말이지만, 절 같은 데 같이 다니는 거 진

짜 싫었어.'

'나한테 자리를 바꿔 달라고 깝죽대니까 이런 꼴을 당하는 거야.'

나를 부정하는 말의 나열이 제멋대로 머릿속에 날아든다.

"그만해!"

귀를 막고 외쳤다고 생각했지만 목소리는 나오지 않았다.

"왠지 입을 삐끔거리는데! 잉어냐!"

남쪽 동네 애가 강하게 부추기자 학급 전체에 웃음이 소용돌이친다.

저 사진을 찍은 건 하루카와 유이나다. 난 그렇게까지 미움을 받은 건가 싶어 두 사람을 본다. 왜인지 둘 다 입을 반쯤 벌리고 울 것 같은 얼굴로 내 쪽을 돌아봤다.

"얘들아, 자리에 앉아."

갑자기 담임이 교실에 들어왔다. 평소보다 시간이 이르다.

남쪽 동네 애가 혀를 차고 추종자들도 얼굴을 찌푸렸다.

반 전체의 눈이 칠판에 붙어 있는 종이를 응시하는 교사에게 향했다.

"1교시는 자습이다. 떠들지 마라."

담임교사는 그 말만 하고는 아침 조회도 하지 않고 교실에서 나갔다.

반 안에 아까보다 더 큰 웃음이 일어난다. "무사안일주의도 이쯤 되면 막가자는 거네" 하고 누군가가 어른스러운 말을 내뱉었다.

사실 그렇다고 생각한다. 움직일 수 없는 증거를 무시했으니 저 담임이 반 안의 집단 괴롭힘을 인정하는 일은 없을 것이다. 내 편은 한 명도 없다. 이제 스스로 어떻게든 해야 한다.

무너져 내릴 것만 같은 무릎을 꼬집고 일어나 칠판으로 걸어간다.

연민의 시선 속에서 종이를 떼어 주머니에 넣으니 조금 마음이 진정되었다. 나도 하면 할 수 있어. 이 정도는 끄떡없어 하고 자신에게 타이르면서 내 자리로 돌아온다.

"그거, 이제 시작이걸랑."

내가 안도하는 것을 꿰뚫어 보듯 남쪽 동네 애가 얼굴을 확 일그러뜨렸다.

그 말이 뜻하는 바는 1교시의 끝을 알리는 차임벨이 울리고 나서야 알게 된다.

"2교시에도 자습이다. 떠들지 마라."

다시 나타난 담임이 전한 사실에 반 안이 떠들썩해졌다.

고개를 숙이고 있던 나도 얼굴을 든다. 전에 자리를 바꿔 달라고 했던 남자애와 눈이 마주쳤다. 그 입은 오늘도 반쯤 벌어져 있다.

그렇지만 그가 무슨 말을 하고 싶은지 추측할 수는 없

었다.

교실이 조용해지기 전에 선생님이 이렇게 말했으니까.

"그리고 쓰키미, 가방 들고 선생님을 따라와."

3평 남짓한 공간에 가죽 소파와 비싸 보이는 유리 탁자. 벽에는 큰 선반이 있고 트로피와 상장이 가득 장식되어 있다.

처음 들어온 학교 응접실에서 난 혼자 무료하게 앉아 있었다. 신기한 광경에 마음이 들뜨는 것도 있지만 그 이상으로 아버지나 할머니에게 무슨 일이라도 생긴 게 아닐까 싶어 애가 탄다.

창밖에 내리고 있는 비가 공연히 불안을 부추겼다. 노려보듯이 미루나무를 보자 비둘기 한 마리가 비를 피하고 있는 것을 알아챈다.

"저 비둘기는……."

갑자기 쾅 하고 큰 소리가 났다. 난 놀라 목을 움츠린다.

"쓰키미, 너, 사찰 스탬프를 팔고 다니는 거냐?"

난폭하게 문을 연 담임이 걸으면서 빠른 어조로 말했다.

"네? 무슨 말씀인지 잘 모르겠지만…… 스탬프 수집은 하고 있어요."

"스탬프 수집? 사찰 스탬프를 모으고 있다는 거야?"

"네. 사찰에 가서 참배하고 기념으로 받아요."

"그걸 인터넷으로 파는가 보군. 이렇게."

선생님이 맞은편 소파에 털썩 앉아 태블릿을 탁자에 올려놓았다.

화면에는 뉴스로 생각되는 글자가 줄지어 있다. 내용은 인터넷 경매 사이트에서 사찰 스탬프가 매매되고 있다는 사실을 안, 주지 스님의 탄식이었다.

"이런 거 하는 애가 있다는 건, 알아?"

"알고 있지만…… 사찰 기념 도장은 참배를 한 증거인데, 원래는 불당에서 사경(불교 경전을 베껴 쓰는 불교의식)을 한 사람에게 발행된 증명서래요. 그래서 본인이 직접 참배를 해서 받지 않으면 의미가 없는 것이어서 팔거나 사면 아무 효험이 없을뿐더러 벌을 받아요. 전 그런 짓 절대로 안 해요."

대충 그런 의미의 말이 사찰 스탬프 아저씨의 블로그에 적혀 있었다. 〈인은 곧 인연. 인연 없는 인에 복은 없다〉라는 제목인데, 정말로 그 말이 맞는것 같다.

"그런 건 됐어. 그보다, 사실은 아무래도 상관없어."

선생님이 귀찮다는 듯이 태블릿을 조작한다. 트윗 형식의 소셜 네트워크 서비스(SNS)가 표시되었다.

'리트윗해서 널리 퍼뜨려 주세요. 사찰 스탬프를 되파는 여중생입니다.'

그런 메시지와 함께 포스팅이 되어 있는 두 장의 사진.

한 장은 예의 그 우스꽝스러운 얼굴을 하고 있는 나로 눈 주변에 검은 선이 그어져 있다.

또 한 장의 사진도 역시 나로 신메이지에서 호되게 야단을 맞는 사람을 보고 놀라는 모습이었다. 정작 혼이 났던 사람은 이미지에서 잘려져 있다.

"이건 글이 게시됐을 때의 화면을 저장한 거야. 글을 올린 사람은 이미 계정을 삭제했어. 하지만 교복을 본 일부의 사람들이 학교 쪽으로 문의를 해 왔다."

무릎에 놓여 있던 손이 샤워기 물을 끼얹은 것처럼 차가워져 간다.

"그렇다 보니, 우린 여러모로 대응을 해야 돼. 쓰키미는 잠시 학교를 쉬거라. 곧 아버님이 데리러 오실 거야."

"제가 아니에요! 전 그런 짓 안 해요!"

목소리는 나오지 않는다. 달달 떨고 있는 주제에 자신의 의지로는 얼어붙은 몸 어디도 움직일 수 없다. 그러면서도 전력 질주를 한 것처럼 호흡은 점점 가빠진다.

이미지를 제공한 건 하루카와 유이나다. 하지만 아까의 겁먹은 표정을 미루어 볼 때 두 사람은 이렇게 될 줄 몰랐던 것 같다. 분명 두 사람은 'N'의 험담에만 열을 올릴 생각이었을 거다. 그걸 인터넷을 잘 아는 남쪽 동네 애의 추종자가 보고 이미지를 악용할 생각을 떠올린 거겠지.

선생님은 '사실은 아무래도 상관없다'고 했다. 아마도 범인은 남쪽 동네 애라는 것을 알고 있겠지만 그걸 추궁할 생각은 없는 것 같다. 디지털 네이티브(Digital Native)라는 말을 가르쳐 줬을 때처럼 선생님은 학생을 이해하는 것을 포기하고 있다.

위에서 무언가가 치밀어 올랐다. 속이 메스껍고 현기증이 난다.

"노나!"

큰 목소리와 함께 아버지가 응접실로 들어왔다.

빗속을 달려온 게 틀림없다. 아버지의 흰 양말에 튄 흙탕물을 본 순간 눈물이 쏟아졌다.

설령 다투었어도 역시 아버지는 가족이다. 선생님조차도 지켜 주지 않는 세계에서 아버지만은 내 편이었다. 그렇게 생각했다.

"선생님, 전 인터넷에 대해 잘 모릅니다만, 이건 심각한 문제인가요?"

거친 숨을 내쉬면서 아버지가 내 옆에 앉는다.

"아뇨, 별일은 아닙니다. 사소한 장난에 한가한 사람들이 과도하게 반응한 것뿐이니까요."

"혹시 노나가 학교에서 괴롭힘을 당하고 있습니까?"

"학교 측에서는 그러한 사실이 확인된 바 없습니다."

안심한 아버지의 옆모습을 보고 겨우 내 입이 벌어졌다.

"아빠, 나——."

"노나, 좀 가만히 있어. 지금 선생님과 얘기 중이잖아."

"하지만, 나, 나쁜 짓, 안 했어."

"선생님, 어느 정도 근신해야 합니까?"

아버지는 나를 무시하고 내가 아닌 무언가에 대해 선생님과 얘기한다.

"상황에 따라 다릅니다만, 그리 길지는 않을 겁니다."

"그동안, 부모가 해야 할 일이 있을까요?"

"글쎄요. 공부가 뒤처지지 않도록 지도해 주십시오."

"알겠습니다. 정말로 이번에 폐를——."

"시끄러워!"

내 고함소리에 두 어른이 숨을 삼켰다.

"엄마는 언제나 다정하게 나를 지켜봐 줬어! 아빠는 왜 부정만 해? 어째서 내 이야기를 끝까지 들어 주지 않는 건데?"

"진정해, 노나. 난 부정 같은 건 안 했어."

"가족만은 내 편이라고 생각했어! 그런데…… !"

"난 항상 노나 편이야."

"시끄러워! 아빠도, 선생님도 다 시끄러워 죽겠어!"

나는 응접실을 뛰어나갔다. 쫓아오는 목소리를 뿌리치고

교내를 단숨에 달려 나간다. 1층 로비에서 그대로 억수같이 쏟아지는 빗속으로 뛰쳐나간다.

뒤돌아보지 않고 무작정 통학로를 달렸다.

누군가가 말을 걸어오는 것 같았어도 멈추지 않고 뿌리쳤다.

심장이 터질 것만 같았다. 터지면 좋겠다고 생각했다.

몸은 흠뻑 젖었지, 얼굴은 울상이지, 미치도록 외치고 싶은데 목소리가 안 나온다.

이윽고 숨이 차서 물이 불어난 미하라시 용수로 천변을 비틀비틀 걷는다.

엄마가 보고 싶어. 할머니가 보고 싶어——.

"노나!"

우사 씨가 달려온다. 무의식적으로 조용한 곳을 찾고 있었는지 난 어느새 아리쿠이 도장포의 문을 열고 있었다.

"폐를 끼쳐서 죄송한데, 조금만 가게에 있게 해 주시면 안 될까요?"

우사 씨의 시선이 내 발밑을 향한다. 나무 바닥에 물웅덩이가 패여 있었다. 발끝이 몹시 빨갛다고 생각했는데 실내화를 신은 채였다.

"점장님, 수건 좀! 카피오는 공방의 목욕물 좀 데워 줘! 하트 아무개 씨는 초트 씨를 불러 와요! 다른 손님들은 편히 계세요!"

허둥지둥 가게 안을 달리는 아리쿠이 씨네를 보며 난 아마도 미소를 지었을 것이다.

"노나, 가게 슬슬 문 닫을 시간이니까 돌아갈까."

어깨에 다정함을 느끼며 눈을 뜨자 어렴풋이 우사 씨의 얼굴이 보였다.

"지금은 오후 여덟 시야. 아버지께는 연락했어."

우사 씨의 얼굴 옆에서 내 스마트폰이 흔들리고 있다.

"네……? …… 아!"

깜짝 놀라 벌떡 일어났다. 등에 걸쳐져 있던 담요가 떨어진다.

"저, 계속 잤나요……?"

"잤지. 목욕을 마친 후에 카운터석에서 크림소다를 마시면서 쿨쿨. 내가 대학교에서 오후 수업을 받고 돌아왔을 때도 쭉 같은 모습으로 새근새근."

뭐, 여중생 때는 다 그렇지 하고 우사 씨가 킥킥 웃는다.

난 창피한 나머지 카운터에 푹 엎드렸다. 대체 얼마나 팔자가 좋은 거야? 게다가 가게에서 여덟 시간이나 곯아떨어지다니, 어째서 이런 상황에서 그렇게 잘 수 있지? 그 사이에 손님은 얼마나 온 거야?

"얼굴은 담요로 가려져 있었으니까, 신경 안 써도 돼."

아리쿠이 씨의 목소리가 난다. 그런 위로는…… 좀 기쁘다.

"그보다 노나, 배고프지? 남은 재료로 만든 샌드위치지만 괜찮다면 먹도록 해."

카운터 위에 플라스틱 런치 박스가 툭 놓였다.

"왜…… 왜 아리쿠이 씨네는, 이렇게 친절한 거죠?"

"앗, 아니, 재료가 남은 게 아까워서……."

"왜요……? 피가 섞인 가족조차도 부정하는데, 어째서 아리쿠이 씨는 생판 남한테 친절하게 대해 주시는 건데요! 요괴라서 그런 건가요?!"

자신의 목을 조르고 싶었다. 이렇게 친절한 아리쿠이 씨에게 화풀이를 하고 있는 자신의 입을 다물게 하고 싶다. 그렇게 생각하는데도 말과 눈물은 멋대로 흘러나온다.

"난 아무 잘못한 게 없는데, 왜 다들 시끄러운 거냐고요!"

"저기, 친절한지는 모르겠지만, 난 개미핥기야."

"알아요!"

"그러니까, 생판 '남'이 아니야. 하지만 많은 사람들이 나를 받아 줬어. 그러니 나도 똑같이 하고 있는 것뿐이야."

아리쿠이 씨는 왜인지 쑥스러운 듯이 앞발톱으로 득득 카운터를 긁었다. 마지막에 작은 목소리로 "그리고 요괴도 아니야······”라는 말을 덧붙이고.

자신이 정말로 싫어졌다. 최악의 기분이었다. 이젠 이대로 죽고 싶어.

“노나, 내일 오전 중에 점장님이랑 데이트할래?”

머리 위에서 들린 우사 씨의 말을 처음에는 잘못 들은 줄 알았다.

“아버지께 들었는데, 노나, 당분간 학교 쉬는 거지?”

“마침 내일, 유베코 신사에 참배하러 갈 생각이었거든. 노나가 같이 가 주면, 나도 신수 앞에서 가슴을 펼 수 있을 것 같아.”

말뜻은 잘 모르겠지만 난 고개를 끄덕일 수밖에 없었다.

아마도 우사 씨는 내가 돌아가고 싶지 않다는 것을 간파하고 그런 제안을 해 준 것 같다. 이미 과분할 정도로 큰 후의를 입고 있어서 더 이상 가게에 오래 머물러서 폐를 끼칠 수는 없다.

“그럼, 내일 아침 9시에 가게에서 기다릴게.”

작게 고개를 끄덕이는 아리쿠이 씨에게 인사를 하고 난 우사 씨와 가게를 나섰다.

“우리 점장님, 인형 같지? 손님들한테도 인기가 많아. ‘고민을 털어놓아도 창피하지 않다’고.”

밤하늘을 올려다보며 걷는 우사 씨의 옆얼굴은 입가가 살짝 웃고 있다.

"중학생은 참 힘들겠어. 어른 같다는 소릴 듣기도 하고, 애 같다는 소릴 듣기도 하고."

왜 그런 이야기를 할까 생각했는데 나를 걱정해 주고 있다는 것을 깨달았다.

"하지만 실제로, 그런 시기야. 아직 감정과 행동의 균형이 잘 맞지 않아서 나중에 후회할 일을 잔뜩 해 버리지. 그래서 인간관계가 힘든 경우가 많은데, 그럴 땐 상대방도 참 힘들 겠구나 하는 생각이 들어."

"그건…… 제가 반항기라서요?"

물은 순간 우사 씨가 아하하 하고 웃음을 터뜨렸다. 그만 발끈한다.

"미안, 미안. 노나 때문에 웃은 게 아니야. 내가 노나 나이 였을 때, 자주 언니랑 싸웠거든. 언니가 나한테 '성장기냐, 요 녀석!' 하고 만자 굳히기(외국 프로 레슬링에서 상대편의 팔, 어깨를 공격하는 기술의 하나) 기술을 걸어온 게 생각나서."

"만자 굳히기?"

"응. 하지만 우리 언니는 늘 옳으니까, 분명 그 무렵의 난, 성장기였던 게 아닐까, 여름."

"여름?"

"그럼, 안녕, 노나. 내일은 점장님이 화냈으면 좋겠네."

"엣, 화낸다고요?"

마지막에 수수께끼 같은 말을 연발하고 우사 씨가 떠나갔다.

처음 만났을 때부터 미스터리했지만 끝끝내 영문을 모르겠다. 어쩌면 우사 씨야말로 요괴일지도.

나는 토끼에게 홀린 듯한 기분으로 현관문을 열었다. 그리고 집으로 들어가고 나서야 자신이 그걸 쉽게 해냈다는 것에 놀란다.

만약 혼자였다면 아버지와 얼굴을 마주해야 하는 무거운 마음에 난 계속 현관 앞에서 우두커니 서 있었을 테니까.

우사 씨에게 감사하는 마음을 보내며 거실 불을 켠다. 아버지의 모습은 보이지 않는다.

이런 시간에 밖에 나갈 일도 없을 테니까 회사로 돌아가 낮에 빠진 만큼 시간을 채우고 있을 것 같다. 오늘도 아버지는 불러서 학교에 온 것뿐. 딸 걱정을 한 게 아니다.

그렇다면 그걸로 됐다며 난 샌드위치 런치 박스를 안고 침대 속으로 도망쳤다. 달걀, 토마토, 햄, 양상추. 속 재료는 여러 가지가 있었지만 마요네즈가 진짜 맛있다. 너무 맛있어서 눈물이 나왔다.

집에 있어도 음식이 맛있는 건 아리쿠이 씨네 덕분이니까.

7

"연을 맺는다고 하면 연애의 이미지가 떠오르겠지만, 사람이 처음으로 갖는 연은 가족이란다."

유베코 신사의, 신령이 깃들어 있다는 나무 앞에서 아리쿠이 씨가 말한다.

오늘 아침은 아버지가 일어나기 전에 집을 나왔다. 편의점에서 시간을 때우다가 아리쿠이 도장포로 향하자 언제나 동글동글한 아리쿠이 씨의 눈이 모기에 물린 자리에 낸 가위표 표시처럼 게슴츠레해져 있었기 때문에 미안한 생각이 들면서도 웃어 버렸다. 아침은 그다지 자신이 없는 모양이다.

아마도 아리쿠이 씨는 나를 위해 무리를 해 준 것 같다. 평소보다 일찍 일어나서 준비를 마치고.

"아리쿠이 씨, 어제는 감사했습니다. 샌드위치 맛있었어요."

"아, 아니야, 별말을 다 하네. 그건 정말로 남아서."

"전, 몸이 편찮으신 할머니의 건강이 회복되시기를 기원하는 마음으로 참배를 시작했어요."

아리쿠이 씨가 눈을 살짝 크게 뜬 다음 조용히 고개를 끄덕여 준다.

"하지만, 그 이유만은 아니에요. 그래서 전에 스탬프를 모으기 시작한 계기를 물어 보셨을 때, 대답할 수 없었어요."

숨을 쉬듯이 말이 자연스럽게 나왔다.

나는 줄곧 누군가가 자신의 이야기를 들어 주길 바랐던 것 같다. 하지만 엄마와 할머니는 이제 없다. 그래서 부정당하기 싫어서 계속 잠자코 있었다.

분명 우사 씨는 처음 만났을 때부터 눈치 챘을 것이다. 그래서 전설의 하얀 개미핥기 같은 이야기를 해 주고 어제도 '인형 같아서 이야기하기 편해' 하고 등을 떠밀어 주었다.

아마 나도 아리쿠이 씨에게 이야기하고 싶었던 것 같다. 하지만 여전히 어디선가 그 존재를 받아들일 수 없어서 어제 그렇게 화풀이를 했던 것 같다.

"초등학교 6학년 때, 엄마가 암으로 돌아가셨어요."

나는 겨우 아리쿠이 씨에게 속마음을 이야기할 수 있었다.

'난 곧 죽겠지만, 노나도 당신도 슬퍼하지 않았으면 좋겠어. 두 사람이 계속 웃었으면 좋겠어.'

병원 침대에서 엄마는 자신이 죽은 다음의 일에 대해 자주 말씀하시곤 했다.

'그러니까, 노나랑 당신은 둘이서 반반씩 엄마가 되어 줘.'

이건 설명하는 게 창피하지만 나는 물론 우리 아버지는 마흔이 넘어서도 어린아이 같은 구석이 있었다. 그래서 그런 아버지를 엄마가 하던 반만큼만 내가 보살펴 주었으면 하는 것 같다.

반대로 아버지는 절반만 엄마가 된 셈 치고 나를 지켜봐 준다. 그렇게 함으로써 집에는 정확히 엄마가 한 명 있게 되어 둘 다 외롭지 않을 거라는 이야기였다.

나도 아버지도 그걸 승낙하고 엄마는 안심하고 천국으로 가셨다고 생각한다.

그렇지만 실제로는 잘 되지 않았다. 난 중학교에 올라가면서 환경이 바뀌었고 아버지도 승진해서 일이 바빠지기 시작했으니까. 둘 다 집안일을 하기도 벅차서 서로 엄마가 될 여유 같은 건 없었다.

게다가 아버지는 자신의 일도 못하면서 나한테만 불평을 한다. 나도 하고 싶은 말은 있지만 부정은 하고 싶지 않아서 그냥 듣기만 할 뿐. 가끔씩 말을 골라서 반론했지만 아버지는 전혀 귀담아 들어 주지 않았다.

나날이 스트레스가 늘어 간다. 그리고 내가 한계를 맞이하기 직전에 할머니가 집으로 와 주셨다.

난 자신의 이야기를 들어 주는 사람이 생겨서 기뻤다. 아버지는 '와 달라고 부탁하지 않았다'며 투덜거리면서도 결국은 할머니에게 기댔다.

아버지와 나와 할머니. 그런 세 사람의 생활은 1년간 이어졌지만 내가 2학년이 된 올해 4월에 할머니가 몸 상태가 좋지 않음을 호소하셨다. 할아버지 묘와 떨어져 있는 것도 걱정이 된다고 하여 일단 시골로 돌아가시게 되었다.

나와 아버지의 생활은 다시 상처투성이의 일상으로 돌아갔다.

그러다 싸움이 벌어지게 된 어느 날, 아버지가 '반항기냐?' 하고 내뱉듯이 말했을 때 내 인내는 한계에 달했다.

'아빠랑은 더는 말 안 해! 앞으로도 아빠랑 같이 사는 건 절대로 무리야! 왜 아빠가 내 아빠야!'

이토록 강한 부정적인 말을 쓴 건 처음이었던 것 같다. 하지만 나에게는 아버지에게 상처를 줄 의사가 있었다. 자신을 지키려면 그렇게 할 수밖에 없었다.

그렇다고 당장 집에서 나갈 수도 없어서 이날부터 말수가 줄어든 아버지와의 생활은 현재까지 이어져 오고 있다.

"그래서, 전 스탬프를 모으기 시작했어요. 참배해서 할머니가 다 나으시면, 저를 시골로 데려 가실 수 있게."

여기까지 얘기하는 동안 아리쿠이 씨는 한 번도 말에 끼어들지 않았다. 때때로 조용히 고개를 끄덕여 줄 뿐 검은 눈은 계속 유베코 신사의 신수를 보고 있다. 정말로 인형에게 이야기하고 있는 것 같은 기분이었다.

"노나의 어머니는 무척 상냥한 분이셨구나."

내가 대강 이야기를 마치자 아리쿠이 씨는 천천히 하늘을 올려다봤다.

"네. 친구 같은 엄마셨어요."

"아버지도, 실은 노나를 그렇게 대하고 싶으셨던 게 아닐까?"

"아빠가요……?"

어떤 문제가 발생했을 때 아이는 스스로 해결할 수 없다. 부모는 그럴 때 온 힘을 다해 자식을 보호하는 존재라고 아리쿠이 씨는 말한다.

"아버지는 오래 살아오신 만큼 지식과 경험이 있어. 그래서 자신이 해 온 실수를 딸이 하지 않기를 바라시는 걸 거야. 그러다 보니, 노나의 얘기를 듣지 않게 되는 일도 생기고, 걱정돼서 좀 강하게 말을 해 버린 건지도 모르지."

"하지만, 엄마는 그러지 않으셨어요."

"엄마는 혼자가 아니셨으니까, 아버지가 계셨기에 노나를 다정하게 대해 주실 수 있었던 게 아닐까 싶어."

"그 말은…… 만약 돌아가신 게 아빠였다면, 엄마도 윽박지르고 하셨을 거라는 말씀인가요?"

"그건 아무도 모르지만, 엄마가 곁에 없어서 외로운 건, 아버지도 마찬가지일 거야."

확실히 엄마가 살아 계셨을 때의 아버지는 아이 같은 면이 있었다. 모기 물린 자국에 가위표 표시를 낸다거나 크림소다를 마시고 초록색이 된 혀를 보이는 사람이었다.

하지만 엄마가 돌아가셨기 때문에 아버지는 아이로 있을 여유가 없어졌다. 자신의 경험을 꾹꾹 밀어붙일 수밖에 없게 되었다.

만약 그렇다고 한다면 이젠 어쩔 도리가 없다고 생각한다.

싱글 대디의 입장과 책임은 알지만 엄마는 이제 안 계시니까.

"이 세상에서 가장 고통스러운 일은, 자신의 죽음을 자식에게 전하는 것이지."

그 목소리는 발밑에서 들렸다. 보니 난데없이 카피오가 나타나 있고 그 졸린 듯한 눈으로 하늘을 올려다보고 있다.

"카피오, 가게는……?"

아리쿠이 씨가 불안해하며 묻자 카피오는 훗 하고 웃은 듯이 숨을 내쉬고 말없이 한 손을 들고 떠나갔다.

"아리쿠이 씨, 방금 카피오가 한 말이 무슨 뜻이에요?"

"……자신의 죽음을 자식에게 전하는 건, '이제 당신을 지켜줄 수 없다'는 뜻이야. 그건 부모에게는, 자신이 죽는 것보다 훨씬 괴로운 일이지. 그렇지만 어머니가 노나에게 제대로 전한 이유는, 하나일 거야."

엄마는 더 이상 나를 지켜봐 주지 않아. 아버지는 부모의 책임을 지는 것만으로도 벅차고. 그럼, 내 이야기는 누가 들어 주지?

"……나? 난 절반은 엄마의 역할을 담당하고, 자기 자신을 지켜봐야만 했다……?"

그런데도 난 그걸 아버지에게 요구하고 말았다.

"당시 초등학생이었던 노나에게 어머니는 '오늘부터 어른이 되라'고 하셨던 것 같아. 그게 얼마나 가슴 아픈 일인지 제일 잘 아는 건 같은 부모인 아버지야."

아버지도 엄마가 안 계셔서 슬픈데 난 그런 마음을 생각하지 않았다. 서로 부딪쳤을 때도 '세대가 다르다'며 아버지에게서 도망쳤다.

엄마의 결심을 제대로 잘 헤아린 아버지를 난 전부 부정했다.

"난, 아빠한테 심한 말을 했어……."

한번 상대방의 마음에 박힌 말은 사라지지 않는다. 이젠 돌이킬 수 없다.

"'인은 곧 인연'이라는 말이 있단다. 인, 즉 도장은 사람과 사람과의 연을 맺어주는 도구이기 때문에, 그걸 새기는 자도 사람의 연을 알아야 한다는 뜻인데."

갑자기 화제가 바뀌어서 나는 어리둥절해졌다. 그리고 그 이야기는 어디선가 들은 적이 있다.

"옛날에는 지금만큼 의학이나 법률이 발달하지 않았기 때문에, 혼자 힘으로는 어찌할 수 없는 일들이 많았지. 그래서 사람들은 신에게 의지했을 거야. 최종적으로 문제와 마주하는 건 자신이라는 걸 알면서도 내 편이 있으면 든든하니까. 난 그걸 눈에 보이는 형태로 만든 게 바로 고슈인(사찰 참배 증명 도장)이라고 생각해."

옛날 질병과 비교하면 혼이 날 것 같지만 나와 아버지와의 관계는 이미 '어쩔 도리가 없는 일'이 되어 버렸다. 그래서 나는 줄곧 도망치고 있었다.

하지만 가족인 이상은 언젠가는 제대로 마주하지 않으면 안 된다고 생각한다. 그래서 아리쿠이 씨는 나를 이 신수 앞으로 데려와 준 것이다.

꼬여 버린 나의 '최초의 연'을 다시 맺게 해 주려고.

"노나는 신과 연을 많이 맺었으니, 분명 괜찮을 거야."

"……감사합니다, 아리쿠이 씨. 저, 이제 도망 안 칠래요. 제대로 어른이 돼서 아빠랑 얘기할 거예요."

나는 신령이 깃든 나무에 두 손을 모으고 화해의 기도를 올렸다. 소원이 이루어지면 아버지와 감사 참배를 하러 올 수 있다면 좋겠네. 그런 기분으로 푸른 하늘을 올려다본다.

"그러게 말했잖아요! 되팔려는 게 아니라니까요!"

갑자기 요란스러운 소리가 나서 난 놀라 아리쿠이 씨와 마주본다.

어쩐지 사무실 쪽이 소란스럽다. 둘이서 벌벌 떨며 다가가 보니 화려한 옷을 입은 아주머니가 창구에서 아우성치고 있었다.

"참배 증명서는 친족 것까지 받아도 돼요. 당신, 신사에서 일하면서 그런 것도 몰라요?"

"물론 알고 있습니다만, 친척 분이 마흔 명이라는 건 역시 나……."

접수처의 여성이 쩔쩔매고 있다. 당연하다. 참배 증명서는 술술 쓸 수 있는 게 아니다. 한꺼번에 마흔 장이나 주면 다음 사람까지 돌아가지 않는다.

"저 사람, 참배 증명서를 되팔 생각이죠?"

"아, 아마도. 아니, 하지만, 음……."

아리쿠이 씨는 너무 상냥하다. 저렇게 자기 생각밖에 안 하는 사람이 있으니까 돌고 돌아 나 같은 사람이 손해를 본다. 그렇게 생각하니 화가 치밀었다.

"참배 증명서 되팔지 마세요! 민폐라고요!"

지금까지의 나였다면 아주머니를 부정하지 않았을 것 같다. 긍정할 수 없는 일에는 그저 잠자코 있었으니까.

지금도 누군가를 부정할 생각은 없다. 난 이 사람을 부정하고 싶은 게 아니라 자신을 긍정하고 싶은 것뿐. 나는 지금

까지 목소리를 내지 않음으로써 나 자신을 부정하고 있었다
는 것을 깨달았다.

"뭐? 넌, 뭐야? 되판다느니 뭐니 트집일랑 집어치워."

"그렇게 친척이 많으면, 사람 수가 아니라 가족 단위로 받
으세요. 사찰 증명서 하나하나에는 신이 깃들어 있어요. 묵
서는 복사본이 아니에요. 도장도 장인들이 몇 년에 걸쳐 공
부하면서 새기는 거예요. 그걸 받는 것에 감사함을 느끼시라
고요."

"어린애 주제에. 너, 유베코 신사랑 관계없잖아! 넌, 빠져
있어!"

"관계있어요!"

라고는 했지만 뒤에 나올 말이 생각나지 않는다. 내가 우
사 씨였다면 상대방을 잘 구슬렸을 텐데…… 하고 분해하다
가 번뜩 생각이 났다.

"저, 전 신을 섬기는 종이에요. 당신 같은 신앙심이 부족한
자에게는 벌을 내려요! 이 전설의 흰 개미핥기님이!"

아리쿠이 씨가 "엇" 하고 표정 없이 놀랐다. 난 그 귓가에
대고 "아줌마를 위협해 주세요. 저, 아리쿠이 씨의 블로그
엄청 좋아하거든요"라고 속삭인다.

"엇, 어떻게 그걸…… 마, 맞아요! 제가 벌을 내리겠습
니다!"

아리쿠이 씨는 당황하면서도 자포자기를 하듯 두 앞발을 크게 벌렸다.

나는 맙소사 하고 두 팔로 머리를 싸맨다. 이게 화내고 있는 거라면 완전히 역효과다. 포즈가 너무 귀엽다. 얼굴에 박력이 너무 없다. 우사 씨가 '화내면 좋겠네'라고 한 말뜻을 가장 최악의 타이밍에서 알게 됐다.

"뭐야, 이 마스코트 인형. 귀엽네."

전매쟁이 아주머니가 아리쿠이 씨의 머리를 쓰다듬기 시작한다.

아아, 이제 다 끝났다 하고 생각했을 때, 그 사람이 나타났다.

"죄송합니다, 잠깐 저 좀 보시죠?"

"뭐야, 당신은."

"같은 일을 하는 사람입니다. 이 근처에 신메이지라는 절이 있는데, 거기의 참배 증명서가 지금 은밀하게 인기를 얻고 있거든요. 잘은 모르지만 기간 한정이라는 것 같아서 인터넷에서의 매매 가격도 유베코 신사의 세 배나 된다고 하네요."

아주머니의 눈이 빛났다. 그러나 바로 원래 표정으로 돌아온다.

"……어쩐지 수상하네요. 당신이 왜 그런 정보를 주는 거죠?"

"전 지방 쪽 참배 기념 도장을 하나로 모아서 사찰 스탬프를 수첩째 팔고 있거든요. 신메이지 건 이미 받아서 지금은 유베코 쪽이 더 중요합니다. 여기서 마흔 명을 기다릴 바에야 뭐, 저야 울며 겨자 먹기로 알려드린 거고."

전매쟁이 아주머니는 망설이고 있다.

"갈 거면 서두르는 게 좋을 겁니다. 참배 증명 스탬프를 받을 수 있는 건 오전뿐이니까요."

그것이 결정타가 됐는지 전매쟁이 아주머니는 감사 인사도 하지 않고 순식간에 도리이 저편으로 사라져 버렸다.

"역시, 타임 서비스라든가 기간 한정이라는 말이 아줌마한테는 효과가 있네."

아주머니와 같은 일을 한다는 그 사람은 나를 보며 아이 같은 얼굴로 웃었다.

"아빠, 왜 여기 있어……?"

"노나야, 봤니? 세 치 혀로 나쁜 놈들을 물리치는 영웅이라고. 옛날에 좋아했던 만화에서 그런 말이 나와. '악당은 직접 상대하면 안 된다'라는 결정적인 대사가 참 멋지단 말이지. 신메이지의 주지 스님, 무섭지? 그런 아줌마한테 대항할 수 있는 건, 반론할 틈도 주지 않는 박력이야. 분명 엄청 날벼락을 맞겠지."

거기까지 말하고는 아버지는 갑자기 온순한 표정이 되

었다.

"노나, 지금까지 미안했어. 네 엄마가 죽고 난 뒤로 사는 게 빠듯해서 아빠한테 여유가 좀 없었던 것 같아. 네 이야기도 변변히 못 들어 줬고."

갑자기 아버지가 고개를 숙이니 또 놀란다. 왜 갑자기 태도가 바뀌었지?

아리쿠이 씨에게 물어보려고 했더니 왜인지 그 모습이 없다. 주변을 둘러보자 멀리 신수 뒤에서 얼굴만 내밀고 음음 하고 고개를 끄덕이고 있었다.

"아…… 저도 죄송했어요. 어차피 얘기를 들어 주지 않을 거라 생각하고, 아빠한테 제대로 전하려고 하지 않았어요."

일단은 나도 고개를 숙였다. 그렇지만 마음의 준비가 되어 있지 않았기 때문에 잘 전달이 되지 않는다. 먼저 궁금증을 해소하지 않으면 진정한 사과가 되지 않는다.

"아빠, 아까도 물어 봤지만 왜 여기에 있어요?"

다시 최초의 의문을 던지자 아버지가 어깨에 걸치고 있던 가방에서 무언가를 꺼냈다.

"이거, 사찰 스탬프 북……?"

내 것과 비슷한, 까만 천에 알록달록한 무늬가 염색되어 있는 아코디언 형태로 제본된 수첩으로 이미 여러 개의 스탬프가 찍혀 있다. 자세히 보니 내가 참배한 곳뿐이다.

"지난번 일요일에 제대로 대화해 보려고 노나 방에 갔었어. 하지만 넌 계속 안 일어나고. 심심해서 방을 둘러 봤더니 책상 위에 뭔가 예쁜 노트가 있더라고. 안을 보고 이게 뭔가 싶었어."

"예쁜 노트라면…… 내 사찰 스탬프 북을 봤다는 거예요?"

"응. 노나에게 '아빠랑 살기 싫어'라는 말을 들었을 때부터 쭉 생각을 해 봤어. 역시 내게는 제대로 된 아버지 역할은 무리라고. 노나의 마음을 더 다치게 할 바에는 위엄은 없어도 친구 같은 부모가 더 낫겠다고. 그래서 옛날처럼 같이 놀 수 있는 걸 하려고 생각했던 거야."

그래서 아버지 자신도 스탬프를 모아 보려고 했던 모양이다. 어느 정도 모아서 나에게 보여주면 화해할 수 있을지도 모른다고.

"아직 근처 사찰을 조금 돌아본 게 다지만, 신불의 효험이란 건 굉장하구나. 여기서 노나를 만날 줄은 몰랐거든. 이제 소원이 이루어졌네."

아버지가 씩 웃는다. 모기 물린 자국에 가위표 표시를 냈을 때의 얼굴로.

"아, 아, 빠……."

입술이 떨려서 말이 잘 안 나온다.

나는 아버지와 헤어지기 위해서 스탬프를 모았다. 아버지는 나와 화해를 하기 위해서 도장을 모았다. 왜 나도 그렇게 하지 않았을까 하고 분해서 눈물이 멈추지 않는다.

"그때, 심한 말을 해서, 죄송, 해요……."

흐느껴 우는 내 머리를 아버지가 톡 때렸다.

"괜찮아, 노나. 그렇게 말하게 한 내가 나쁘지. 앞으로는 나도 잔소리 안 할게. 노나는 어린애가 아닌걸. 노나 교육은 노나에게 맡길게."

아버지는 내가 어린애라고 생각했기 때문에 '반항기'라는 말을 썼던 것 같다. 엄마가 말한 대로 내가 제대로 어른스럽게 굴었다면 이렇게 꼬일 일은 없었다.

"그래서, 이제부터는 노나도 뭐든지 말해 줘. 실은 말에 오용 같은 건 없어. 뜻이 전해지면 그걸로 충분해. 말하는 김에 묻는데, 'AN'이 무슨 뜻이야?"

"아, '아리요리노나시(거의 가망 없음이라는 뜻)'의 약자예요. 그런데 아빠, 회사는?"

난 순간적으로 얼버무렸다.

"쉬어. 연차 휴가 일수가 남아서. 이른 여름휴가를 냈어. 앞으로 여러 가지로 힘들 거야. 일단은 오늘 오후에 공항까지 할머니를 마중 나가야 해."

"어? 할머니, 이쪽으로 오세요? 그보다, 몸은 괜찮아지셨대요?"

"아니, 원래 그렇게 몸은 편찮으시지 않았어. 작년에 할머니가 감기에 걸리셨을 때 마침 잘됐다 싶어 내가 도로 가시게 한 거야. 딸 뒷바라지만큼은 내가 하겠다고 이상한 고집을 부려서."

뭐야, 그랬구나 하고 안도하며 살짝 아버지를 째려봤다. 이상한 고집을 부린 이유도 알았으니까 용서해 주기로 한다.

어쨌든 이제 소원 성취했다. 꿈꾸던 대로는 아니지만 내가 안고 있던 문제는 다 해결——.

"……되지 않았어."

내가 스탬프를 모으기 시작한 이유는 할머니가 건강해지시면 나를 시골에 데려가 달라고 하기 위해서다. 그 근본적인 이유는 아버지와의 불화이지만, 지금은 둘 다 해결됐다. 내가 집을 나갈 이유는 사라졌다.

그렇지만 난 또 한 가지 문제를 안고 있다.

어차피 이사를 갈 거라며 진지하게 생각하지 않았던 학교생활과 난 이제부터 마주하지 않으면 안 된다. 내 편이 한 명도 없는 세계에서 남쪽 동네 애들과 싸워야만 한다.

"저기, 노나야. 나, 전근 가기로 했어."

"엇, 어디로요?"

뜻밖의 기적에 나도 모르게 몸을 떨었다.

"근무지는 같아. 전근 간 셈 칠 거야."

"그게…… 무슨 소리예요?"

"노나, 학교에서 괴롭힘을 당하고 있지?"

깜짝 놀라 아버지를 본다. 하지만 곧장 얼굴을 숙였다.

"노나를 데리러 학교에 가던 날, 네가 응접실에서 뛰쳐나간 뒤에 난 네 뒤를 쫓아갔단다. 그러는 도중에 너희반 남자애가 말을 걸더구나. 네가 반 친구로부터 괴롭힘을 당하고 있다고 말이야."

그 남자애는 자신처럼 하고 싶은 말을 못하는 여자애니까 도와 달라면서 자세한 사정을 설명해 주었다고 한다.

"그래서 널 괴롭히는 주범이 누군지는 알아. 난 그 녀석과 대결할 각오도 되어 있어. 학교에 집단 괴롭힘을 인정하게 하고, 거기 애들 모두에게 사과를 하도록 만들 거야."

그게 도망치지 않고 문제와 마주하는 것일까.

"하지만 그런 건, 노나는 원하지 않겠지? 넌 그냥 하루하루를 조용히 보내고 싶을 뿐이니까. 직접 참배를 하러 다니게 되면서 딸에 대해 조금 알게 됐어. 그리고 괴롭혔던 애들에게 사과를 시켜도 노나가 학교에서 마음 편히 지내지는 못할 거야. 심지어 나빠질 수도 있고. 그럼, 학교 따원 가지 않아도 된다고 말하면 될까? 그건 아닐 거야. 귀여운 딸에게 집에 틀어박혀 있으라고 말하는 건 부모의 애정이 아니야. 의무 교육은 부모의 의무야. 아이가 원하는 교육을 받게 해

주는 게 부모의 책임이겠지? 싫은 것으로부터 도망쳐도 좋다고 가르칠 거면, 제대로 도망갈 길을 마련해 줘야 해. 그러니 전학을 가자, 노나야."

나는 멍하니 있었다. 마치 도장에 대해서 신나게 이야기를 하는 아리쿠이 씨나 사찰 스탬프 북에 대해 열을 올려 말하는 나처럼 아버지의 입이 멈추지 않는다.

"뭐, 괴롭힌 애들의 잘못을 나무라지 않는 건 마음에 안 들지만, '악당은 직접 상대하면 안 되니까' 말이야. 하지만 전학이라고 해도 쉽지 않아. 예를 들어, 먼 학교로 옮기고 여기서 다니면 전의 학교에서 괴롭힘을 당해서 전학을 왔다는 걸 알아챌 거야. 그렇다고 근처면 소문이 날 거고, 애초에 지금의 학교가 전학 허가를 내 주지 않겠지. 학교 측은 집단 괴롭힘이 있었던 사실을 숨기고 싶으니까. 그래서 노나가 다니고 싶은 학교가 있는 마을로 이사하는 게 제일이야."

"하지만, 그러면 아빠가 힘들 텐데……."

"생각해 봐, 노나야. 네가 지금의 중학교에 다니고 있는 건 왜일까? 집이 통학 구역 안에 있기 때문이야. 그 집을 사기로 결정한 건 나야. 그럼, 이런 집 당장 팔아치울…… 수도 없는 노릇이야. 대출이 남아 있거든. 그러니 일 년 반만 할머니 집에서 살자꾸나. 새로운 학교가 정해지면 나랑 노나는 그 근처에 아파트를 얻는 거야. 원하면 지금의 집에서 대안

학교에 다녀도 되고. 그 부분은 학력 등의 문제도 있을 테니까 선생님과 잘 의논해서 결정해 줘. 뭐, 어디로 이사해도 주말은 이쪽으로 돌아오겠지만."

"아, 아빠, 어떻게 그렇게 왕따나 전학에 대해 자세히 알아……?"

"그야, 인터넷을 안 보고 신문을 읽으니까."

크림소다로 파래진 혀를 내밀 때의 얼굴로 아버지가 웃는다.

"인터넷은 정보가 넘쳐나는 대신 한쪽으로 치우치게 된다고 해야 할까, 자신이 좋아하는 것밖에 안 보게 되잖아? 하지만 신문은 정보를 고를 수 없어. 그래서 흥미가 없는 일이라도 그냥 알게 되는 거야. 그거 아니? 해외에는 '왕따 보험'이라는 것도 있어."

지금의 아버지는 엄마가 살아 계셨을 때와 똑같았다. 아마 우리 부녀는 이 2년 동안 외로움을 탔을 거라고 생각한다.

"아니 뭐, 조금은 인터넷으로도 알아봤지만. 어제 선생님과 얘기했을 때, '나쁜 사람은 아니지만 믿음이 안 가는 사람'이라는 걸 확신했거든. 'AN(거의 가망 없음)'이려나. 노나의 무죄를 증명하려는 의지가 전혀 안 보였기 때문에 내가 할 수밖에 없잖니?"

"아빠, 내가 되팔지 않았다는 거 믿어 준 거야……?"

"온 세상이 유죄를 주장한다고 해도, 부모는 자식을 믿어. 그런 건 물어볼 필요도 없는 대전제야. 게다가 어떻게 딸을 지킬 것인가를 생각하는 게, 내 역할이고."

목에 힘을 주고 말하는 걸 보니 아빠도 성장한 것 같다. 즉 엄마의 죽음을 받아들이고 자신의 역할을 찾았다는 것.

나도 아버지에게 지지 않게 더 많이 성장해야지.

"역할이라는 말이 나와서 말인데, 그 남자애가 말 좀 전해 달라고 부탁했었어. '난 자리 바꾸는 거 싫지 않았다'고. 그게 무슨 소리냐?"

조금 놀란다. 난 틀림없이 미움을 받고 있는 줄 알았다.

정말로 말이라는 건 입 밖에 내지 않으면 조금도 전해지지 않는다. 난 부정적인 말이 너무 두려운 나머지 AN(아날로그 네거티브)인 아버지 이상으로 부정적이었음을 반성했다.

앞으로는 문제를 잘 확인하고 똑바로 마주해야지. 남쪽 동네 애의 존재는 분명 '어쩔 도리가 없는' 부분이지만 하루카와 유이나에게는 제대로 사과하고 싶다. 말하자면 부정당하는 것으로 단정 짓게 하고 같이 급식을 먹지 않는 이유를 오해하게 만든 일에 대해.

뭐, 너무 많이 꼬여 버려서 용기야 있지만 지금의 나에게는 등을 밀어주는 사람이 있다.

"정말, 감사합니다——."

내가 미소를 지어 보이자 아버지가 쑥스러운 듯이 두 팔을 벌렸다. 죄송스럽게 생각하면서 그 옆을 달려 나간다.

"아리쿠이 씨!"

보송보송한 몸을 껴안자 아리쿠이 씨는 "왜, 나를?" 하고 당황했다.

남들 앞에서 아버지를 껴안는 건 무리야. 게다가——.

"소녀가 원하는 건, 보송보송함이니까요."

'성장기'를 마친 지금, 난 우사 씨 같은 어른으로 성장하고 싶으니까.

개미핥기 도장집

운명의 사람과
가을 한정 과일 파르페와 할인

1

"연봉 천만 엔입니다. 괜찮으시다면 식사라도 하실래요?"

노조미구치 덴탈 클리닉 안에 떠들썩한 소리가 일어나고 난 또냐 하고 한숨을 쉬었다.

"나, 나왔다! 주오 린카 선수 앞에 올해 17번째 도전자가 나타났다! 심지어 역대 최고의 연봉을 내세우며 등장!"

"선생님, 중계하지 마세요!"

"이 환자는 부동산 회사 사장님의 둘째 아드님이시죠? 얼굴은 53점이지만, 사람에 따라선 괜찮지 않나요?"

"이치가오 씨도 무례한 해설 하지 말아요!"

난 원장 선생님이 마이크 삼아 쓰고 있던 치석 제거기를 낚아채고 여세를 몰아 접수창구에서 나타난 롤리타 복장(화려하고 과도하게 부풀린 치마로 상징되는 소녀 지향의 스트리트 패션)을 한 치과 조무사를 나무랐다. 그러나 때는 이미 늦어 대기실의 환자들은 야단법석을 피우며 진찰실을 들여다보고 있다.

어째서 우리 의원은 늘 이 모양일까. 난 이중 라텍스 장갑을 벗고 관자놀이를 주물러서 풀어 주었다.

"린카 선수, 바로 대답하지 않는군요! 망설이고 있는 것인가?"

"일하지 않는 선생님들을 보니까 어이가 없어서 그래요!"

고함을 지르면서 꼼꼼하게 손을 씻고 다시 장갑을 낀다.

원장 선생님은 일보다 프로레슬링을 좋아하는 사십 줄에 들어선 여의사.

이치가오는 직장에 코스프레(게임이나 만화 속의 등장인물로 분장하여 즐기는 일) 차림으로 오는 스무 살 아가씨.

이 작은 치과 의원에서 제대로 된 인간은 치위생사인 나뿐이다. 두 사람의 페이스에 말려들어선 안 된다.

"망설인다고 해야 할지, 심사가 틀어져 있네요. 린카 씨, 연애 공백기가 15년째에 돌입하고, 마침내 '운명의 사람'을 기다린다느니 그런 말을 하기 시작했고 말이죠. 사사메, 무서워요. 중학교인지 고등학교인지에서 아주 잠깐 사귀었던 남자와의 추억을 평생의 보물로 여기며 죽어 가는 서른 살짜리 여자는 너무 무서워요."

"마음대로 죽이지 마요!"

"린카 선수, 그야말로 벼랑 끝으로 내몰렸습니다! 이대로 인생으로부터도 링 아웃이 되어 버릴 것인가!"

"이 상황이 내 인생에서 그렇게 중요한 국면인가요?!"

"그럼요. 왜냐하면 전, 연봉이 천만 엔이니까요."

"당신은 자존심도 없나요! …… 아아."

감정에 내맡겨 환자에게까지 실례되는 말을 해 버렸다. 난

다시 장갑을 벗고 관자놀이를 주물러서 풀어 준다. 치위생사라는 일은 좋아하지만 선생님의 장단을 맞추는 데에는 어지간히도 지쳤다. 빨리 애인을 만들어서 놀림감에서 해방되고 싶다.

하지만 그런 생각을 한 지도 벌써 몇 년째. 덕분에 대시는 엄청 받았지만 환자와 교제에까지 이른 적은 없다. 왜냐하면 무리인 건 무리다.

난 꼼꼼히 손을 씻고 장갑을 다시 낀 다음 천만 엔 씨에게 고개를 숙인다.

"죄송합니다. C2(2도 충치)인 사람과는 식사를 할 수 없어요."

점심시간에 들어가자 금발의 긴 롤 머리를 손가락으로 뱅글뱅글 돌리면서 이치가오가 다가왔다.

"린카 씨, 천만 엔을 걷어차다니 정말 말도 안 돼요. 그것만 있으면 귀여운 옷을 잔뜩 살 수 있는데."

치과 의원은 의료 업계에서 가장 느슨한 것으로 알려져 있다. 간호사처럼 엄격한 복장 규정이 없기 때문에 아르바이트로 일하는 치과 조무사 중에는 화려하게 꾸미고 다니는 사람이 적지 않다. 하지만 유니폼에 프릴을 한 무더기 달고 금발 가발을 쓴 치과 조무사는 일본 전체를 찾아봐도 이치가오뿐일 것이다.

"돈은 상관없어요. 점심시간이라고 놀지 말고 위생사 공부해요."

이치가오의 경력은 조금 특이했다. 작년까지는 프랑스어를 공부하는 여대생이었으면서 느닷없이 자퇴해서는 치위생사 전문대학에 다니기 시작한 것이다. 게다가 아르바이트하는 곳까지 치과 의원을 고를 정도니까 어지간히도 위생사가 되고 싶은 사정이 있을 것이다.

그렇게 생각하고 이유를 물어도 본인은 "딱히, 어쩌다 보니" 하고 나른한 대답.

실제로 이치가오는 치과 용어도 외우지 못하는 데다 취업 태도도 이 모양. 마치 평소와 다른 경로의 귀갓길을 고르는 것처럼, '어쩌다 보니' 진로를 바꾼 것으로밖에는 생각할 수 없었다.

"그럼, 갑자기 연봉 이야기를 꺼내는 속물 같은 성격은 좀 아니다? 53점 얼굴로는 친구들한테 자랑할 수 없다든가?"

"아뇨. 난 남자의 성격도 외모도 나이도 안 봐요. 이치가오 씨, 혼자 병원을 지켜서 외로운 건 알겠지만, 공부하지 않으면 떨어질 거예요."

우리 병원의 점심시간은 교대제라서 오늘은 원장님과 내가 밖에서 점심을 먹을 차례. 치과의 점심시간은 길기 때문에 혼자서 보내는 건 꽤 지루하기도 하다.

반대로 말하면 공부하기에는 최적의 조건이지만 이 아가씨는 이쪽의 이야기를 듣지 않는다.

"정말요? 그럼, 린카 씨는 남자의 어디를 봐요?"

"구강 안, 이겠죠?"

선생님이 후후 웃으며 진료 차트에서 얼굴을 든다.

"아까 그 사람, 하악 7번 치아는 성가신 위치에 충치가 생겼어요."

"충치요? 그런 건 치료하면 되지 않아요?"

"사사메 양도 위생사가 되면 알게 될 거예요. 이 일을 하다 보면 치아가 깨끗한 사람이 아니면 여러 가지로 무리예요."

"네? 하지만 린카 씨는 치아가 더러운 환자를 좋아한다고 하지 않았어요?"

했다. 난 치석을 왕창 빼낼 수 있는 환자를 아주 좋아한다. 누렇게 착색되어 있는 치아를 보면 가슴이 뛴다. 스케일링으로 밥알이 나왔을 때는 작게 승리의 포즈가 나올 정도다. 하지만 그것과 이것은 이야기가 다르다.

"난 환자의 구강 안을 깨끗하게 하는 걸 좋아하는 거지, 환자 자체를 사랑하는 게 아니에요. 오히려 충치가 있는 환자는 안 돼요. 절대로 무리."

"라면집 사장님은 두 종류가 있죠. 매일 라면을 먹으며 오로지 맛을 추구하는 타입과, 매일 직업상 만드는 라면 따윈 쳐다보고 싶지도 않다는 사람이요.”

그야말로 선생님 말씀대로다. 아무리 멋진 남성이라도 미소 지은 얼굴의 입 안에 충치가 보인 시점에서 나에게는 환자로밖에 생각되지 않는다. 이 감각은 환자의 구강 안을 볼 기회가 적은 치과 조무사로서는 이해하기 어려울 것이다.

“아. 그래서 의사랑 결혼하는 치위생사가 많구나.”

그렇다. 세상은 꽃가마를 탄다느니 하며 야유하지만 실제로 그녀들이 보고 있는 건 돈이 아니라 치아다. 나도 가능하면 의사와 결혼하고 싶다.

그렇지만 보다시피 우리 노조미구치 덴탈 클리닉의 원장님은 여성이고 내가 졸업했을 무렵에는 전문대학도 백 퍼센트 여자였다. 전국에 있는 남성 치위생사는 옛날 휴대 전화에 등록할 수 있는 전화번호의 최대 숫자보다 적다.

그래서 고등학교 1학년 때 실연을 겪은 이후로 내게는 전혀 만남이 없다. 다행인지 불행인지 고백은 엄청 받았지만 상대가 환자인 한 내 안에서는 노카운트다.

“하지만, 선생님의 남편분은 의사가 아니지 않나요?”

그러고 보니 그렇다. 이치가오답지 않은 좋은 지적이라며 감탄한다.

“맞아요. 우리 달링은 평범한 회사원이에요. 그 대신, 아침저녁으로 무릎에 앉히고 이를 닦아 줘요.”

그 광경을 상상하고 살짝 뺨이 뜨거워졌다. 그런 커플이 부럽기도 하지만 난 똑같이는 못할 것 같다.

"사사메, 어쩐지 귀찮네, 치위생사 되는 거 관둘까 봐."

"그건 안 돼요! 자격증은 꼭 따요!"

나는 이치가오를 큰 소리로 꾸짖고 이유를 정성껏 설명했다.

유명한 이야기지만 전국에 있는 치과 의원은 편의점 수보다 많다. 그리고 법 개정 이후 치과 조무사는 환자의 구강 내부를 만질 수 없다. 환자 입장에서는 똑같이 보이겠지만 치과 조무사와 치과 위생사는 전혀 다른 일을 하고 있다. 한마디로 말하면 치위생사는 생계 걱정이 없다.

그야 치과의에 비하면 월급은 천지 차이지만 도시라면 근무 시간도 탄력적으로 조절할 수 있고 출산 후에도 시간제 근무로 일하기 좋다. 요즘 시대에 여성이 혼자 살아가기 위해 이 정도로 확실한 '전문 기술'은 없는 것이다.

"앞으로 고령화 사회에 발맞춰 방문 구강 케어 수요도 늘어날 거예요. 학교에 다니지 않으면 딸 수 없는 자격이니까, 후회하지 않게 앞을 내다봐요."

"……흐음."

이치가오는 내 이야기를 건성으로 들은…… 건 아닌 것 같지만 표정에 변화는 보이지 않았다. 그럭저럭 일 년 정도

같이 일했지만 임신한 친구가 보여준 태아의 초음파 사진만큼이나 이 애에 대해 잘 모르겠다.

"사사메는 말이죠, 역시 린카 씨는 심사가 틀어져 있는 것뿐이라고 생각하는데."

내 뺨이 움찔 경련했다.

"미안해요, 이치가오 씨, 잘 안 들렸어요. 그리고, 그래도 명색이 한참 선배인데, 적당히 좀 놀려 줄래요?"

"다 들리면서."

이치가오가 평소의 그 나른한 표정으로 내 앞에 선다. 키는 작은 주제에 바보처럼 통굽구두를 신고 있어서 시선이 위로 오는 게 화가 난다.

"린카 씨는요, 남자 친구가 생기지 않는 것을 여자 쪽만의 환경이나 직업병 탓으로 돌리는 것 같은데, 자신이 잘못됐다는 생각은 조금도 안 하나요?"

"무슨 뜻이에요?"

"왜냐하면 남자 친구가 생기길 원하면 미팅이든 뭐든 가면 되잖아요? 하지만 린카 씨는 그렇게 안 해요. 어중간하게 인기가 있는 게 좋지 않은 거예요. '이렇게 대시를 해 오는데 초조해할 필요 없어. 기다리면 언젠가는 이상형의 남자가 나타날 거야'라고 생각하는 거죠?"

"당, 당연히 생각하죠. 그게 나쁜가요?"

"하지만, 린카 씨는 환자들한테만 인기가 있죠."

난 윽 하고 가슴을 누르고 비틀거렸다.

"머, 먹혔습니다! 롤리타 사사메의 일격에 린카 선수가 무릎을 꿇었군요!"

"마스크로 얼굴을 반쯤 가리면, 환자한테는 치위생사가 굉장히 미인으로 보인대요. 그 하얀 천에 덮인 부분에 자신의 이상을 끼워 맞춘다는 느낌으로? 그런데 린카 씨, 쉬는 날에 헌팅 당한 적 있어요? 없죠? 린카 씨가 병원 안에서 인기가 있는 건 신비한 마스크 미인으로 있을 때뿐이라는 거죠."

더 없이 적확한 지적에 나도 모르게 연신 콜록거렸다.

"엄청난 양의 피를 흘리고 있습니다! 마스크 미녀 린카에게 의식은 있는 것인가?!"

있지만 거의 사라져 가고 있었다. 전에 환자 앞에서 마스크를 벗었을 때, '어······' 하고 환자가 노골적으로 실망했던 기억이 되살아난다. 그때는 충격으로 사흘 동안 앓아누웠다. 그 후로 난 병원 안에서는 절대로 마스크를 벗지 않는다.

"원래는 노력해야 하는 쪽인데, 떠받들어 주는 환경에 길들여지고 끝끝내는 '충치 없는 운명의 사람을 기다린다'는 핑계나 대고. 이걸 심사가 틀어져 있다고 하지, 뭐라고 하려나?"

"마스크 미녀 린카, 난타를 당합니다! 너무하네요, 롤리타 사사메! 그녀는 왜 이렇게까지 가차 없는 공격을 할 수가 있단 말인가!"

선생님의 생중계에 이치가오가 나직하게 무슨 말을 했다. 그러나 흥분 상태에 있던 나에게는 전혀 들리지 않는다.

"'운명의 사람'은 반드시 있어요! 그리고 나를 복면 레슬링 선수로 만들지 말아요!"

"저기요, 린카 씨. 보통은 다들 노력해서 사람을 좋아하게 되는 거예요. 좋아하게 되면 노력하는 게 연애예요. 선생님도 그랬죠?"

"뭐, 좋아하게 되면 속수무책이니까요."

"봤죠? 린카 씨도 이제 서른인데, 소녀 놀이는 그만하시죠?"

이치가오가 바보 취급을 하듯 고개를 갸웃하고 입으로만 미소를 지었다.

"그래도, '운명의 사람'은 반드시 있어요!"

고작 스무 살짜리 계집애한테 반박을 당하고 나는 정색하면서 같은 말을 되풀이한다.

"린카 씨. 그 운명의 사람이 이미 있는 거 아니려나?"

선생님이 안경을 홱 집어올리고 생중계 모드를 중지했다.

"없어요. 있으면 발바닥의 각질을 제거하다가 끝나버리는 휴일을 보내진 않겠죠."

"린카 씨의 비유는, 늘 왠지 모르게 서민적이네요……."

"서민이니까요. 꿈은 자식 하나와 손주 둘이에요."

"그나저나, 전 '15년의 연애 공백기'가 마음에 걸리네요. 혹시 린카 씨, 옛날 남자 친구를 못 잊는 거 아니에요?"

"그, 그럴 리가 없잖아요! 아무한테나 좋은 얼굴을 하는 잘난 얼굴값을 하는 남자에게 미련 따위, 일 플라크(치태)도 없어요! 뭐…… 지금도 만나고 있고, 오늘 밤에도 약속이 잡혀 있지만, 단순히 질긴 악연이라서…… 아, 둘 다 왜 그래요?"

왜 선생님도 이치가오도 편의점 냉장고에서 주스를 집은 순간 물품을 진열하고 있던 쌀쌀맞아 보이는 점원과 눈이 마주친 것 같은, 어색한 표정을 하고 있지?

"린카 씨, 너무 불쌍해……. 젤리 줄게요."

"린카 씨, 점심엔 장어 사 줄게요……. 힘내요."

왜 두 사람이 갑자기 다정해졌는지 나로서는 전혀 짐작도 할 수 없다.

2

일곱 시가 지나서 병원을 나와 노조미구치 상점가를 종종 걸음으로 걷는다. 가을은 노을의 계절이라는데 대부분의 사람들이 일을 마치면 이미 이렇게 캄캄해지는 것이 10월이다.

그럼, 우리는 어디에서 가을을 느껴야 할까? 말할 것도 없이 '음식'이다.

"여, 수고했어, 린카."

북적이는 선술집 안으로 들어가자 좌식 개별 룸에서 히가시 료타가 한 손을 들었다. 15년 전과 다름없는 싱그러운 미소를 보면 아직도 살짝 설렌다.

"수고 많았어, 료타. 많이 기다렸지?"

"아니, 방금 왔어. 맥주만 2인분 시켜 놨어. 자."

말하며 메뉴판을 보기 쉽게 펼쳐 준 이 남자가 내 15년 된 허물없는 친구이자 유일하게 교제를 한 상대다.

"〈카피바라 술집〉에 오면 역시 생선이지. 아니, 꽁치지."

"맞아. 〈닭꼬치 전문 조녀선〉의 닭 지방간 구이랑 막상막하지."

내가 사는 동네는 전철로 두 정거장 떨어진 곳에 위치하지만 료타는 노조미구치에 살고 있다. 덕분에 주변의 술집은 10년에 걸쳐 거의 제패했다.

난 꽁치구이와 껍질째 붙어 있는 은행 구이를 시키고 료타는 주먹밥 몇 개와 정어리 매실 조림을 시켰다. 금방 나온 맥주잔을 서로 얼굴 앞에 치켜 올린다.

"뭐로 건배할래?"

"나와 린카의 변함없는 우정을 위해."

"영화 같은 데서 그런 대사를 하면 꼭 우정이 깨지더라."

"우정이 깨져서 애정이 싹튼다는?"

"아니아니."

"아니겠지. 그럼, '오늘 하루도 수고했어'로."

내민 잔을 쨍 하고 맞부딪히고 차가운 맥주를 단숨에 들이켠다.

"캬아…… 맥주는 왜 이렇게 맛있을까?"

"그야, 린카가 성실하게 일하고 있어서겠지. 치야는 진짜 해도 너무해. 입만 열면 결혼, 결혼. 아무튼 일을 그만두고 싶어서 안달이야."

맥주가 맛있는 이야기였는데 순식간에 료타의 푸념이 시작되었다. 뭐, 늘 있는 일이라서 들어 주지만 오늘은 엄청 이르기에 기가 찬다.

"이제 결혼해 버리면 되잖아. 지금까지 몇 십 명이나 사귀었으니까, 료타도 슬슬 청산할 때도 됐지."

"그렇긴 해도 상대는 골라야지. 치야는 씀씀이도 헤프고, 왠지 나한테 전적으로 의지해 버리는 것 같아. 요즘 같은 세상에 전업 주부가 될 꿈이라도 꾸나 봐."

료타의 집은 자영업으로 소규모의 작은 공장을 운영하고 있다. 이래봬도 꽤 좋은 대학을 나왔지만 료타는 일류 기업에 취업하는 것보다 부모님의 뒤를 잇는 것을 선택했다. 그게 가장 큰 효도라며 매일 작업복을 기름투성이로 만들고 웃는다.

하지만 효자 아들이 뛰어든들 갑자기 회사의 규모가 커질 리가 없다. 료타가 자신의 벌이만으로 처자식을 먹여 살리기는 어려울 것이다.

"그 녀석, 자기 얘기만 하고, 내 얘기는 별로 안 들어."

그건 너도 마찬가지야, 라는 말은 하지 않는다. 료타가 지쳐 있다는 건 아니까.

"여자들은 다 그래. 전에 사귀었던, 열두 살 가까이 어린 여자 애보다는 낫지 않아?"

"비슷해. 치야는 아마도 내가 어떤 일을 하고 있는지 말 못 할 거야. 이쯤에서 헤어질까."

그 말을 들을 때마다 어떻게 그렇게 쉽게 포기할 수 있을까 라는 생각이 든다. 자신이 선택한 상대에게 애착 같은 건 없는 걸까.

"그녀가 일을 그만두고 싶은 건, 계속 료타 곁에 있고 싶어서 그런 거잖아. 너, 일과 집안일을 이유로 데이트 별로 안 했지?"

"예리하네. 즉, 린카한테도 책임이 있어."

모친이 집을 나가 버렸기 때문에 료타네는 쭉 부자 둘이서 살고 있다. 아버지와 아들이 나름대로 가사를 분담하고 있지만 결국은 홀아버지와 그 아들. 그래서 가끔씩 집에 놀러 가면 여자 친구도 아닌데 나도 모르게 집안일을 해 버린다.

하지만 요즘 들어 통 왕래가 뜸했기 때문에 료타는 에둘러서 '집안일 좀 하러 와' 하고 말하고 있는 거다. 보통의 여자 같으면 '웃기지 마!' 하고 화를 내겠지만 난 이제 그럴 마음이 나지 않는다. 어쨌거나 15년 지기니까.

"네네, 다음에. 그보다, 그런 건 여자 친구더러 해 달라고 하면 되잖아."

"치야는 아무것도 못해. 집안일도 안 해. 일도 안 하고 싶어 해."

"그건…… 음, 그래, 그거야. 결혼하고 나서 열심히 하는 타입이라든가."

"인간은, 그렇게 갑자기 변하지 않는다고."

뭐, 그렇지. 정말로 두둔하기 어려운 그녀다.

"그런 점에선 린카는 참 착실해. 고등학생 때부터 치위생사가 되겠다며 자신의 진로를 확실히 정하고 현실을 바로 봤어. 나 같은 놈을 버리지 않고, 가끔 밥까지 해 주러 오고. 정말, 결혼상대로는 이상적이야."

확실히 현실을 직시하고 있지만 나도 꿈 정도는 꾼다. 애초에 화목한 가정을 이룬다는 꿈을 위해서 일찍부터 하나하나 준비해서 전문 기술을 익힌 거고.

그 직업이 오히려 행복을 멀어지게 할 줄은 생각도 못해 봤지만……

"진짜, 린카 같은 참한 여자가 혼자 있는 게 아깝대도. 빨리 남자를 찾아 봐. 난 물론 아버지도 그러길 바라고 있어."

"나도 늘 바라는 바야."

"그럼, 웬만하면 충치가 있는 정도는 그냥 넘어가라고."

"다들 비슷한 소리를 하는구나."

난 쓴웃음을 지으며 따끈하게 데운 술을 한 병 시켰다.

오늘 점심시간에 선생님과 밥을 먹으러 가자 곧바로 선생님이 '충치는 핑계 아니에요?' 하고 날카롭게 지적했다. 선생님은 내가 아직 료타를 잊지 못하는 거라고 생각하는 것 같다. 그래서 충치를 이유로 남성의 권유를 거절하고 있다. 충치를 타협해 보면 금방 알 거예요 하고 선생님은 이러쿵저러쿵 인생 선배 티를 냈다.

하지만 유감스럽게도 료타는 그냥 친구다. 만약 지금까지 좋아했다면 이렇게 울며 겨자 먹기로 그녀를 두둔하지는 않는다.

우리가 사귀었던 건 15년 전으로 둘 다 풋풋한 고등학교 1학년생이었다. 키스조차 하지 않았기 때문에 친구로 돌아가는 것도 실로 간단. 서로에게 애정이 없기에 남녀의 우정도 성립된다는 것.

"가령 내가 충치를 눈감아 준다고 해도."

난 작은 술잔을 휙 기울이고 료타의 눈을 응시했다.

"절대로 오래 가진 않을 거야. 충치가 있는 남자는 바람을 피우니까."

"그러게, 그건 그런 게 아니래도."

"딱히 료타가 변명할 필요 없잖아. 우린, 진즉에 헤어졌으니까."

"……그렇지."

순식간에 내용물이 흙탕물로 변한 듯한 얼굴로 료타가 술을 들이켠다.

정말로 변명 따원 안 해 줘도 된다. 가령 료타가 결백하다고 해도 15년이나 친구로 지낸 지금에 와서 어떻게 되는 것도 아니다.

그건 료타도 알고 있다. 그래서 치밀어 오른 감정을 술로 삼킬 수밖에 없다. 그렇지 않으면 지금도 혼자인 내가 너무 비참하니까.

"하지만, 료타가 결혼하면 역시나 이렇게는 만날 수 없게 되겠네."

자상한 료타를 봐서 난 화제를 바꿔 주었다.

"결혼 같은 건 안 한 대도."

"그건 모르지? 아기가 생기면 할 수밖에 없잖아."

"뭐, 그렇겠지만. 하지만 난 애정보다 우정을 선택할 거야. 린카와 만나는 것만은 아내가 될 상대에게 양보하게 할 거야."

"대단히 고마운 제의지만, 내가 먼저 결혼할 가능성도 잊지 마."

"그럼, 그것대로 상관없어. 난 린카의 미래의 남편보다도 린카가 행복해지기를 더 바라고 있으니까."

실로 바람둥이 같은 대사에 난 웃음보가 터져 나와 술을 쏟았다.

"미안해, 거짓말했어. 나, 실은 결혼하고 싶어."

쏟은 술을 물수건으로 닦아 주면서 료타가 작은 소리로 나직하게 말한다.

"……그래?"

"응. 치야랑 하고 싶은 건 아니지만. 그냥."

"그냥, 말이구나."

그 마음은 조금 알 것 같았다. 우리는 연 수입의 몇 퍼센트가 축의금 봉투에 담기는 나이니까. 요즘은 화목한 가정을 가까이에서 볼 기회도 많다.

"일단, 마시자. 지금은 아마, 그게 제일 큰 행복일 거야."

그렇게 말하고 료타는 아직 8시대인데 고주망태가 되었다. 완전히 만취해 있었는데 혼자 힘으로 집으로 돌아갈 수 있었던 건 일에 대한 책임감 때문이라고 생각한다.

료타의 멋있는 점도 한심한 점도 난 많이 봐 왔다. 그래서 료타가 꼭 행복해졌으면 한다.

그런 료타를 안심시키기 위해서라도 나도 빨리 운명의 사람을 만나고 싶었다.

그렇지만 서민적인 행복으로 가는 길은 한없이 멀다. 너무 멀어.

"아, 가족사진이 눈부셔……."

귀가한 뒤 침대에서 뒹굴뒹굴하면서 난 SNS를 보며 침울해 있었다. 나도 이렇게 잔디밭에서 아이와 드러눕고 싶어. 정장 차림의 남편을 넌지시 배경으로 넣고 내 얼굴이 살짝 나오게 사진을 찍고 싶어. 대체 어떻게 하면 그 행복을 손에 넣을 수 있을까?

이럴 때야말로 친구와 의논해야겠지만 가끔씩 달달한 음식을 먹으러 가는 고교 시절의 동창생들은 아무래도 일밖에 모르는 타입뿐이다.

마요는 특히나 그렇다. 크리스마스에 점을 보러 갔더니, '이상한 남자한테 갖다 바치기 전에, 모은 돈으로 아파트를 사세요'라는 소리도 들었고. 어떻게 하면 운명의 사람을 만날 수 있느냐고 물으면 오히려 제가 묻고 싶네요, 하고 비웃음을 사겠지.

"하지만 아마도, 마요는 초조해하거나 하지 않겠지."

그녀는 옛날부터 자신을 관철하며 살고 있다. 가령 평생 독신이었다 할지라도 그것을 후회하지 않고 웃어넘길 것이다.

나는 마요처럼 멋지지는 않다. 일은 좋아하고 열심히 하고는 있지만 그건 어디까지나 평범한 행복을 손에 넣기 위해서. 결혼 자금도 충분히 모았고 이걸로 웨딩드레스를 입을 일 없이 생애를 마친다면 난 절대로 성불할 수 없다.

그런데도 내가 점쟁이한테 들은 말은 '손절매(주가가 더욱 하락할 것으로 예상하여 가지고 있는 주식을 매입 가격 이하로 손해를 감수하고 파는 일)를 할 수 없는 성격이니, 주식에는 손을 대지 않는 게 좋겠군요'였다. 연애 쪽으로는 전혀 조언을 받지 못한 나는 점점 미래가 두렵다.

하아 하고 한숨으로 행복을 놓치고 있자 스마트폰이 핑 소리를 낸다.

『린카, 오랜만이야. 노조미구치에 맛있는 디저트 가게가 있는데.』

메신저 앱으로 문자를 보내온 건 양반은 못 되는 마요였다.

『언제 갈래?』

『빠르기도 하지.』

『좀, 싱글 동지가 보고 싶은 기분이거든.』

『미안. 한동안 바쁠 것 같아서 가게 위치만 알려주려고. 지금 한창 계절 한정 과일 파르페가 맛있다고 여종업원 애가 추천하더라.』

그때, 지도 사진이 첨부된다.

『마요, 여전히 일 바쁘니?』

『뭐, 바쁘긴 한데, 일 때문만은 아니고.』

『불길한 예감.』

『린카한테 보고할 게 있는데.』

『안 들을래.』

왜냐하면 여자들끼리 하는 '보고'라면 그것밖에 없다.

『6년 만에.』

『미안, 잘게.』

『생겼어.』

난 『ZZZ…… 』하고 곰이 자고 있는 이모티콘을 보냈다.

『남자 친구가.』

『제길, 배신자!』

이게 무슨 일이람. 하필이면 일과 결혼할 줄 알았던 여자에게 추월을 당하다니. 하지만, 뭐…… 마요는 학생 때 꽤 인기가 있었으니까. 남자 운은 최악이었지만 나보다는 훨씬 앞서 있구나…….

『미안해. 나도 이렇게 될 줄 몰랐어.』

『축하해. 상대는 같은 일 하는 사람이야? 이번에는 형편없는 남자 아니지?』

『응. 예전 동료인데 밉상인 녀석이지만, 일은 잘해.』

『일하는 남자 친구는 처음 아니야? 어떻게 만났어?』

『도장을 만든 계기로?』

도장? 그건 잡지 광고 같은 데 있는 운수가 어쩌고 하는 그 수상쩍은 거? 마요, 뭔가 이상한 방향으로 가고 있는 거 아니야?

이건 자세히 물어 봐야 한다며 문자를 입력하기 시작했을 때, 다른 사람에게서 띵 하고 메시지가 왔다.

『오늘은 말이 너무 지나쳤어요. 죄송해요.』

이치가오였다. 평소에는 업무 연락 정도밖에 하지 않는데 대체 무슨 바람이 분 거지? 좀 신경이 쓰인다.

난 마요에게 『다음에 연락할게』라는 말을 전하고서 이치가오 쪽에 『신경 안 써요』 하고 답장했다. 바로 회신이 온다.

『린카 씨는, 꼬인 데가 있지만 좋은 사람이라고 생각해요.』

독설은 여전하지만 문장에서는 그 느슨한 말투가 없어서인지 다가가기가 좀 수월해진다. 뭐, 본바탕은 나쁜 애는 아닐 것이다.

『고마워요. 하지만, 말이 너무 많아요.』

『그럼, 린카 씨는, 심사가 꼬여 있는 것 같아요.』

『좋은 사람 쪽은 어디다 팔아먹은 거예요!』

역시 평소의 이치가오였다. 뭐, 열 살이나 나이 차이가 나니까 그렇게 간단히 서로를 이해할 수 있을 리가 없다.

『그런데, 그 운명의 사람 말인데요.』

『그게 왜요.』

『쭉쭉 밀고나가는 게 좋을 것 같아요.』

『쭉쭉?』

『다음에 만나면 이쪽에서 프러포즈할 정도의 기세로.』

다음이라고 해야 할지, 아직 만난 적이 없는데.

『먼저, 두 사람 사이에 생겨난 거리감을 싹 없애버려야 할 것 같아요.』

처음 만난 사람과의 거리감이란 게 뭐지? 아, 극도로 긴장하지 말라는 소린가.

『즉, 상대방을 스스럼없이 대하라는 소리예요?』

『아뇨. 일단 관계를 제로로 되돌리는 거죠. 순수했던 그때로.』

『묘하게 기대치를 높이지 않도록, 마음의 리셋 버튼을 누르라는 건가요?』

『리셋 버튼이 뭐예요?』

『나왔다, Z세대(1990년대 중반에서 2000년대 초반에 걸쳐 태어난 젊은 세대를 이르는 말).』

아아, 세대 차이. 세대가 다르면 말도 통하지 않는다. 이애와 노래방에 가면 서로 모르는 곡만 불러서 어색해지려나……

『린카 씨도, 거의 Z세대잖아요.』

『뭐, 그렇긴 하지만. 왠지 오늘은 이치가오 씨, 참 상냥하네요.』

평소 같으면 우쭐거리며 서른 살, 서른 살 하고 막 부르면서.

『별 노력 없이 결혼하고 싶다는 응석받이 여자라면.』

『음?』

『네가 원하는 건, 자신이 외로울 때 위로해 주는 호구남이겠지.』『스마트폰으로 소셜 게임이나 해』『이걸로, 끝이지만요.』

『신랄.』

『린카 씨의 경우는, 80년대 순정 만화 같아서 응원하고 싶어져요.』

『뭐지. 바보 취급을 받는 기분이 드네요.』

『이래봬도 존경하고 있다고요. 오늘부터지만.』

『빠르기도 하셔라! 그보다, 오늘 뭔가 존경 받을 만한 일을 했나요?』

『린카 씨는 듬직한 베테랑에다가, 좋은 의미로 시누이 같아서.』

『그건 전부터 그랬잖아요. 그리고 역시 말이 너무 많아요.』

『베테랑 시누이.』

『환부만 남기지 말아요!』

『사사메는, 아직 능숙하게 깎을 수 있는 치위생사가 아니니까요. 그럼, 안녕히.』

아아, 역시. 자격증을 따라는 조언이 제대로 통했다는 거겠지.

분하지만 의외로 재치 있는 대답에 웃고 말았다. 덕분에 기분 좋게 잘 수 있을 것 같다며 이불 속으로 들어간다.

그렇지만 불을 끄고 눈을 감자 이치가오의 말이 묘하게 머리에 어른거렸다.

"'제로로 되돌린다'…… 라."

나에게 있어 제로, 즉 원점은 치위생사가 되기 전이라고 생각한다. 만약 그때 치위생사가 되지 않았다면 나도 그럭저럭 연애를 했겠지. 상대방에게 충치가 있어도 신경 쓰지 않을 것 같고.

그와 마찬가지로 그때 료타에게 충치가 생기지 않았더라면 지금 우리의 관계도 달라져 있었을지도 모른다. 뭐……생각해 봐야 의미 없는 일이지만.

난 크게 숨을 들이마시고 료타와 마찬가지로 지금에 와서 느낀 감정을 꿀꺽 삼켰다.

3

운명의 사람 운운하기 이전에 '만남'이란 애초에 우연이라고 생각한다.

그렇다면 이리저리 발버둥을 쳐 봐야 소용없겠지. 여느 때와 같은 나날을 보내는 게 제일이야 하고 난 오늘도 출근했다.

안다. 이곳은 충치가 없는 사람을 만날 확률이 가장 낮은 직장이라는 것을.

하지만 반대로 선생님의 지인 중에 충치가 없는 의사가 불쑥 찾아올 가능성도 없지는 않을 거고.

그야말로 뻔뻔한 생각을 하면서 유니폼으로 갈아입고 있자,

"그리고 보니 오늘, 제 은인이 올 거예요."

선생님이 그런 말을 한지라 난 평소보다 더 정성껏 손을 씻었다.

그 후에는 선생님의 은인이 올 때까지 모든 환자를 돌려보내려고 노도와 같은 기세로 일을 해낸다. 오늘은 환자가 작업 멘트도 걸어오지 않았기 때문에 만사형통. 느낌이 좋다.

"이치가오 씨, 다음 환자분, 부탁해요."

유닛 체어, 즉 진료 의자를 가지런히 정돈하고 난 이치가

오에게 말을 걸었다.

그러자 롤리타 아가씨가 그녀답지 않게 난처한 듯한 얼굴을 보인다.

"왠지, 이상한 게 와 있는데요."

"이상한 거?"

나와 선생님이 동시에 말했다.

"크림처럼 새하얗고, 마시멜로처럼 보송보송해요."

"어머. '파프라돈카르메(크림처럼 새하얗고 카스텔라처럼 네모나며 푸딩 같은 맛이 나지만 케이크 같은 맛도 난다는 수수께끼의 과자)' 같네요."

"그게 뭐예요?"

이번에는 나와 이치가오의 목소리가 겹쳐졌다.

"……이게 세대 차이로군요."

선생님이 확 침울해졌다. 파프라 어쩌고 하는 건 모르겠지만 말이 통하지 않는 슬픔은 잘 안다.

"……뭐, 사사메 양의 그 비유라면, 아리쿠이 씨가 오신 거겠죠. 전혀 문제없으니까 안으로 들어오시게 해요."

이윽고 이치가오에게 안내되어 '아리쿠이 씨'가 들어온다. 희귀한 이름의 환자는 나와 선생님 앞에서 공손히 머리를 숙였다.

"안녕하세요, 오늘 잘 부탁드리겠습니다."

그에 대한 내 첫인상은 '안아주고 싶다'였다. 마침내 이성에게 적극적으로 대시하는 캐릭터로 전향한 게 아니라 그가 인형 같았으니까.

인형이라고 해도 몸집이 거대한 남성을 예를 든 비유가 아니다. 그에게는 실제로 하얗고 보송보송한 털이 나 있다. 가슴 언저리에는 연갈색 앞치마를 두르고 있는 것 같은 무늬가 있지만 어쨌든 온몸도 복슬복슬. 동글동글한 눈도 싸개 단추를 끼운 것 같고 생김새도 부드럽고 사랑스럽다.

그렇다고는 해도 그런 존재가 걷고 말하고 꾸벅 머리를 숙였으므로 내 놀라는 모습은 심상치가 않았다.

"뭣⋯⋯ 뭐뭐뭐뭐뭐⋯⋯."

"오랜만입니다, 아리쿠이 씨. 늘 남편이 신세가 많습니다."

말문이 막히는 나를 외면하고 선생님이 상냥하게 인사를 한다.

"아닙니다, 제가 더 신세만 지고 있지요. 오늘도 이렇게 폐를 끼치고."

"별말씀을요. 남편이 무리하게 부탁드린 걸로 알고 있어요. 그 사람은 아리쿠이 씨의 팬이라서 오래오래 건강하셨으면 좋겠어요."

프로레슬링광인 선생님이 방정맞은 수다쟁이에서 정숙한 아내를 연기하고 있다. 이 인형이 그렇게 대단한 사람인가?

그보다, 어떻게 말을 할 줄 알지?

"그녀가 오늘 아리쿠이 씨를 담당할, 주오 린카 씨입니다. 원장보다 야무져서 '그림자 원장'이라고 부르고 있죠. 저부터."

"잠깐만요, 선생님. 지금 제가 담당이라고 하셨나요?"

"안녕하세요, 주오 씨. 아리쿠이라고 합니다. 노조미구치 상점가와 미하라시 용수로가 교차하는 곳에서 도장집을 운영하고 있습니다."

하얀 인형은 다시 공손하게 머리를 숙이고 동글동글한 눈으로 나를 올려다봤다.

"아, 안녕하세요. 치위생사인 주오입니다."

엉겁결에 대답해버렸지만, CEO? 이 인형이?

"자자, 린카 씨. 제 은인을 제대로 안내해 드려야죠."

난 장갑을 벗고 관자놀이를 주물렀다. 아리쿠이 씨는 '도장집'을 운영하고 있다고 했는데, 치과와 도장집의 공통분모라고 하면 인상재 정도가 있을 것이다. 치아를 본뜰 때 치위생사가 반죽하는 실리콘이다. 그렇다는 건 거래처? 그렇다면 설령 상대가 인형이라도 실례가 되지 않도록 해야 해.

"그럼, 아리쿠이 씨, 이쪽에 앉아 주시겠어요?"

이치가오가 "린카 씨, 역시 프로" 하고 존경의 눈길을 보내온다. 암, 프로고말고. 그건 그렇고 왜 선생님까지 "다행이다~" 하는 얼굴을 하고 있지?

"네. 영차…… 영차."

인형 아리쿠이 씨가 짧은 앞발과 뒷발을 써서 유닛 체어에 기어 올라갔다. 그 필사적인 행동에 나도 모르게 가슴이 뛴다. 이런 귀여운 환자는 처음이다.

"그럼, 뒤로 눕혀 드릴게요."

내가 지켜보는 가운데 아리쿠이 씨가 위를 향해 기울어 간다. 뭐지, 이 '배꼽을 다 드러내놓고 자는 개'를 보는 것 같은 기분은. 환자인데 마구 껴안고 싶어.

"저, 위생 앞치마를 둘러 드리겠습니다."

아리쿠이 씨의 목으로 추측되는 부분에 앞치마를 두르자 폭신한 털이 장갑 너머의 손에 닿았다. 이 감촉…… 인형이라기보다 동물?

"저, 선생님."

아리쿠이 씨에게 들리지 않도록 작은 소리로 묻는다.

"혹시 아리쿠이 씨, 동물인가요?"

"네, 맞아요. 빈치목 개미핥기과의 포유류로, 큰개미핥기과 작은개미핥기속에 속하는 남부작은개미핥기예요. 북부작은개미핥기가 아닌 쪽이요."

북부인지 남부인지는 구별할 수 없지만 일단은 동물인 것 같다. 인형이 말하는 것보다는 그나마 이해될…… 리가 없지만, 문제는 그게 아니다.

"그럼, 수의사에게 진찰을 받는 게 낫지 않을까요?"

"아리쿠이 씨는 조금 특별해요. 그보다, 거의 인간이죠. 어쨌든 개미를 먹지 않고, 단 음식만 먹으니까요. 그렇죠?"

원장의 묻는 말에 아리쿠이 씨가 "네" 하고 온순하게 고개를 끄덕인다.

"뭐, 같은 포유류니 일단 구강 상태부터 확인해 볼까요. 괜찮아요. 린카 씨라면 할 수 있어요!"

선생님의 말투는 명백히 귀찮은 일을 남에게 억지로 떠맡길 때의 그것이었다. 안다. 나에게는 처음부터 선택지 따윈 없다는 것을.

나는 조심조심 아리쿠이 씨를 관찰했다. 그 얼굴은 여우처럼 갸름하고 배는 너구리처럼 부풀어 있다. 그러면서 전체적으로는 흰곰 같다.

"여우인가, 너구리인가, 혹은 흰곰인가……."

"아뇨, 개미핥기입니다."

또다시 온화한 남성의 목소리가 눈앞의 복슬복슬한 생명체에게서 돌아온다.

"시, 실례했습니다. 그럼, 치주 질환 예방 조치에 들어가겠으니 입을 아 하고 벌리세요."

이렇게 되면 이제 이판사판이다. 그림자 원장의 고집을 보여 주겠어.

"……어머? 아리쿠이 씨, 입을 벌려 주시겠어요?"

왜인지 아리쿠이 씨는 미동조차 하지 않는다.

"이허어허후."

자세히 보니 아주 살짝 주둥이 같은 입이 벌어져 있었다. 아무래도 남부작은개미핥기는 그다지 입이 벌어지지 않는 생명체인 모양이다.

이건 꽤 힘들겠지만 인간도 턱관절 장애로 입을 크게 벌리지 못하는 환자도 있다. 베테랑 시누이는 이까짓 일로 포기하지 않아. 누가 시누이야.

난 흥 하고 힘을 주고 작게 오므린 입 속에 치경을 밀어 넣었다.

그러나 구강 안을 들여다보자마자 베테랑은커녕 마치 신인처럼 동요한 나머지 소리를 지르고 만다.

"서서서, 선생님!"

"왜요, 린카 씨."

"환자에게, 이가 하나도 없어요!"

아리쿠이 씨의 구강 안은 마치 틀니를 뺀 노인처럼 온통 분홍색이었다.

"뭐, 개미핥기니까요."

"개미핥기니까요…… 라니. 그럼, 전 뭘 하면 되나요?"

"그걸 생각해 내는 게 린카 씨의, 장ㆍ어."

아마도 '일'이라고 말하고 싶은 거겠지. 어제 얻어먹은 점심에 이 어려운 임무가 포함되어 있었던 것 같다. 너구리는 여기에 있었다.

안타까움을 느끼면서 난 장갑을 벗고 관자놀이를 주물러서 풀어준다.

하지만 생각해 봐야 소용없다. 다시 치경을 응시했다.

"아, 대단해요. 아리쿠이 씨, 입 안이 아주 깨끗하네요."

그리고 재미있다. 인간이라면 잇몸에 해당하는 부분이 각질화되어 돌기처럼 되어 있다. 아마도 이것이 치아를 대신하고 있는 것 같다.

"헤흐하아호?"

"네. 무슨 특별한 관리라도 하시나요?"

"갸흐헤호오오하헤하흐호항히하."

"네네."

"항헝힝히힐호허홈히하."

"역시."

이 일을 하다 보면 입을 벌린 채 말하는 환자가 무슨 말을 하고 있는지 대강 알 수 있다. 아리쿠이 씨는 가글제로 입안을 헹구고 치실을 이용하고 있다는 것 같다. 사람도 본받으면 좋겠다.

"정말로 훌륭해요. 잇몸도 탄탄하고 윤기가 있어서 이상적······."

난 그만 넋을 잃었다. 이렇게까지 구강 안이 깨끗한 환자는 좀처럼 만날 수 없다. 그보다 만난 것이 거의 기적이다······ 기적?

설마, 이건 운명의 만남?

아니, 아니. 아니, 아니야. 린카, 정신 차려. 확실히 충치가 없으면 연봉도 외모도 상관없다지만 상대는 인간이 아니야. 연인 이전의 문제라고.

"허히, 잉하히."

멍하니 있던 나를 아리쿠이 씨가 우물거리며 불렀다.

"죄, 죄송합니다. 이제 치주낭 같은 것이 생겼는지 확인하겠습니다. 살짝 따끔할 테니까, 아프시면 왼손을 들어 주세요."

혼란스러운 자신을 머리에서 쫓아 버리고 아리쿠이 씨의 입속에 탐침을 갖다 댄다.

그러나 진료하면서도 나는 머릿속으로 운명에 대해 생각했다. 동시에 두 눈은 아리쿠이 씨에게 빼앗겼다.

보송보송한 털을 다시 한 번 만지고 싶어. 검은 눈동자가 물기를 띠어서 예쁘구나. 왠지 왼손만 파닥파닥 흔들어서 귀여워. 후후.

"네. 그럼, 일으켜 드릴 테니까, 입을 헹구세요."

아쉽게도 얼추 체크가 끝나 버렸다. 아리쿠이 씨는 왜인지 축 늘어진 모습으로 종이컵에 입을 들이밀고 있다.

"린카 씨, 아리쿠이 씨의 구강 상태는 어땠어요?"

"완벽해요. 문제없이 사귈 수 있겠어요."

선생님과 이치가오 그리고 대기실의 환자들이 "엇" 하고 일제히 나를 봤다.

"아, 아뇨, 그게…… 치위생사로서 오래 가까이 지내고 싶은 환자분이시라고요. 할 게 거의 없으니까."

"그럼, 다행이고요. 이제 남편도 안심하겠네요. 그럼, 아리쿠이 씨, 오늘 고생하셨습니다."

"예. 선생님, 주오 씨, 오늘 정말로 감사했습니다."

아리쿠이 씨는 꾸벅 머리를 숙이고 떠나갔다. '괜찮으시다면 식사라도 하실래요? 좋은 개미총을 알고 있습니다' 같은 권유도 없이.

"린카 씨, 왜 그래요? 뭔가 굉장히 아쉬워하는 얼굴이네요."

그렇지 않다고 대답했지만 후회 비슷한 감각은 내 안에 있었다.

4

"린카 씨가 무슨 일을 꾸미고 있어."

옆에서 걷는 이치가오가 금발 가발을 뱅글뱅글 돌리면서 수상쩍어 하는 눈초리로 나를 본다.

"어젯밤, 나를 응원해 줬으니까요. 그 답례예요."

우리는 어젯밤에 마요가 알려 준 디저트 가게로 향하고 있는 중이었다.

내가 처음으로 이치가오에게 권유한 이유의 반은 지금 말한 대로.

나머지 반은 좀 더 이치가오에 대해 알고 싶었기 때문에.

이치가오의 독설은 꽤나 예리한 부분을 찌른다. 그보다 내가 듣고 싶지 않은 말만 가차 없이 골라서 한다.

하지만 그건 뒤집어 말하면 나를 자세히 관찰하고 있다는 반증이고.

세대가 달라서 서로 이해할 수 없다고 단정을 지었지만 세대가 다르기에 알 수 있는 것도 있을지 모른다. 공감할 수 없는 가치관을 이해하는 건 연애에서도 아마 중요한 일일 것이다. 그렇게 생각하고 내 나름대로 결혼을 위한 활동의 일환으로 이치가오를 꾀어 봤는데, 어린 소녀풍의 복장을 한 여자와 나란히 걷는 건 창피하기도 하고 보통은 술을 한잔하고 나서 해장 삼아 먹는 파르페를 제일 먼저 먹고 싶다는 이십 대에게 벌써 문화의 차이를 느끼고 있었다. 뭐, 사십 대에 들어선 선생님의 말에 의하면 해장 파르페도 있을 수 없는 것 같지만.

"린카 씨는, 사사메를 별로 좋아하지 않지만 연애 조언자로서 유용하니까 회유하려고 하는 거죠?"

"인정할게요. 분하지만, 나보다 이치가오 씨가 더 연애 경험이 많은 것 같기도 하고."

"무지하게 비꼬는 말……."

"네?"

비꼬는 말이라고 들린 것 같은데 내가 잘못 들은 건가?

"……엄청 복잡하게 꼬인 길이지만, 이쪽 맞죠?"

네네 하고 마요가 보내 준 지도를 본다. 상점가는 샛길이 많지만 그다지 복잡하지도 않다. 실제로 직진해서 가자 바로 목적지에 도착했다.

아담한 벽돌 건물. 그 초록색 차양에는 이렇게 씌어 있다.

有久井印房

"가게 이름을 어떻게 읽는지는 모르겠지만, 여기 같네요."

"일러스트 대박 귀엽다."

건물 앞에는 작은 탁자가 놓여 있고 손 글씨로 쓴 칠판 메뉴판이 세워져 있었다. 거기에 따르면 오늘의 수제 케이크는 '모카롤'인 것 같다. 그러나 유감스럽게도 품절되어 버린 듯 눈을 부등호 기호로 만든 토끼 일러스트가 '죄송해요' 하고 사과하고 있다.

"이런 거 그릴 줄 아는 점원이 있는 가게는, 장사가 잘되던데요."

옆에 있는 이치가오에게 동의를 구하자 왜인지 반응은 정면에서 돌아왔다.

"잘되고말고요. 참고로 저희 가게는 '아리쿠이인보(개미핥기 도장포)'라고 읽는답니다."

보니 아리쿠이인보의 문을 열고 여자애가 빼꼼 얼굴을 내밀고 있다. 여종업원으로 생각되는 그녀의 머리 옆에는 마치 개의 귀 같은 '귀'가 축 늘어져 있었다.

"어서 오세요. 오늘은 식사를 하시겠어요? 도장을 파시겠어요?"

"어, 아니, 네?"

잇따라 이상한 정보를 받아서 곤혹스럽다. 왜 귀를 달고 있지? 식사와 도장, 두 가지 선택지는 뭐지? '아리쿠이인보'라는 게 설마……?

"저기요, 계절 한정 과일 파르페 있나요? 혹시 복숭아 들어 있어요?"

당황하는 나를 대신해서 이치가오가 물었다.

"그럼요. 복숭아가 들어 있는 정도가 아니라, 막 '피치피치'한 느낌이에요."

"대박! 그럼, 두 사람 안내 좀."

"네. 그럼, 테이블 자리로 안내해 드릴게요."

"그 꼬리, 귀엽네요. 토끼?"

"맞아요. 홀랜드 롭이어 품종이에요."

비슷한 또래끼리 공감대를 형성한 건지 이치가오와 여종업원이 전부터 알던 사이처럼 가게로 들어간다. 어안이 벙벙해진 나는 분명 더는 젊지 않은 것이리라.

비애를 느끼면서 토끼의 꼬리에 이끌려 가게 안을 걸어간다.

가게 안에는 여러 개의 테이블 자리와 카운터가 있었다. 맨 처음에 눈에 띈 것은 카운터에 놓인 꽃병. 코스모스가 산뜻하게 위를 향하고 있어 세련된 색조의 가게 안에서 좋은 포인트가 되고 있다.

이어서 살짝 감탄사가 나온 건 카운터 의자로, 앉는 부분이 둥근 것도 있고 네모난 것도 있고 제각각인데 높이는 고만고만한 것이 재미있다. 그 아래쪽 바닥은 그런대로 오래 사용된 듯한 촉감이지만 낡은 거울처럼 희미하게 의자 다리를 비추고 있다.

내가 음식점에 들어가서 체크하는 부분은 주로 가게의 유지·관리 상태. 뭐, 이런 성격이라서 '베테랑(깐깐한) 시누이'라는 소리를 듣는 거겠지만 요리의 맛은 의외로 이런 데서 나오는 거니까.

그런 의미에서 아리쿠이인보는 어디에나 있을 것 같은, 그러면서도 찾아보면 좀처럼 없는, 깔끔하게 관리된 복고풍의 찻집이었다. 직장에서도 걸어올 수 있으니 이제 식사만 맛있다면 자주 다니고 싶다.

"주오 씨, 안녕하세요. 오늘 아침엔 신세가 많았습니다."

나는 놀라 뒤를 돌아본다. 목소리의 주인은 카운터 안에 있었다.

"아, 아리쿠이 씨, 왜 여기에?"

"왜냐고 물으시면…… 그게, 원래 전 조각가가 되려다가, 어느 날 선대가 새긴 도장을 만나──."

"대신 설명해 드릴게요. 아리쿠이인보는 도장포이고, 여차저차해서 찻집이랍니다. 여기 계신 분이 점장님이시고요."

여종업원 애가 끼어든다. 그 설명은 상당히 엉성했지만 난 전부 이해가 됐다. 가게 앞에서 말했던 두 가지 선택지에도 납득이 간다.

그렇지만 내가 놀랐던 건 아리쿠이 씨가 아리쿠이 도장포의 점장이었다는 사실만이 아니다. 제일 놀란 건 내 이름을 불러준 일이다.

"아리쿠이 씨, 용케도 저를 알아보셨네요……?"

왜냐하면 일이 끝난 지금은 맨얼굴이다. 아니, 노 메이크 업은 아니지만 평소 '마스크 미인'이라고 불리는 난 마스크를 벗은 병원 밖에서 환자에게 얼굴을 들킨 적이 없다.

"……? 오늘 오전 중에 만났는데요……."

"그, 그렇죠, 참. 죄송합니다. 아하하."

나는 기쁨과 부끄러움을 얼버무리듯 멋대로 카운터석의 의자를 당겨 앉아 버렸다.

"우사, 주오 씨는 오늘 오전에 나를 진찰해 주신, 노조미구치 덴탈 클리닉의 치위생사님이셔. 옆에 계신 분은 치과 조무사님이신……."

"사사메예요. 사사메는요, '계절 한정 과일 파르페'랑 로열 밀크티를 주문할게요."

변함없는 태도로 옆에 앉은 이치가오가 창피하다.

"흠, 치위생사 선생님과 치과 조무사 선생님이시라고요."

우사라고 불린 여종업원 애가 왜인지 나를 보고 히죽 웃는다. 뭐지? 이치가오라면 몰라도 난 이상한 언동을 하지 않았던 것 같은데.

상황을 살피려고 정면을 보자 갑자기 동글동글한 눈동자와 눈이 마주쳤다.

"주오 씨, 왜 그러세요?"

바로 정면에 있는 아리쿠이 씨가 어리둥절해하는 얼굴로 고개를 갸웃한다.

"아, 아무것도 아니에요. 저도 계절 파르페 주세요."

황급히 고개를 숙이고 주문한다. 나, 왜 이렇게 가슴이 두근거리지?

"예. 잠시만 기다려 주세요."

그 겉모습에 어울리지 않는 중후하고 차분한 목소리를 듣고 다시 심장 박동이 빨라진다.

"린카 씨, 설마, 진짜?"

이치가오가 미간을 찌푸리고 나를 봤다. 마치 여행지의 기념품 가게에서 제일 먼저 페넌트(관광지의 기념품 가게에서 판매되고 있는, 지명이 새겨진 가늘고 긴 삼각기)를 손에 든 사람을 보는 듯한, '말도 안 돼'라고 말하는 듯한 얼굴로.

"진짜라니, 뭐가요?"

"왜냐면, 사람이 아니잖아요."

"아리쿠이 씨요? 그게 어때서요?"

이치가오는 레이스가 달린 장갑을 벗은 뒤 인상을 쓰고 관자놀이를 주무르기 시작했다.

왠지 무섭다. 그런 건, 다른 사람 앞에서 하지 않는 게 좋을 것 같다.

"어떻게 된 건 린카 씨겠죠. 그야 사사메는 영원한 소녀니까, 솔직히 말도 안 된다고 생각하면서도 제 캐릭터 콘셉트를 고려하면 아리쿠이 씨의 존재를 긍정하는 게 좋으니까 그 존재를 인정하기로 했거든요?"

"굉장히 타산적이고, 거만하네요……."

"하지만, 보통은 이렇게 침착하게 있을 수가 없죠. 왜냐면 개미핥기잖아요? 인터넷에서 찾아보면 '남편이 큰개미핥기의 공격을 받아 사망했다'라든가, '지상 최강의 생물체설' 같은 게 나오는, 그 개미핥기라고요. 대박 무섭잖아요. 게다가 말도 할 줄 아는 걸요? 목소리는 좀 좋은 것 같지만, 외모는 보송보송하잖아요?"

"후후. 귀엽네요."

"귀엽지만!"

이치가오가 카운터를 탕 쳤다. 평소의 나른한 캐릭터는 어디로?

"린카 씨의 경우에는 귀여운 것 이상의 감정을 가지고 있잖아요. 지금 사사메랑 얘기하는 동안에도 아리쿠이 씨를 눈으로 좇고, 눈이 마주치면 얼굴이 새빨개지고."

"이치가오 씨, 내 말 좀 들어봐요."

"뭔데요? 아직 말하는 중인데요."

"실은 나도…… 사랑에, 눈을 떠 버렸어요."

15년 만이긴 하지만 이 설렘을 기억한다.

"린카 씨, 침착해요. 자포자기하는 건 아직 일러요."

이치가오가 다시 관자놀이를 주무르기 시작했다.

"자포자기가 아니라…… 운명을, 느껴 버린 걸요."

"그 꿈꾸는 소녀 같은 말투는 관둬요! 베테랑 시누이로 돌아와요!"

"있죠, 이치가오 씨. 아리쿠이 씨에게는 충치가 없어요. 게다가, 아리쿠이 씨는 맨얼굴인 나를 보고도 실망하지 않았어요."

지금의 나에게는 그 갈고리 모양으로 꼬부라진 발톱 끝에 운명의 붉은 실이 보이고 있다.

"……아, 그거. 린카 씨, 무의식적으로 앞으로 나아가려고 하는구나."

"앞으로 나아간다고요?"

"음. 그럼, 그걸로 괜찮지 않으려나. '잊기 위한 사랑'…… 인가. 90년대 초반 느낌이 물씬 나네요."

"이치가오 씨, 아까부터 뭘 그렇게 중얼거리고 있는 거예요?"

"손님 중에 우리 치과 환자도 꽤 있는데, 다들 전혀 린카 씨를 못 알아보네. 역시 마스크 미인이라니까."

"날 좀 내버려둬요!"

그러나 사실은 사실이므로 난 살짝 침울해졌다. 치과 손님이 세 명이나 있는데…….

"오래 기다리셨습니다. 여기 가을 한정 과일 파르페 나왔습니다."

그런 타이밍에 카운터에 덥수룩한 손이 뻗어 온다. 아리쿠이 씨가 나란히 올려놓은 파르페를 보며 나와 이치가오는 "오오!" 하고 얼굴을 빛냈다.

길쭉한, 은방울꽃 같이 생긴 귀여운 유리 그릇. 그 내용물은 스펀지케이크에 생크림 그리고 핑크빛을 띤 잼이 여러 겹으로 포개져 있다.

그러나 괄목할 만한 것은 그 꼭대기였다. 한입 크기로 썰어진 하얀 복숭아가 마치 젠가처럼 절묘한 균형으로 겹쳐 쌓여 있다. 아마도 복숭아 한 개를 통째로 썼을 것이다. 그야말로 '피치피치'한 경관이었다.

"싱싱해……. 이건 완전히 달고 맛있는 물…….'

곧바로 복숭아를 입에 가득 넣은 이치가오가 포크를 물고 황홀해한다.

확실히 사람들 앞이 아니면 핥아보고 싶은 충동이 생길 정도로 복숭아 표면에 촉촉하게 물방울이 맺혀 있었다. 참지 못하고 나도 포크를 쥔다.

"음…….""

너무 무르지도 단단하지도 않은, 적당히 말랑말랑한 복숭아. 거기를 이로 베어 물자 엄청난 수분이 흘러나왔다. 새콤달콤한 싱싱함을 흘리지 않으려고 나도 모르게 턱이 움직인다.

"……정말요. 이 복숭아, 취해요……아니, 중독돼요…….""

과육을 이로 바스러트릴 때마다 구강 안에 감로가 가득 찼다. 목구멍 안쪽으로 떨어지는 물복숭아가 의식을 천상으로 날려 보냈다. 우리는 둘 다 반쯤 눈을 뜨고 황홀하게 천장을 바라봤다.

그나저나 이 복숭아 장난 아니게 맛있다. 혹시 엄청 비싸지 않을까 싶어 슬그머니 메뉴를 확인하고 또 놀란다.

"싸!"

뜻밖에도 880엔. 전에 모 찻집에서 복숭아 파르페를 시켰을 땐 케이크 뷔페에 갈 만한 가격이었는데.

"원래, 저희 가게에서는 과일 파르페를 팔지 않았습니다."

아리쿠이 씨가 큰 복숭아를 두 앞발로 감싸 쥐고 우리에게 보여 주었다.

"인연이 있는 농가가 가와사키의 복숭아를 널리 알려 달라고 하시면서 고급 품종을 저렴하게 판매해 주시고 계시거든요. 그래서 가을 한정 과일 파르페가 아닌, 과일 파르페 자체가 이 시기에만 선보이는 메뉴라고 할 수 있죠."

나는 흠흠 하고 맞장구를 치면서 머릿속으로는 다른 생각을 하고 있었다.

목소리로 추측컨대 아리쿠이 씨는 중년 남성으로 생각된다. 만약 마흔 살 정도라면 나와는 열 살 차이. 그 정도라면 뭐 허용 범위다. 결혼했을까? 반지는 안 끼고 있는 것 같지만 음식점에서는 빼는 사람도 있으니 뭐라고 말할 수 없다.

"복숭아 철은 일반적으로 여름이라고 알려져 있지만, 실은 품종에 따라 다릅니다. 가을에 수확되는 복숭아는 단맛과 산미의 균형이 잘 잡혀 있어 치즈나 생크림과 궁합이 아주 잘 맞지요. 대신 조리면 맛이 덜해지기 때문에 아래쪽의 살구색은 다른 복숭아를 썼습니다."

멋진 목소리……. 역시 부인이 있으려나. 실은 같이 일한다든가.

"린카 씨, 이거 파먹는 거 되게 재밌어요. 두 번째 생크림인 줄 알았는데, 치즈 층이에요. 복숭아 모차렐라예요. 피치 피치 모차렐라예요."

다른 종업원은 없나 가게 안을 둘러보자 카운터석 구석에 카피바라가 있었다. 그 존재에 놀라기도 전에 난 왼쪽 앞발가락에 반짝이고 있던 링을 주시한다.

"저, 아리쿠이 씨, 결혼하셨나요? 혹시 저쪽에 계신 카피바라가 부인이세요?"

내가 의문을 입에 담은 순간, 가게 안이 쥐 죽은 듯이 고요해졌다. 시답잖은 농담을 하고 있던 금발과 빨간 머리의 소년과 크림소다를 마시고 있는 여자애 그리고 피자 토스트를 먹고 있던 괴팍해 보이는 노인 같은 손님들이 일제히 나를 본다.

"엇, 어머……?"

뭔가 말실수를 했나 싶어 당황해하자 잠시 후 폭소가 터졌다.

손님들은 물론이고 여종업원인 우사 씨까지 카운터를 두드리며 낄낄거리고 있다.

"카피오는 저래 봬도 냉혹한 허무주의자예요. 여자 취급을 받아 버렸으니 굉장히 화낼 거예요."

"죄, 죄송해요. 난 동물의 암수를 구별할 줄 몰라서……."

그보다 다들 구별할 줄 아나? 실은 아리쿠이 씨가 암컷일 가능성도 있나?

"괜찮아요. 주오 씨한테 화내는 건 아니니까요. 봐요."

우사 씨가 가리킨 쪽을 보니 안쪽 테이블석에 비둘기가 있었다. 비둘기는 맹렬한 기세로 타자기를 부리로 쪼아대며 가게 안에 대량의 종이를 흩뿌리고 있다.

그 한 장을 카피바라인 카피오가 주웠다. 그러자 연갈색의 털이 확 곤두서고 작은 몸이 가볍게 위로 솟구친다.

동시에 비둘기도 탁자 위에서 한쪽 다리로 서서 양쪽 날개를 크게 펼쳤다.

"아마도 저 종이에는『저 허무맹랑한 생쥐 같은 놈이 아리쿠이 씨의 마누라라고! 하, 웃기는군. 오늘부터 카피오 양으로 불러주마』같은 글이 적혀 있을 거예요. 저 두 사람, 하트 카피(비둘기와 카피바라) 사이니까요."

그게 좋은 건지 나쁜 건지 어리둥절해하자,

"왜!"

가게 한가운데에서 아리쿠이 씨가 짧은 오른쪽 앞발을 옆으로 내밀었다.

"너희는!"

이어서 펄렁거리며 왼쪽 앞발.

"만날 싸우는데!" 마지막에 퉁 하고 효과음······은 나지 않았지만 두 앞발을 벌리고 장승처럼 우뚝 버티어 선 아리쿠이 씨는 화가 난 것 같았다. 그러고 보니 '동물은 화나면 일어서서 몸집을 크게 만들어 보이기도 한다'고 동물 마니아인 마요가 말했던 것 같다.

하지만 내가 보기에 아리쿠이 씨의 포즈는 위협이라기

보다 "자, 마음껏 이 보송보송한 품에 안겨 보시라!"라고 권유하고 있는 것 같았다. 내 오른팔아, 진정해.

"린카 씨, 얼굴이 엄청 헬렐레해요."

"이치가오 씨도, 좀 부릿코(공주병) 같은 포즈 했었잖아요."

"'부릿코'가 뭐예요? 부리코(도루묵 알)?"

또 세대의 벽인가 하고 관자놀이를 주무르고 있자 아리쿠이 씨가 미안해하며 다가왔다.

"죄송합니다. 주오 씨. 요란스러운 가게라서."

"아니에요. 저희 병원에도 요란스러운 원장님과 치과 조무사가 있어서 아리쿠이 씨의 마음 잘 알아요. 저도 그 위협하는 포즈를 해보고 싶은데, 괜찮으시면 다음에 가르쳐주세요."

내 입으로 말하는 것도 뭐하지만 이거 백 점짜리 대답 아니야? 아리쿠이 씨를 두둔한 동시에 이치가오 말처럼 쭉쭉 밀고 나간 느낌이고.

뭐, 그것과는 상관없이 이 가게에는 정말 또 오고 싶다. 가령, 아리쿠이 씨가 운명의 사람이 아니었다고 해도 복숭아 파르페는 앞으로 열 번은 더 먹어두고 싶다. 왜냐하면 계절 한정이니까. 요즘 난 한정이나 반짝 할인이라는 말에 약하다.

그렇지만 나의 자그마한 서민적인 바람은 현관 벨 소리로 산산조각이 났다.

"어라, 린카?"

5

들어온 손님은 료타였다. 옆에 한 여성과 같이 있다.

그녀의 치아는 깨끗하다기보다 지나치게 하얬다. 꾸준히 치과에서 클리닝을 받고 있는 것 같다. 당연히 복장에도 돈을 썼고 가방에는 상당히 고가의 브랜드 로고가 보였다. 틀림없이 소문의 그녀일 것이다.

"료, 료타구나. 오랜만이네, 잘 지냈어?"

"무슨 소리야. 어제 둘이서 마셨잖아. 치매 걸렸냐?"

치매에 걸린 건 너잖아, 라고 말하고 싶었다. 남이 모처럼 마음을 써 줬는데.

"처음 뵙겠습니다, 린카 씨. 당신 얘기는 료타에게서 매일같이 듣고 있어요."

여성이 살짝 고개를 숙였다. 억지 미소를 지은 얼굴의 눈은 전혀 웃고 있지 않다.

"호, 혹시, 료타의 여자 친구세요?"

스스로도 천연덕스럽다고 생각하면서 통과 의례처럼 묻는다. 그렇지만 그녀에게서 돌아온 말은 생각지도 못한 것이었다.

"말씀드리는 게 늦었네요. 전, 료타의 약혼자인 산겐 치야라고 합니다."

나도 모르게 몸을 뒤로 젖혔지만 가까스로 미소를 유지한다. 그대로 시선을 움직여 '뭐야, 약혼이라니 어떻게 된 거야?' 하고 료타에게 따졌다.

료타는 당황한 듯이 내게서 얼굴을 돌리고 그대로 아리쿠이 씨 쪽을 향한다.

"아리쿠이 씨, 이 애한테 도장을 만들어 줬으면 하는데요."

"우와. 료타 씨, 혹시 결혼하세요?"

아리쿠이 씨 대신 여종업원 우사 씨가 눈을 빛낸다.

"응. 어제 임신했다는 걸 알아서, 바빠지기 전에 이것저것 준비하고 싶다고, 애가."

난 "윽" 하고 신음했다.

치야 씨는 승리의 미소를 띠고 있었다.

아리쿠이 씨는 "축하드립니다"라고 말하면서 왜인지 고개를 갸웃했다.

그리고 전혀 관계없는 사람인 이치가오가 나직하게 중얼거렸다.

"생각할 수 있는, 최악의 결말······."

"좀, 뭐라는 거예요!"

나는 이치가오의 프릴을 잡아당겨 나무란다. 모진 중얼거림은 못 들은 듯 료타와 치야 씨는 두 칸 띄어 우리 옆에 앉았다.

"이치가오 씨, 돌아가요. 당신은 눈치가 빠르니까, 대충 상황을 알겠죠?"

금발의 귓가에서 속삭인다.

"알지만, 사사메는 아직 파르페 먹는 중인데."

확실히 이치가오의 그릇에도 내 것에도 아직도 맛있는 복숭아가 잔뜩 담겨 있다.

아까 말하는 투로 추측컨대 료타는 이 가게의 단골일 것이다. 아리쿠이 씨에게 놀란 기색도 없으므로 치야 씨도 처음 보는 게 아닐 것이다. 그렇게 되면 이 가게는 두 사람의 데이트 코스일 가능성이 높다.

그건 즉, 난 이제 아리쿠이 도장포에 올 수 없다는 것을 뜻한다. 료타는 둔감하니까 신경 쓰지 않겠지만 난 어색해 죽을 지경이다.

"게다가, 린카 씨는 당당하게 있어야 해요."

"왜요."

"전 여자 친구는 지금의 여자 친구에게 남자 말고는 양보할 필요 없으니까."

그렇게 법률로 정해져 있다고 말하는 듯한 얼굴로 이치가오는 다시 파르페를 퍼 먹기 시작했다.

치야 씨를 불편하게 하는 건 바라는 바가 아니다. 그렇긴 해도 나도 파르페는 먹고 싶다. 게다가 무엇보다 '운명의 사람'일지도 모르는 아리쿠이 씨와 보내는 시간을 잃고 싶지 않다. 하다못해 오늘만. 아니, 앞으로 이삼일.

좋아, 하고 생각을 고쳐먹기로 하고 나도 파르페를 먹기 시작했다. 남자 친구 없이 15년 동안 싱글이었던 여자가 예비 신혼부부 옆에서 먹어도 '피치피치'는 맛있다. 바로 옆에서 전 남자 친구가 현재의 여자 친구와 도장에 대해 상의를 하고 있어도 한 숟가락 떠먹으면 행복해질 수 있다.

"여성은, 이름만 새기시는 분이 많습니다. 치야 씨의 경우라면, 이런 형태가 되겠네요."

"그럼, 그걸로 할게요. 그리고 아이의 이름이 들어간 스탬프도 가능한가요? 옷이나 종이 기저귀에 이름을 찍는 용도의."

"콜록…… 콜록콜록……."

치야 씨의 생생한 주문을 듣고 그만 연신 기침이 나왔다.

"가능합니다만…… 남자아이용인 '신칸센(일본의 고속 철도) 세트'와 여자아이용인 '꽃밭 세트'가 있으니, 아기를 낳으신 뒤에 하시는 게 좋을까 하는데."

"어느 쪽이든 상관없으니까, 둘 다 부탁드릴게요."

어쩐지 굉장한 사람이구나 하는 생각이 든다. 료타는 지금도 얼마 안 했을 텐데 이렇게 낭비가 심한 부인을 먹여 살릴 수 있을까.

"뭔가, 굳히기 작전에 들어가는 느낌이네."

내 등을 문질러 주면서 이치가오가 싸늘한 목소리로 말했다.

"굳히기 작전이 뭐예요?"

"생각해 봐요, 린카 씨, 임신 사실을 알고서 결혼을 한다고 했을 때, 제일 먼저 도장부터 만들 생각을 하나요?"

글쎄, 어떻지. 나였다면 우선 그쪽 계통의 잡지를 읽을 것 같은데.

"인터넷으로 검색하거나 두툼한 잡지를 읽으면 '프러포즈를 받고 나서 하는 일'이 차례대로 적혀 있겠지만, 도장 만들기 같은 건 나오는 게 제일 마지막인 데다가 어린이용 스탬프는 어린이집용이니까, 더 한참 뒤의 일일 거고."

듣고 보니…… 그럴지도.

"즉, 저 여자는 도장이 필요해서가 아니라, 자신들이 결혼한다는 것을 지인들에게 주지시키러 온 것뿐이라고요. 사사메는 그렇게 생각해요."

"주지시킨다고요? …… 뭐 때문에 그렇게 하는데요?"

"예를 들자면, 거짓 임신이라든가."

"네?"

"저 여자는 임신 같은 건 하지 않았지만, 나중에 그게 들키

더라도 료타가 도망가지 못하게 지금부터 결혼을 기정사실로 못 박아 버리는 작전 같은 거요."

무슨 근거로, 라는 말을 하려고 했을 때 불온한 대화가 들려왔다.

"저, 실례지만, 임신은 병원에서 확인하셨나요?"

"아, 아뇨, 아직요."

아리쿠이 씨의 질문에 치야 씨가 살짝 멈칫한다.

"경사스러운 일에 찬물을 끼얹을 생각은 없습니다만, 도장은 그것이 필요해질 때 만들어야 합니다. 그 후에 찍힌 도장의 형적을 볼 때마다 거기가 인생의 전환점이었지 하고 자신을 되돌아보는 의미도 있는 거지요. 그러니, 제대로 병원에 다녀오고 나서도 늦지 않을 것 같은데……."

아리쿠이 씨가 미안한 듯이 카운터 모서리를 발톱으로 박박 긁는다.

한편 치야 씨는 노골적으로 불쾌함을 얼굴에 드러냈다.

"……이제 됐어요. 료타가 좋아한다고 이런 가게에 온 게 실수였어요. 아리쿠이 씨는 제가 임신하지 않았다고 생각하시는 거죠? 하지만, 이걸 보고도 그렇게 말할 수 있으려나."

명품 가방에서 손수건에 싸인 무언가가 나온다.

"료타에게도 보여 줬지만, 알겠어요? 여기에 선이 나타나 있죠? 양성이에요. 아, 수치스러워. 남들 앞에서 임신 테스트기를 보여줘야 하는 처지라니. 이건 무슨 괴롭힘이죠? 모르니까 괴롭힘을 당했다고 호소하는 거예요."

치야 씨가 의기양양한 미소를 띠는 가운데 모두들 할 말을 잃었다. 그건 사실을 알게 되어 경악한 게 아니라 이치가오의 중얼거림이 잘 나타내고 있는 것 같다.

"썰렁한 분위기 어쩔⋯⋯." 아무리 굴욕적인 일을 당해도 나라면 이런 짓은 안 한다. 잠자코 가게에서 나가면 될 뿐이다. 임신 테스트기를 웃는 얼굴로 치켜들다니, 마치 과시할 기회를 엿보고 있었던 것처럼 느껴져 버린다.

아마 나 말고도 비슷한 생각을 하고 있었을 것이다. 그 자리의 모두가 치야 씨를 회의적인 눈으로 보기 시작했다.

그때 타닥타닥, 탁 하고 키보드를 두드리는 소리가 울린다.

"사랑은 돈으로 살 수 없지. 그러나 사랑을 속박할 사슬이라면, 인터넷에서 쉽게 살 수 있어."

묘하게 귀에 거슬리는 말을 한 발언자는 카피바라인 카피오였다.

"이건, 경매 사이트? 우와⋯⋯ 악마가 영혼을 사고팔고 있어요."

카피오 앞에 있는 컴퓨터를 들여다보며 우사 씨가 함께 보라는 듯한 얼굴을 한다.

모두들 줄줄이 카운터 끝으로 모여들었다. 나도 약삭빠르게 화면을 들여다본다.

'임신 테스트기 양성♥ (※ 가짜입니다)'

가장 먼저 눈에 들어온 것은 그런 상품명. 조금 사이를 두고 어깨가 들썩거릴 정도로 등줄기가 부르르 떨렸다. 잠깐만, 이게 뭐지? 인간의 도리에 너무 벗어난 거 아니야?

"그야말로 '사랑을 속박할 사슬'이로군요. 이게 다 팔린다니 대단하네요. 상품명에 이름이 들어가 있고. '치야 님 전용'이라고."

이 사이트는 나도 가끔씩 들어가 본다. 상품명에 'ㅇㅇ님 전용'이라고 들어가 있는 건, 전용 출품이라는 로컬 룰(local rule)이다. 대충 말하면 다른 장소, 예를 들면 SNS 같은 데서 상품 설명과 가격 흥정을 끝내놓고 거래 시스템만 경매 사이트를 이용하는 것.

그래서 실명으로 SNS 등을 하고 있는 경우 주의하지 않으면 이런 일이 일어나게 돼…….

"치야, 너, 설마……."

"아, 아니야! 난, 이런 거 안 샀어!"

나도 그렇게 생각하고 싶다. 그렇지만 치야 씨가 가지고 있는 임신 테스트기는 상품 화면과 완전히 똑같은 것이다. 치야라는 이름도 어디에나 있는 흔한 이름이라고 말하기 어렵다.

"그럼, 증거를 보여 줘. 지금 당장 테스트기를 사올 테니까."

"뭐야, 그게, 임산부 괴롭히기야? 가정 폭력이야? 료타, 그렇게 나랑 결혼하기 싫은 거야?"

말려야 할 것 같다. 그런 생각은 드는데 내 성대는 조금도 떨리지 않는다.

"그게 아냐. 임신했다면 제대로 책임을 질 거야."

"책임이라니 뭐야! 당신, 애가 안 생기면 결혼 안 할 거란 소리야? 그럼, 왜 나랑 사귀었는데? 이 여자를 잊고 싶어서 그런 거지!"

치야 씨가 나에게 손가락을 들이대고 불타오르는 듯한 눈으로 노려본다.

"작작 좀, 까불어!"

그렇게 외치며 바닥에 무언가를 내동댕이친 사람은 치야 씨가 아니라 이치가오였다.

희미하게 빛나는 가게 마룻바닥에 금발 가발이 비치고 있다.

"넌, 사사메……?"

"그래, 사사메야! 가발 좀 썼기로서니 못 알아보다니, 당신이 사사메한테 얼마나 관심이 없었으면 그럴 수 있어? 그러니까 치야 씨가 마지막 수단으로 나왔지. 말해 두는데, 치야 씨는 잘못한 거 없어. 우린 우유부단한 남자한테 농락당한 피해자니까!"

이치가오가 치야 씨의 손을 잡았다. 무슨 상황인지 이해되지 않는다.

"하지만, 제일 나쁜 건, 린카 씨예요."

"나, 나?"

"린카 씨가 남자를 빨리 안 만드니까 료타가 완전히 포기하지 못하는 거라고요. 덕분에 린카 씨를 잊기 위해서 여러 명의 여자가 이용당했죠. 그리고 역시 린카 씨를 잊지 못하겠다며 모두 헌신짝처럼 버리고."

그제야 이해되기 시작했다.

"혹시, 이치가오 씨, 료타와 사귀었어요……?"

대답 대신 '이제 와서?' 하는 시선이 나를 꼼짝 못하게 한다. 그러고 보니 료타가 전에 사귀었던 애는 거의 띠동갑 연하였다고 했는데…….

"진짜예요, 이 애 말이 다 맞아요. 나도 어젯밤에 료타가 느닷없이 전화로 이별 통보를 해 와서 순간적으로 '임신했다'고 대답한 거예요. 그 후 급하게 인터넷으로 임신 테스트기를 찾아 봤기 때문에 가명을 전하는 걸 깜박했고요."

뜻밖의 아군을 얻어서 그런지 치야 씨는 갑자기 태도를 바꾸어 당당하게 나왔다.

"있죠, 치야 씨, 그 얘기 들었어요? 료타가 린카 씨에게 차인 이유."

"귀에 딱지가 앉을 정도로 엄청 들었죠. 료타가 고등학생 때 치과에 다녔는데, 거기 치위생사랑 키스해 버렸다고."

"네? 자세히 얘기해 주세요."

이치가오와 치야 씨의 대화에 우사 씨가 신바람이 난 얼굴로 끼어든다.

"'충치가 키스로 옮는다는 게 정말인가요?'라고 료타가 물으니까."

"'어머, 시험해 볼래요?' 하고 치위생사가 대답을 하더니."

"쪽, 해 버린 건가요?"

"맞아요. 그래서 료타는 바보라서 그걸 린카 씨에게 말해 버리고."

"'네 남자 친구는 이렇게 인기가 많아 하고 자랑할 생각이었다'라고 차인 뒤에 사귄 여자애들한테 그런 말을 흘리고 다녔죠."

"꽃미남의 사고 회로는 참 독특하네요."

"우사 씨, 그냥 '바보'라고 해도 돼요. 하지만, 남자들이란다 이런 부분에서는 섬세함이 부족해서 과거를 언제까지고 보물로 삼죠. 그래도 료타는 나은 편이에요. 어쨌든 얼굴만은 잘생겼으니까."

여자들의 대화의 중심에 환하게 웃음꽃이 피었다.

"그보다, 제일 웃기는 건 린카 씨예요. 왜냐하면 그걸 계기로 치위생사가 된 걸요?"

"아니에요! 내가 치위생사가 된 건, 여자도 전문 기술이 없으면 살아가기에 혹독한 시대여서——."

"린카 씨, 그런 변명으로 자신에게 거짓말을 하는 거 관두지 그래요? 15년 동안이나 서로 좋아하면서도 연인 사이가 되지 않으니까, 두 사람의 주변 사람들이 처참한 꼴을 당하거든요? 사사메도 얼떨결에 대학교를 그만두고 치위생사가 되기로 마음먹었던 거고요!"

"그 맘 알아요. 저도 일을 관두고 치위생사가 되기 위해 전문대학에 들어가려고 했었어요. 다들 같은 생각을 해요. 치위생사가 되면 료타에게 사랑받을 수 있다고."

치야 씨가 일을 그만두고 싶어 했던 이유가 설마 거기로 연결되다니.

"두, 두 사람에게는 미안하지만, 난 료타에게 정말 아무런——."

"린카 씨는 착실한 성격이잖아요. 꿈을 꾸기보다 손해를 보지 않는 걸 중시하는 타입."

마치 점쟁이처럼 치야 씨가 내 얼굴부터 발끝까지 쭉 훑어봤다.

"그래서 절대로 도박 같은 덴 빠지지 않아요. 하지만 이런 타입의 사람이 실수로 파친코에 손을 대면 어떻게 되는지 알아요?"

어떻게 되는데요, 하고 우사 씨가 물었다.

"파멸해요. 손해를 본 부분을 만회하려고 하겠죠. 설령 다른 경로로 임시 수입이 있어도 파친코로 잃은 돈을 상쇄했다고는 생각 안 해요. 주식으로 말하면, 손절매를 하지 못하는 타입이죠. 이런 여자가 실연을 겪으면 남자처럼 언제까지고 어정쩡하게 과거에 집착해요. 손해 본 만큼 본전을 되찾으려고 웬만한 남자는 거들떠보지도 않아요."

"치야 씨, 대단해요. 무슨 카운슬러 같은 느낌인데요?"

"전 그냥 파친코 가게의 종업원이에요. 인생을 제대로 살지 못하는 사람을 많이 봐왔을 뿐이에요."

저를 포함해서요, 하고 치야 씨는 슬픈 듯이 웃었다.

"하, 하지만, 지금 저에게는 좋아하는 사람이 있어요!"

나는 큰 소리로 주장했다. 기이하게도 점쟁이의 진단과 똑같은 결과이지만 치야 씨의 말에는 동의할 수 없다. 내가 15년이나 쭉 실패한 연애에 미련을 두고 있었을 리가 없다. "그거, 점장님 말씀하시는 거예요? 그렇다면 착각하시는 것 같아요. 점장님은 보송보송하고 귀여우니까 사랑스럽게 여기는 감정을 사랑이라고 믿어 버리는 손님이 많거든요."

실연 중에 있는 사람은 특히 더요, 하고 우사 씨가 잘 안다는 듯한 얼굴로 말을 덧붙인다.

　"상상하건대, 지난번 술자리에서 료타가 결혼하고 싶다는 말을 꺼냈겠죠? 그래서 린카 씨는 무의식적으로 앞으로 나아가려고 했던 거고, 절대로 사랑이 이루어질 수 없는 아리쿠이 씨를 '운명의 사람'이라고 굳게 믿고 15년간의 실연을 지우려고 한 거 아닌가요? 사사메는 그렇게 생각하는데요."

　"그, 그렇게 할 리가 없잖아요! 애초에 난 아리쿠이 씨의 외모를 좋아하게 된 게 아니에요. 충치가 없는 것에 일단 운명을 느끼고, 마스크를 쓰지 않은 나를 제대로 인식해 줬기 때문에──."

　"그게, 전 그다지 눈이 좋지 않거든요. 그래서 주오 씨는 냄새로 인식했습니다."

　내 최후의 저항을 아리쿠이 씨가 경악스러운 사실로 뒤집었다.

　"아, 내가 임신하지 않았다는 걸 알게 된 것도 그건가요? 호르몬 냄새 같은 걸로?"

　치야 씨의 물음에 "죄송합니다" 하고 고개를 끄덕이는 아리쿠이 씨.

　"'사랑은 맹목'── 사람은 보고 싶은 것만 본다는 뜻이지."

　카피오의 시큰둥한 대사에 이어 이치가오가 "슬슬, 인정하시죠?" 하고 웃고 있지 않은 눈으로 고개를 갸웃했다.

"인정하고 싶어도…… 무리예요. 우린 이미 15년이나 지금의 관계를 지속해 오고 있어요. 여태까지 변함이 없었으니까, 이제 와서 어찌할 수도 없고……."

"그렇지 않아요!"

소리를 지른 건 옆 탁자에서 크림소다를 마시고 있던 여자애였다.

"'어쩔 수 없다'는 건, 자기 힘으로는 해결하지 못하는 문제를 말해요. 언니는 응원해 주는 사람이 많이 있으니까, '어쩔 수 없다'고 생각돼도, 제대로 마주하지 않으면 안 된다고 생각해요!"

여자애는 그 말만 하고는 더는 무리라는 식으로 탁자에 고개를 푹 숙였다. 옆에 놓여 있는 크림소다의 체리와 마찬가지로 귀가 빨갛다.

나는 당황하면서 그 자리에 있는 모두를 둘러본다.

이치가오와 크림소다 소녀, 아리쿠이 씨에 우사 씨, 카피오와 하트 아무개 씨. 그리고 치야 씨까지 나를 보며 고개를 끄덕였다.

"료타, 난……."

더 이상 말을 계속할 용기가 나지 않는다. 료타가 자랑스레 키스 얘기를 꺼낸 그날, 뺨을 때리고 이별을 고한 건 나다.

"린카, 더는 말하지 않아도 돼. 만약 아직, 네가 나를 좋아하고 있다면——."

"안 돼, 그렇게 말하면."

자신들이 애매하게 군 탓에 나와 료타는 많은 사람을 말려들게 하고 상처를 주었다.

그런 자각이 나에게도 없는 것이 아니다. 료타와 만나서 이야기를 할 때마다 어쩌면 아직도 나를 좋아할지도 모른다고 생각한 적은 있었다. 사귀고 있는 여자 친구와 헤어지고 싶다는 이야기를 들을 때 내 안에는 어떤 기대감이 있었다.

하지만 또다시 잃을까봐 두려웠던 나는, 더이상 자신이 상처를 받지 않는 선택을 했다. 료타를 선택하지 않고 다른 누군가도 선택하지 않는다. 치야 씨 말처럼 서서히 자신을 좀먹는 방법을 택했다. 한잔하러 가면 료타의 여자친구를 두둔하면서 정작 치야 씨와 료타가 충돌하자 난 아무것도 하지 않았다.

"그런 말을 들으면 비겁한 난 또 도망가게 될 거야. 부탁이야, 료타. 용기를, 줘."

"……알았어."

료타가 눈을 감고 크게 숨을 들이마신다.

"린카, 난 지금도 네가 좋아. 15년 동안, 줄곧 같은 마음이었어."

부릅뜬 료타의 눈동자에 내가 비친다. 난 15년 동안 이 말을 기다리고 있었다.

하지만 실은 크림소다 소녀가 말한 것처럼 난 스스로 말했어야 했다. 료타가 여자와 헤어질 때마다 말하려다가 말하지 못한 채 새 애인이 생겼다는 말을 듣고 몇 번이나 가슴속에 담아둔 말을.

"미안합니다."

난 치야 씨에게 고개를 숙였다.

"전, 지금도 료타가 좋아요. 진심으로, 죄송합니다……."

"저한테 말해 봐야 곤란한데."

치야 씨가 쓴웃음을 짓는다.

"일단, 잘된 거 아닌가요? 료타는 어찌 됐든 간에 린카 씨가 행복해진다면, 전 기뻐요."

"하지만, 치야 씨는 약혼자이고……."

"전 파혼 당하기에 충분한 짓을 했어요. 게다가 원래대로라면 어제 끝난 사랑이고요. 참고로 실연의 아픔도 전혀 없어요. 그런 슬픈 감정은 사귈 때 충분히 맛봤으니까."

"치야, 미안했어."

깊숙이 고개를 숙인 료타에게 이번에는 이치가오가 불평한다.

"정말이지, 남자는 바보라니까. 실연을 당한 여자가 센 척하면서 말하는데 '미안했어'라는 말로 고개나 숙이고. 이 상

황에서는 거짓말이라도 치야 씨의 멋진 모습에 다시 반했다
는 듯한 표정을 지어야 하는 거 아니에요?"

료타가 황급히 표정근을 씰룩씰룩 움직인다.

가게 안에 실소가 터졌다. 그러나 동시에 박수도 있었다.

아까 그 여자애가 존경 어린 눈빛으로 치야 씨와 이치가오
를 향해 짝짝 손뼉을 치고 있다. 그녀의 심정은 이해가 되
었다. 두 사람 모두 굉장히 멋있으니까.

"우리, 15년을 돌고 돌아서 다시 사귀게 되는구나……. 창
피하기도 하고, 한심해……."

료타에게만 들리는 목소리로 살짝 말을 흘린다.

"난 기뻐. 린카를 위해 15년에 걸쳐 갈고닦아 온 키스를 겨
우 시험해볼 수 있겠어."

이제 이 정도 가지고 헤어지고 싶다는 생각은 안 들지만
일단 힘껏 때렸다.

6

비보라고 해야 할지 나에게 데이트 신청을 하는 환자가 전
혀 없었다.

아무래도 장갑을 껴도 반지를 끼고 있는 것을 알아 버리는
모양이다. 그렇다면 마스크 안쪽의 얼굴도 아는 게 아닌가

하고 미묘하게 납득이 가지 않는 기분이다.

"그나저나, 린카 씨, 과감하네요. 키스도 한 적 없는 상대와 바로 결혼하다니."

선생님이 안경 너머로 나를 봤다. 이치가오는 칫솔을 움직이면서 침묵. 점심식사를 마치고 돌아오면 우린 항상 거울 앞에서 셋이서 나란히 이를 닦는다.

"함께한 시간으로 따지면, 어설픈 커플보다 기니까요."

게다가 키스는 이미 했다. 그날 밤, 이치가오는 치야 씨네 머물면서 술을 마시고 있었는데 치야 씨가 도무지 울음을 그치지 않는다며 충격 요법으로 난 료타와의 키스 사진을 보내도록 명령을 받았으니까.

이치가오는 귀신이다. 하지만 그날 밤에 기적이 일어나지 않았다면 나에게도 똑같이 해 주었을지도 모른다. 그렇게 생각하니 죽을 만큼 창피해도 거절할 수가 없었다.

"새침한 얼굴로 말하지만, 린카 씨의 성격이라면 뒤늦게 찾은 사랑을 만회하려고 엄청 알콩달콩 깨소금을 볶아대겠죠."

"아아아, 안 그래요! 그야 뭐, 무릎에 앉히고 이를 닦아주는 정도는 하지만……."

거울 저편의 두 쌍의 눈이 더할 나위 없이 능글맞게 웃고 있었다. 그 사이에 낀 내 얼굴은 크림소다 소녀의 귀만큼 빨갛다.

"린카 씨, 무지 귀여워요……. 로열젤리가 들어간 젤리 줄게요."

"린카 씨, 내일 점심은 장어로 할까요?"

아마도 이 성희롱은 당분간 지속되겠지. 적어도 환자 앞에서는 말하지 말아 주었으면 하고 간절히 바란다.

"뭐, 어쨌든, 행복하게 살아요, 린카 씨."

"그건 염려 마세요, 선생님. 그렇게 계약되어 있으니까요."

"계약?"

난 화장품 파우치 속에서 접힌 종이 한 장을 꺼냈다.

인연이라는 건 참 신기해서 15년이라는 시간을 뛰어넘어 헤어진 상대와 다시 사랑이 맺어진 소동 이후, 어쩌다 보니 치야 씨와 이치가오와 아리쿠이 도장포에서 차를 마시게 되었다. 난 솔직히 어색하지만 두 사람에게 그런 감정은 없는 것 같다. '전 여자 친구는 지금의 여자 친구에게 남자 말고는 양보할 필요는 없으니까'라고 말하는 듯한 얼굴로 이치가오도 치야 씨도 유연한 태도로 파르페를 퍼 먹는다.

그날 난 '피치피치'를 콕콕 찔러 먹으면서 료타에게서 반지를 받은 것을 보고하게 되었다. 그러자 지나가던 우사 씨가 장삿속을 내비친다.

"점장님, 도장을 만드는 타이밍이 바로 지금이죠?"

"그, 글쎄. 진짜 필요해지고 나서 해도 될 것 같은데……."

"하지만 한참 남은 결혼식보다, 그날 밤이 린카 씨에게는 더 인생의 전환점 아닌가요?"

확실히 그런 것 같다며 난 이야기에 응하기로 했다.

"아리쿠이 씨, 괜찮으시다면 하나 부탁드릴게요."

"음, 결혼 후에 자주 쓰실 막도장이라면, 성으로만 해서 '東', 이렇게 한 글자로 하시는 것이 좋을 것 같습니다. 하지만 그런 경우에는 건너편 잇슨도 씨네서 부담되지 않는 가격의 것이……."

앞으로 여러 가지로 비용이 많이 들 테니까 문구점에서 저렴한 기성품 도장을 사서 쓰고 돈을 아끼라는 거겠지. 아리쿠이 씨는 정말로 사람이 너무 좋다. 한때 마음이 흔들리기는 했어도 아리쿠이 씨를 좋아하게 돼서 정말 다행이라고 생각한다.

"아뇨, 전 아리쿠이 씨가 히가시 린카로 새겨 주셨으면 좋겠어요."

내 직업으로 예를 들자면, 단순히 인공치아를 제작하는 것뿐이라면 나나 선생님도 할 수 있다. 하지만 치기공사에게 주문하면 대용품이 아닌 '치아' 그 자체를 만들어 준다. 진짜라고 착각할 정도로 정교할 뿐만 아니라 거기에 생명이 느껴지는 치아를 장인은 만들어 낸다.

도장에 대해서 아리쿠이 씨는 이렇게 말했다.

'──찍힌 도장의 형적을 볼 때마다 거기가 인생의 전환점이었지 하고 자신을 되돌아보는 의미도 있는 거지요.'

그래서 내 도장은 아리쿠이 씨가 새겨 주었으면 한다. 다시는 다른 무언가로 대체되지 않도록 그 결의를 도장 재료에 새겨 넣어 주었으면 한다. 그걸 할 수 있는 건 아리쿠이 씨뿐이니까.

"좋겠다. 왠지 나도 도장 만들고 싶어졌어."

"사사메는, 분홍색 토파즈(황옥)가 귀여울 것 같아."

아리쿠이 씨와 도장에 대해 의논하고 있자 옆에서 치야 씨와 이치가오가 참견을 했다. 그러자 또다시 우사 씨가 제안한다.

"그럼, 이런 건 어떠세요? 여자 셋이서 도장을 만들어서 계약서에 도장을 찍는 거예요. '난 기필코 행복해질 거야' 같은 문구를 쓴 문서를 세 부 준비해서, 각자 할인을 하면 뭔가 느낌있지 않나요?"

구체적으로 어떤 게 느낌이 있는지는 말하지 않지만 우사 씨는 참 장사 수완이 좋은 것 같다. 우린 저마다 스스로 의미를 찾아내어 계약서를 작성하기로 했다.

"그래서, 이게 그 계약서라는 거군요."

선생님이 들고 있는 종이에는 우사 씨가 말한 내용이 그대로 쓰여 있다. 종이 좌우에는 치야 씨와 이치가와 그리고 성급한 감은 있지만 '히가시' 성씨인 내 도장이 반절만 보였다.

"하지만 이상하네요. 이런 식으로 도장을 찍는 건, 계인이라고 하지 않나요?"

"할인과 계인은 비슷하지만, 전혀 다르대요."

할인은 부동산 계약으로 친숙한데, 똑같은 계약서를 2부를 만들어 임차인과 임대인이 각각 따로 소유하는 경우, 두 개의 계약서가 동일한 것임을 증명하기 위해 쌍방이 2부에 걸쳐 도장을 찍는 것을 말한다.

우리 같은 경우는 A4 크기의 종이를 세 장 만들었기 때문에 그것을 나란히 놓고 두 군데에 세 명이 각각 날인한 것.

"그거와 달리, 계약서가 여러 장으로 작성되어 있는 경우, 새로운 문서를 추가할 수 없도록 페이지 사이에 걸쳐서 찍는 도장이 계인이에요. 선생님은, 이걸로 문제가 좀 있으셨죠?"

구체적으로 묻지는 않았지만 선생님과 남편 분은 과거에 부동산 계약으로 꽤나 고생을 한 적이 있는 것 같다. 그것을 아리쿠이 씨의 조언으로 극복한 까닭에 선생님 부부는 은인으로 생각하고 있는 것 같았다.

"맞아요. 그땐, 진짜 힘들었었어요. 도장은, 그냥 시키는 대로 찍게 마련이잖아요. 계약서가 이렇게 간단하면 좋을 텐데."

"만약 가능하다면, 상대방에게 내용을 읽어 달라고 하면 좋대요. 내용을 이해하고 수긍하는 것이랑 마지막에 도장을 찍는 건 동일하기 때문에."

이 계약서는 어린애 소꿉장난 같지만 다 큰 어른이 셋이서 일부러 도장을 만들면서까지 행복해지겠다고 선언한 것에 의미가 있다. 그건 사과나 교훈, 결의 같은 것으로 우린 찍힌 도장의 형적을 봄으로써 자신의 선택을 긍정하고 싶었던 것이다. 뭐, 복숭아에 취해 있었던 것뿐인지도 모르지만.

"정말이지, 도장 하나로 인생이 달라지는 것 같아요."

거울 속의 선생님이 칫솔을 문 채 크게 한숨을 쉰다.

그 뒤쪽, 즉 창밖의 전선에 한 마리의 비둘기가 앉아 있는 것이 보였다. 어쩐지 이쪽을 물끄러미 보고 있는 비둘기는 수기 신호라도 보내듯 날개를 파닥파닥 움직이고 있다. 마치 나에게 무언가를 전하려고 하는 것처럼.

"아, 맞다."

비둘기는 아무래도 상관없지만 나에게도 전해야 하는 말이 있었다. 너무 갑작스럽게 전개되는 바람에 완전히 의무를 태만히 하고 있었다.

남은 점심시간을 확인하고 난 스마트폰을 켜서 친구에게 메시지를 보낸다.

『보고할 게 있는데.』

개미핥기 도장집

갈분 떡을 먹은 사람과
나폴리탄 스파게티와 인주

1

여름에, 오전에, 야외에서 우리는 생기가 없고
여기는 작은 입시 학원의, 해가 들지 않는 흡연실
께름칙함과 숨죽임, 의욕이 사라지면 연기를 내뿜는
익히 알고 계시는 이곳은 쓰레기장입니다
우리가 쓰레기의 표본입니다

"흔히, '난 누군가가 정해 놓은 길은 걷고 싶지 않아'라고
들 하는데."

이케지리가 콜라 냄새가 나는 트림과 함께 말했다.

"나왔네, 오늘의 '라고들 하는데'."

난 땅바닥에 앉아서 땅바닥을 응시한 채 대답한다.

7월에 접어들자 요코하마의 기온은 30도를 넘었다. 그
렇지만 빌딩 골짜기에 처박혀 있는 이 야외 흡연실은 한낮에
도 어둡고 습해서 마음이 편안하다.

왜냐하면 현역(고등학생)은 아직 여름 방학 전. 여기에 있는
건 입시에 실패한 데다 7월에 들어서도 수업을 빼먹는 재수
생, 즉 패자 중의 패자뿐이다. 땅바닥에 앉아 연기를 뿜는
인간들이 모이는 골목길은 흡사 아편굴을 방불케 한다. 영화

로 말하자면, 〈스왈로우테일 버터플라이〉(이와이 슌지 감독의 일본 영화)같다.

"뭐야, 아자미. '오늘의 똥'처럼 말하지 마."

"이케지리는 매일 아침 변기를 들여다보고 '오늘의 똥은' 하고 중얼거리냐?"

"중얼거릴 리가 없잖아. 사진 제목이야."

"사진 찍어? 매일 싼 걸 찍는 거야?"

이케지리는 바보다. 줄곧 흑발이었는데 졸업 앨범 사진을 찍는 날에 금발로 물들이고 와서는 '나도 옛날에는 좀 놀았거든 하고 여자애한테 졸업 앨범을 보여줄 거야. 이게, 반전 매력이걸랑' 하고 말하면서 결국 금발이 마음에 들어서 졸업한 지금도 검은 머리로 되돌리지 않는 타입의 바보다.

난 껄껄 웃고 있는 이케지리에게 "그래서?" 하고 어깨를 으쓱해 보였다.

"찍는 것 같아? 안 찍는 것 같아?"

"그쪽 말고. 정해 놓은 길이 어쩌고 하는 '라고들 하는데' 쪽 말이야."

이케지리는 '아아' 건성으로 대답하고 남아 있던 콜라를 쭉 들이켰다. 맛있다거나 맛이 없다거나가 아니라 그냥 거기에 있으니까 마셨다는 얼굴로.

"그게 무슨 말인고 하니, 내 길은 내가 정한다는?"

"아아. 무슨 말인지 알 것 같아."

맞장구를 치면서 눈앞에 풍겨온 담배 연기를 멍하니 올려다본다. 나도 이케지리도 피우지 않지만 공부하지 않는 재수생이 눈치 안 보고 보낼 수 있는 곳은 입시 학원의 흡연 구역 정도밖에 없다. 덕분에 요즘에는 연기에도 익숙해졌다.

"우리 집도 아자미네도 부모님은 평범한 직장인이잖아. 자식한테는 '좋아하는 일을 해라'라는 입장이잖아? 감사하다면 감사한 일이지만, 그건 방임주의라는 이름의 양육 포기 아니냐?"

"맞아. 교육열이 높은 부모님 밑에서 태어났다면, 우린 이런 밑바닥에 있지 않았겠지."

요컨대, 이건 부모님에 대한 원망이다. 공부하라는 잔소리를 듣는 건 우울하지만 자주성을 너무 존중해 줘도 우린 어찌해야 할지 모른다.

종국에는 노는 데 정신이 팔려서 '졸업장만을 따기 위해 가는 대학'에조차 떨어지는 얼간이 아들이 된다. 자식을 키우는 건 운에 맡겨야 하는 것 같다.

"그렇게 따지면, 미야마에도 좀 위험하지 않냐? 그 녀석, 부모님이 다 음악가니까 그대로 음대에 들어갔잖아. 그런 걸 동경하는 거려나. 미래에 대해서 아무 생각 안 해도 되는 거냐고."

"네가 무슨 생각하는 것처럼 말하지 마."

"시끄러워, 안경 쓰레기."

"사람을 안경 제작 공정에서 생겨난 부스러기처럼 말하지 마."

"그럼, 쓰레기 안경."

"그거라면 부정 안 하지."

이케지리가 낄낄대며 웃었다. 명백히 아무 생각 없는 옆모습을 보고 난 남몰래 안도한다. 이 녀석은 미야마에와는 다르다.

"그 더벅머리, 지금쯤 잘 닦여 있는 길 위를 열심히 달리고 있으려나."

"아니래도. 미야마에는 부모가 시켜서 음대에 간 게 아냐. 그 녀석은 자신이 피아노를 치고 싶어서 맹연습했다고. 우리 같은 예비 백수와는 달라."

미야마에는 스스로 길을 개척한 것이다. 모든 굴레를 끊어 버리고.

그건 옳은 판단이다. 그렇기에 그 녀석은 지금 여기에 없다.

"그럼, 우린 이대로 가면 적당히 경쟁률 낮은 지방대에 들어가서 근무 여건이 열악한 악덕 기업에 취직해서는 입사 1년 만에 속공으로 그만두고, 삼십 대 중반까지 부모님에게 기대어 빈둥거리겠지."

"그래도 거기까지는 떨어지지 않겠지."

"'라고, 열여덟 살의 난 그렇게 생각했던 것이다'?"

이케지리가 유유히 일어선다.

"아자미, 너나 나나 남한테 피해를 주지 않을 뿐이지, 기본적으로 기를 못 펴고 사는 쓰레기잖아? 이대로 무기력하게 지낸다면 '학창 시절에 가장 관심 있었던 일은?'이라는 물음에 '검색창에 야한 단어를 입력하는 거요'라고 대답할 수밖에 없는 인생을 보낼 거라고. 그런 걸 살아있다고 할 수 있겠냐? 우린 앞으로 십 년 동안 죽은 채로 있어야 하냐?"

흥분한 기색으로 연설하는 친구를 난 멍하니 올려다본다.

"왜 그래, 이케지리."

"일어나, 아자미. 일어나서 주위를 둘러 봐봐. 여기서 뭐가 보이지?"

난 마지못해 일어나서 "흡연하시는 재수생분들?" 하고 본 것을 그대로 말했다.

"맞아. 이봐."

이케지리가 옆에 있던 남자의 어깨에 손을 얹는다. 여기서 자주 보는 약간 뚱뚱한 남자다.

"너, '담배는 스무 살부터'라는 말이 뭔지 알아?"

"네? 전 미성년자 아닌데요?"

남자는 카레 빵을 게걸스럽게 먹는 짬짬이 부지런히 담배를 피우고 있다. 치열하게 살고 있는 주제에 재수를 한다니, 도무지 의미를 모르겠다.

"그럼, 삼수인가. 삼수 선배입니까?"

"뭐예요, 이 사람?"

삼수 선배가 '어쩐지 이상한 놈한테 걸려들어 버린 내가 불쌍해'라고 말하는 듯한 모습의, 애매한 표정을 주위에 흩뿌렸다.

"알겠냐, 아자미. 여기에 있는 건 옛날에 비해 문턱이 낮아진 대학 입시에 실패하고, 부모가 내주는 돈으로 입시 학원에 다니면서도 할 마음이 안 생기면 강의를 땡땡이치고, 대부분은 미성년자인 주체에 건방지게 담배나 피우고, 경우에 따라선 넉살좋게 N수생(대학입학시험에 처음 응시하는 것이 아닌 두 번, 세 번 또는 그 이상의 횟수로 응시하는 사람)이라고 떠들어대는, 이렇게까지 말하는 데도 나랑 눈도 안 마주치는 쓰레기 중의 쓰레기님들이지."

"야, 진정해."

난 황급히 이케지리를 달랬다. 그러나 쓰레기님들은 못 들었는지 멍한 눈으로 스마트폰의 화면을 응시하고 있다.

삼수 선배는 굳어진 얼굴로 히죽히죽 웃고 있었다. 나도 순간적으로 실실 웃는다. 본심을 드러내는 건 모양이 빠지니까, 정색하고 화내면 보기 흉하니까 우리는 그렇게 처신한다. 뭐든 웃음으로 얼버무리고 농담이었던 것으로 해 버린다.

"이케지리, 개그를 하려면 단어 선택에 좀 더 신경 쓰자고."

이런 식으로 말이다. 우리는 언제나 냉소하고 싶다.

이케지리도 원래대로라면 억지웃음을 짓는 쪽이다. 그런데 그 눈은 '개그일 리가 없잖아' 하고 말하고 있다. 이 녀석, 왜 돌변한 거지.

"내일이야, 아자미."

"내일이라니, 뭐가."

"오늘이 데드라인이야. 우리도 내일이 되면 담배를 피기 시작하겠지. 그렇게 되면 이젠 돌이킬 수 없어. 35세 백수로 향하는 열차에 담배를 물고 쓰레기들과 타 버리는 거야. '이런 열차 따윈 언제든지 내릴 수 있어'라고 허세를 부리면서 '내일부터 열심히 할 거야'라고 큰소리치고. 그렇게 자신을 다치게 하지 않으려고 실실 웃는 사이, 어느새 인생의 종점에 있는 거지."

그런 건 알고 있다. 우리 앞에도 쉽고 편한 길이 준비되어 있다.

이케지리가 말한 건 우리가 눈치채고 있으면서도 외면한 미래이며 생각하는 것을 뒤로 미룬 현실이다.

아마 여기에 있는 쓰레기 동지들은 '난 달라' 하고 삐딱한 태도를 취하면서 이 이야기를 듣고 있을 것이다. 하지만 대부분이 그 종착역에 도착하리라는 건 틀림없다.

왜냐하면 여기까지 들어도 아무도 안 일어나니까. 물론 나를 포함해서.

"그래서, 이케지리. 오늘부터 마음을 잡고 공부하자는 말을 하고 싶은 거야?"

나는 과장스럽게 어깨를 으쓱여 보였다. 야, 농담이 지나치잖아. 올해부터 만우절이 7월로 바뀐 거냐? 그런 대사를 표정에 싣고.

만일 '우리도 하면 돼'라고 말한다면 힘껏 비웃어 주마. 해도 안 되는 게 무서워서 우리는 여기에 있는 거라고.

"나왔네, 오늘의 '그래서'."

"뭐야, 따라하지 마."

"아자미. 넌, 정말이지 '그래서'를 남발함으로써 자신을 머리 좋은 캐릭터로 포장하려고 하지. 나랑 별반 다르지도 않는데."

"야, 그만둬. 모레쯤부터 삐거덕거릴 것 같은 말 좀 하지 마."

"하지만, 난 아자미의 좋은 점도 많이 알거든?"

"왜 애인 같은 말투로 말하는데!"

이케지리가 내 어깨에 손을 얹고 훗 웃었다. 어이가 없다.

"잘 들어, 아자미. 젊었을 때 한 일이 청춘의 추억이 되는 게 아냐. 청춘은 그냥 청춘이다. 쓰레기의 청년기 따윈 그냥 쓰레기통이야. 올여름엔 나랑 같이 뜨겁게 놀아 보자."

"……아아, 하고 싶은 말이 뭔지 알겠다. 요컨대, 대학생이 부러운 거지? 근데 아쉽게도 재수생은 놀 수 있는 처지가 못 돼."

"변명하지 마, 망할 안경!"

"쓰레기 안경이야!"

내 태클에 주위에서 소리를 죽이고 웃는 소리가 새어나온다. 듣고 있었냐.

"그래. 넌 쓰레기야. 나도 쓰레기다. 그러니까, 아르바이트하자."

"뭐? 아르바이트?"

"사회로부터 감화를 받는 거야. 아자미, 너, 지금까지 아르바이트 한 적 있냐?"

"있는데."

"있냐!"

삼수 선배가 풉 하고 웃음을 터뜨렸다. 너, 웃을 상황이냐?

"그럼, 아자미는 감화를 받을 기회를 간과했구나."

"폼 잡고 말하는 중에 미안한데, 이케지리. 이번에야말로

'공부하자'고 말할 타이밍 아니냐?"

"바보 같은 소리. 우리들 재수생이 공부 안 하는 건 재수생이기 때문이야. 이 세상에서 가장 필요로 하지 않는 인종이니까 자신이 필요로 하는 미래를 상상하지 못하는 거야. 현실감을 모르니까 자신의 현실을 남의 일처럼 생각해 버려. 이대로라면 35살 백수가 된다는 것을 머리로는 알고 있어도 그걸 피부 감각으로 느끼지 못해서 우린 공부를 안 하는 거라고. 아니야?"

"음…… 일리 있네."

나는 나도 모르게 신음하고 있었다. '재수생은 재수생이니까 공부를 하지 않는다'는 항진 명제는 적어도 여기에 있는 무리에게는 들어맞는다.

우리는 한 번 실패했기 때문에 두 번 다시 실패하고 싶지 않다. 그러기에 굳이 공부를 하지 않는다. 진짜 실력을 보여 주지 않으면 져도 실패가 아니니까.

7월을 '벌써'가 아닌 '아직'이라고 생각하는 우리는 분명 2월이 되어도 같은 생각을 할 것이다. 그리고 공부를 안 했으니까 떨어지는 건 당연하다며 최선을 다해 공부해서 진 자신이 없었다는 사실에 안도할 것이다.

"그런 우리에게 필요한 건 세상 공부야. 생생한 인생 경험이지. 재수생이 아닌 인간을 보며, 재수생이 아닌 자신을 상상하는 거지. 분명 우린, 재수생이라는 자신이 창피해질 거야. 이윽고 조바심을 내며 공부하게 되는 거지. 그게 목적이야.”

“뭐…… 똑같이 공부 안 하는 재수생이라면, 아르바이트하는 편이 낫긴 하겠네.”

“그렇지? 재수생이 아르바이트를 한다는 건 아자미가 좋아하는 〈스탠 바이 미〉(로브 라이너 감독의 미국 영화) 같은 거라고. 네 명의 소년은 빠르고 편한 기차를 마다하고 선로를 따라 걸으며 시체 찾기 여행을 떠났어. 우리도, 걸어가자고.”

“오오…… 오오…… !”

좋아하는 영화로 비유를 하니 나도 모르게 가슴 벅찬 감동을 느낀다.

“그러기로 결정됐으면 즉각 행동으로 나서야겠지. 아자미, 우리도 기 좀 펴고 살자!”

우리는 ‘웬 더 나잇’ 하고 벤 이 킹(미국의 알 앤 비 가수)의 노래를 부르면서 성큼성큼 흡연실을 나간다. 그러자 스마트폰을 보고 있던 몇 명이 일어서서 자습실 쪽으로 향했다. 그들은 어쩌면 감화를 받을 기회를 그냥 지나치지 않았던 것일지도 모른다.

삼수생 선배는 남을 깔보는 듯한 얼굴로 재떨이 곁을 떠나지 않았다. 이미 늦었다고 생각하는 거겠지. 그에게 이케지리 같은 친구가 없는 건 불쌍하지만 그건 자신 탓이다.

우정은 다른 모든 것을 희생해야만 유지되는 것이다.

2

오글쪼글하게 오므라뜨린 빨대 포장 비닐에 물을 한 방울 떨어뜨렸어

꿈틀꿈틀 움직이며 늘어나는 모습은 지금의 우리를 쏙 빼닮았다네

더는 움직일 수 없어. 메마른 나무에 꽃은 피지 않아

익히 알고 계시는 우리가 바로 쓰레기입니다

드링크 바(패밀리 레스토랑 내에 있는, 일정 요금을 내면 셀프 서비스로 무한으로 음료를 마실 수 있는 코너)라면 이 가게만 한 데가 없죠

"흔히 '가족같은 분위기의 직장이에요'라고들 하는데."

이케지리가 콜라 냄새가 나는 트림과 함께 말했다.

우리는 입시 학원에서 그리 멀지 않은, 요코하마역 근처의 패밀리 레스토랑에 와 있다. 풍부한 음료를 저렴하게 파는 가게로 장소가 장소인 만큼 테이블석을 확보한 손님은 대개가 입시 학원의 교재나 참고서를 펼쳐 놓고 있었다.

그런 분위기 속에서 편의점에서 집어 온 무료 아르바이트

정보지를 바라보는 재수생의 기분을 묻는다면 더할 나위 없이 '따분하다'다.

"오늘 두 번째의 '라고들 하는데'다."

난 턱을 괴고서 빨대로 떠낸 물을 자신의 팔꿈치에 떨어뜨렸다. 물론 꿈틀꿈틀 늘어나지는 않는다. 오늘은 이미 한 번 늘어나 버렸다.

"솔직히, 식상하니까."

쓰레기를 감화시켜줄 만한 아르바이트란 찾기가 쉽지 않다. 애초에 '하고 싶은 일'이 사방에 널려 있다면 우리는 재수 같은 건 안 했을 것이다.

우리가 대학을 가려고 하는 건 맛있지도 맛없지도 않은 콜라를 마시는 것과 같다. 달리 할 게 없으니까 그러고 있을 뿐.

그런 쓰레기의 나태함과 무기력은 당연히 장난 아니게 심각하다. 우리는 우리가 본 구인 광고들에서 '하고 싶지 않은 일'만 발견했다.

"그래서, 가족 같은 분위기가 어쨌기에."

"이건 말이야, '당신의 사생활을 철저히 간섭하겠습니다'라는 뜻이라고. 직장에서 누군가가 고백을 받으면 다들 들고 일어나서 프로레슬링처럼 실시간 중계를 하겠다는 그런 느낌."

"그런 직장이 어디 있냐. 그 말은 '근무를 쉴 땐, 알아서 다른 아르바이트생이랑 일정을 조율해라'라는 뜻이야. 즉, 의사소통 능력이 요구된다는 거지."

"우와, 귀찮아. 절대로 일하고 싶지 않네."

아까 군중을 고무시킨 이케지리조차 이 모양이다. 우리는 인내심 같은 건 조금도 가지고 있지 않다. 쓰레기는 쓰레기인 까닭에 쓰레기다.

"어째 몸이 찌뿌둥한데, 오락실에나 갈까. 아자씨, 동전 맡겨 놨지?"

"……어."

움직이는 것도 귀찮았다. 수영을 끝내고 풀장에서 막 나온 것 같은 권태감이 온몸에 있다.

그런, 축 늘어진 재수생 앞을 아까부터 여자 점원이 여기저기 바쁘게 돌아다니고 있었다. 설렁설렁 해도 시급은 똑같은데 수고가 참 많다.

문득 생각한다. 일하지 않아도 돈을 받을 수 있다면 사람들은 어떻게 할까?

나 같으면 아무것도 안 할 거다. 아무것도 안 하는 게 제일 편하다.

하지만 핀란드에서 실시된 기본 소득(Basic Income) 실험에서는 다른 결과가 나왔다. 국가가 최소한으로 생활을 할 수 있는 일정액의 현금을 지급함으로써 무직자들이 타락의 길로

빠지지 않을까 했는데 웬걸, 구직 활동을 시작하게 되었다는 것이다.

물론 국가나 재원의 유무에 따라 BI의 성과는 달라질 것이다. 내가 하고 싶은 말은, 핀란드의 무직자들은 보조금을 받아 생활이 안정되면서 처음보다 나은 삶을 추구할 수 있게 되었다는 점이다.

이건 이케지리가 말한, '재수생은 재수생이니까 공부를 하지 않는다'와 비슷하다.

나는 내가 제일 밑바닥에 있다고 생각하고 있기 때문에 지금은 아무것도 하고 있지 않다. 하지만 누군가가 구원의 손길을 뻗어 준다면, 조금이라도 정신적 안정을 얻을 수 있다면 좀 더 나은 삶을 위해 공부할 가능성은 있다. 문제는 언제나 환경이다.

"야, 이케지리."

"왜, 쓰레기 안경."

"한자는 같은 것을 쓸지 몰라도, 편한 것과 즐거운 것은 다른 것 같아."

"왜 그래, 망할 안경 씨?"

"힘들지 않은 게 편한 거야. 우린 편하지만, 즐겁진 않아."

35세의 미래를 걱정하는 주제에 우리는 찰나적으로 게으름을 피우고 있다.

아마도 인생에 있어서 성공 체험이 없기 때문이다. 우리에게는 패자의 사고방식이 배어 있다. 그러므로 '진짜 실력을 보여주지 않는다면 져도 상처 받지 않는다'고 생각하고 언제든 여력을 남기고 있다.

그건 아주 편한 삶의 태도다. 즐겁지는 않지만 힘들지도 않다.

"그러니까, 아르바이트, 여기서 해보지 않을래?"

"여기? 이 패밀리 레스토랑에서?"

나는 대답 대신에 '아르바이트생 모집' 벽보가 붙은 벽을 가리켰다.

"시급 9백 엔…… 그저 그러네. 왜 여기서 일하자는 건데?"

이어서 나는 빠릿빠릿하게 일하는 여성 점원을 손가락으로 가리킨다.

"여자애, 유니폼이, 야해."

우리 앞에서 흔들리는 스커트는 상당히 짧고 하얀 블라우스의 앞가슴은 부풀어 오른 부분을 강조하듯 허리까지 오는 앞치마가 둘러져 있었다. 누가 디자인했는지 모르지만 할리우드 영화의 샤워 장면이 떠오르는 일을 할 것만 같다. 거기에 필연성이 없어도 좋은 건 좋다.

"우린 어떤 아르바이트든 하기 싫은 이유를 찾아내. 그리고 의욕은 한순간에 시들해지지. 네 연설로 한껏 기분이 날아오를 것 같다가도 순식간에 땅에 곤두박질쳐. '편한 것'과 '즐거운 것'은 양립할 수 없다는 소리야."

"뭔가 쓰레기 명언이 나왔다."

"맞아. 우린 미지근한 물에 불은 허섭스레기야. 어지간해서는 그 쓰레기통에서 도망칠 수 없어. 아니, 도망치고 싶지 않아. 그렇다면 뭔가로 기분이 좋아졌을 때 그 기세로 움직일 수밖에 없잖아? 방금 유니폼을 보고, 막 가슴이 뛰지 않았나?"

"엄청 뛰어. 흥분돼. 하려면 지금밖에 없어!"

그리하여 우리는 이력서도 쓰지 않고 그 기세로 직원 사무실로 돌격했다.

동기가 불건전한 건 우리가 아직 십 대 청소년인 관계로 눈감아 주었으면 한다. 에로스는 우리의 BI(기본 소득)이다.

그런데 내가 왜 이런 쓰레기답지 않은 제안을 했느냐 하면 이케지리에게 감화를 받았을 때 '즐거웠기' 때문인 것 같다.

그 전까지는 똥을 연발하며 웃던 이케지리를 보며 안도하고 삼수생 선배와 같은 예방선인 엷은 웃음을 띠던 나는 그 연설이 보여주는 미래에 대해 내심 두려워하고 있었다.

그러나 동시에 다른 가능성을 계시 받은 것에 마음이 설레기도 했다.

뭐, 학년이 올라갈 때의 반 배정 같은 것으로 따분하다는 듯이 포즈를 취하면서도 마음속 어딘가에서 새로운 반 친구들에게 무언가를 기대하는 감각에 가깝다고 생각한다.

나는 이케지리의 말을 듣고 책상에 엎드려 있던 얼굴을 들었다. 그러자 그 이케지리가 자고 있었으므로 "……어이, 이 보셔!" 하고 태클을 날렸다. 그냥 그렇다는 얘기다.

그건 그렇고.

사람 좋아 보이는 점장님께 지원 동기가 무엇이냐는 질문을 받고 우리는 거짓 없이 대답했다. 물론 교복 이야기가 아니라 재수생이지만 세상 공부를 하며 좀 더 수험 공부하는데 동기부여를 하고 싶다는 것을.

그 솔직함이 먹혀들어 우리는 무난하게 채용되었다. 거기까지는 좋았다.

"그럼, 여름 때만 잠깐 단기 아르바이트를 한다는 거네. 물론 마음이 바뀌면 계속 해도 상관없어. 그런데 둘 다, 은행 계좌 번호는 있어?"

점장의 말을 듣고 고개를 갸웃한다. 아무래도 월급을 입금할 계좌가 필요한 것 같다. 그러나 나도 이케지리도 그런 건 없었다. 내가 전에 한 아르바이트는 당일에 현금으로 지불되는 이삿짐 알바였다.

"그럼, 가능한 빨리 계좌를 개설해서 가르쳐 줘. 이것도 세상 공부가 되지 않을까? 두 사람 다, 응원할게."

전철을 타고 사는 동네인 노조미구치로 돌아온 우리는 레일 위가 아닌 미하라시 용수로 변을 거닐고 있었다.

옛날부터 돈이 없을 땐 이렇게 용수로 옆을 산책하곤 했다. 이윽고 그게 싫증이 나면 공원에서 잡담을 하거나 저수지의 수면을 멍하니 바라보는 것이 고등학교 때 우리 셋의 루틴이었다.

그렇다, 세 사람이다. 입시철에 접어들자 미야마에와는 소원해지고 그 녀석이 합격해서 대학 생활을 만끽하고 있는 지금도 서로 연락은 하고 있지 않다. 그래서 지금은 나와 이케지리만이 이렇게 용수로 변을 어슬렁어슬렁 걷고 있다.

우리 세 사람의 관계를 영화 〈스탠 바이 미〉로 비유하자면 주인공으로 소설가가 꿈인 12세 소년 고디가 미야마에다. 소년 고디는 찰랑찰랑한 금발이고 미야마에는 아프로 헤어스타일(흑인의 곱슬머리를 빗어 크고 둥글게 만든 머리 모양)에 가까운 덥수룩한 머리지만 그 부분은 일단 잊자.

영화 속에서 고디에게는 세 명의 친구가 있다. 좀 괴짜 같은 성격에 안경을 쓴 테디, 식탐이 많은 뚱보 번 그리고 고디의 가장 친한 친구이자 네 명의 실질적인 리더인 골목대장 크리스다.

우연히 이들 네 명은 시체를 찾아 여행을 떠난다. 그들은 저마다 문제를 안고 있지만 여행으로 동고동락하며 서로를 격려했다.

'넌 분명 훌륭한 소설가가 될 수 있을 거야.'

그런 리더 크리스의 말을 신뢰하고 고디는 소설가를 목표로 한다. 크리스 또한 고디에게서 용기를 얻어 불량 학생에서 벗어나 진학 과정을 밟는다.

이 영화는 네 명의 소년이 여행을 하면서 각자가 안고 있는 문제와 마주하게 되는 내용을 담고 있다. 그러나 실질적으로는 고디와 크리스가 이야기의 중심에 있다. 안경잡이 테디와 뚱보 번은 분위기를 띄우는 담당에 지나지 않는다. 진로도 고디네와는 다르다.

이제 알았을 것이다. 내가 테디이고 이케지리가 번이다.

우리 중에 리버 피닉스가 연기한 크리스는 없다. 그렇지만 미야마에는 우리를 두고 다른 길을 갔으니 틀림없이 고디일 것이다.

작품 속에서 소설가가 된 고디는 '그 애들 같은 친구가 나에겐 다시는 생기지 않았다'고 과거를 회상한다.

'한때의 기억이기에 둘도 없는 소중한 우정'

그것이 고디가 쓰고 싶은 주제다. 그 자체는 나도 싫지는 않다.

하지만 테디도 번도──나도 이케지리도 울적하고 답답한 매일을 보내면서 지금도 함께 같은 길을 걷고 있다. 그것은 고교 시절부터 죽 이어져 오고 있다. 그 시기만을 '그 애들 같은 친구가 나에겐 다시는 생기지 않았다'고 미야마에 시점의 이야기로 남겨지는 건 정중히 거절하고 싶다.

우리의 여행은 아직 계속되고 있다. 설령 그것이 35세의 백수로 이어지는 레일 위라고 해도 난 나만 먼저 이야기를 끝내지는 않을 거다.

"아르바이트, 힘들겠지. 내일 안 가면, 잘리려나?"

빈 콜라병을 문 채 이케지리가 흥얼흥얼 중얼거리다.

아까는 뚱보 번에 비유했지만 이케지리는 별로 뚱뚱하지 않다. 허구한 날 괴짜 안경잡이와 잘 어울려 다니니까 이 녀석은 번이다.

뭐, 이렇게 콜라를 마시다 보면 진짜 뚱보가 돼 버리겠지만.

"잘리겠지. 점장님, 좋은 분 같았는데, 죄송하네."

우리는 은행 계좌를 개설하는 걸 포기했다. 계좌를 만드는 데 필요한 도장이 없기 때문이다. 아르바이트를 한다고 도장을 빌려 달라고 부모님께 부탁하는 건 재수생이라는 입장상 설명하기가 귀찮다. 그렇다면 사라는 이야기인데, 이케지리는 몰라도 내 성인 아자미노는 100엔 숍에서는 거의 팔지 않는다.

도장이 없이도 만들 수 있는 계좌도 있기는 있다. 하지만 그건 신청 일주일 후에 용지가 도착하는 것 같다. 계좌는 바로 필요한 건 아니지만 스마트폰으로 찾아보고 알게 된 순간 우리의 텐션은 '축 늘어져' 땅에 떨어졌다.

"쓰레기를 쓰레기로 못 알아본 점장님 잘못이야. '이것도 세상 공부지'."

이케지리가 점장님의 목소리를 흉내 낸다. 우리는 껄껄 웃었다.

침목이 썩고 붉은 녹이 슨 레일의 이미지가 머리에 떠오른다. 결국 이 버려진 선로로 돌아왔지만 덕분에 우리의 여행은 아직 계속된다.

늪에는 거머리 하나 없이 적당히 따뜻하고 쫓아오는 맹견은 손바닥만 한 치와와. 맛있지도 맛없지도 않은 콜라로 은유될 것 같은, 편하고 힘들지 않은 여행. 그런 밋밋한 산책 같은 모험이 쓰레기인 우리에게는 어울린다.

"야, 아자미, 저거 미야마에 아니냐?"

이케지리의 목소리로 정신이 든다. 보니 그때와 같은 덥수룩한 머리가 수로를 사이에 둔 맞은편에서 걷고 있었다.

"진짜네. 옆에서 걷는 사람은…… 여자 친구?"

같은 또래일까. 하얀 원피스를 입고 밀짚모자를 쓴 여자가 즐겁게 미야마에와 수다를 떨고 있다. 두 사람 사이에는 목줄이 드리워져 있고 그 끝에는 미야마에를 꼭 닮은, 털이 덥수룩하게 난 개가 깡충깡충 뛰고 있었다.

"대박, 여자 친구 엄청 귀여운데! 더벅머리 주제에!"

"개까지 데리고 현실 생활에 충실한 오라가 장난 아닌데! 더벅머리 주제에!"

조연이 주연을 시기하는 건 극히 자연스러운 일이라고 생각한다. 분명 테디와 번도 고등학교에서 고디를 보고 똑같이 눈부셔 했을 게 틀림없다.

'거머리한테 음낭을 빨려서 기절한 주제에!'

라고 말하면서 두 소년은 양지 바른 곳을 동경했던 것이다.

3

옛 친구를 미행하며 우리는 하염없이 길을 걷는다네

무엇 때문인지는 모르나 그렇게 하지 않고서는 배길 수가 없네

이게 젊음이고 청춘이라고 15년 후에 술을 마시는

익히 알고 계시는 우리가 그 쓰레기입니다

안주는 옛날 얘기입니다

"아자미, 이거 뭐라고 읽어?"

미야마에와 그 여자 친구를 미행하자 두 사람은 붉은 벽돌로 지어진 건물로 들어갔다. 건물 앞쪽에 돌출된 녹색 차양에는 고딕체로 이렇게 쓰여 있다.

有久井印房

"아리쿠이인보인가……? 잘 모르겠네. 이쪽은 잘 안 와봐서."

나와 이케지리는 가장 가까운 역이 노조미구치지만 미야마에와는 살고 있는 구가 다르다. 옛날에 그 녀석과 합류한 곳은 좀 더 용수로 상류 쪽이었다.

"여기 찻집이겠지? 메뉴판 같은 게 나와 있는데."

건물 앞에는 작은 탁자가 놓여 있고 이 역시 작은 칠판에는 귀여운 손 글씨가 들쭉날쭉하게 적혀 있다. 거기에 의하면 '오늘의 수제 케이크'는 가토 쇼콜라인 것 같다. 문 앞에서 살짝 커피향도 나는 것 같고 미야마에는 귀여운 여자 친구와 카페에서 차를 마시고 있는 게 틀림없다고 봐야 할 것이다.

"어떻게 할래, 아자미. 돈도 별로 없고 그냥 돌아갈까……악, 야!"

난 서슴없이 아리쿠이인보의 문을 열었다. 짤랑 벨소리가 울린다.

"너, 평소에는 쿨한 척하면서 아는 사람한테 여자 친구가 생기면 장난 아니게 질투하는구나……."

역시나 나도 좀 낯설다 야, 하고 이케지리가 투덜대면서 따라온다.

난 질투 따윈 하지 않는다. 그 더벅머리한테는 여자 친구가 생기고 나한테는 안 생기는 게 이상한 것이다. 나에게 음악적 재능은 없지만 머리카락은 직모에다 저 녀석과 달리 친구를 버리거나 하지 않는다.

그래서 미야마에의 여자 친구는 분명 성격이 나쁠 것이다. 난 그걸 확인하고 싶다. '요즘 세상에 밀짚모자라니, 너무 계산적이잖아!' 하고 이케지리와 웃으며 오늘을 마치고 싶다.

"어서 오세요. 오늘은 식사를 하시겠어요? 도장을 파시겠어요?"

갑자기 나타난 여자애를 보며 난 할 말을 잃었다.

흰 셔츠에 검정 스커트라는, 흔한 카페 점원의 패션. 그걸로 판단하건대, 그녀는 아리쿠이인보의 종업원이겠지만 짧은 단발머리 옆에는 왜인지 개의 귀 같은 귀가 축 늘어져 있다.

"여기, 거긴가? 오므라이스 위에 케첩으로 글씨를 써 주는 가게?"

이케지리가 작은 소리로 귀엣말을 한다.

"몰라. 하지만, 귀엽네."

"진짜. 대박 귀여워."

여자애는 비슷한 또래로 보이지만 연상으로도, 연하로도 납득할 만한 외모였다. 웃는 얼굴은 여성스러우면서도 어딘가 소년미가 있고 머리에 개의 귀를 달고 있으면서도 어딘가 모르게 지성을 느끼게 한다.

단적으로 말해서 완전히 스트라이크 존이다(내 취향이다). 어휘가 바보스러워지는 것도 어쩔 수 없다.

"누나, 지금 '도장을 파시겠어요'라고 했나요?"

그녀를 넋을 잃고 보는 나를 곁눈질하며 이케지리가 물었다.

"네. 아리쿠이인보는 간단히 말해 커피를 마실 수 있는 도장집이에요. 지금 한창 학생들에게만 나폴리탄 스파게티 곱빼기를 무료로 해 드리고 있답니다."

도무지 감이 안 온다. 도장과 커피가 공존이 가능한 업종인가?

고개를 갸우뚱하다가 생각이 난다. 우리는 도장이 없어서 은행 계좌 개설을 포기했다. 여기서 아자미노 성도 새겨 주는 걸까?

"죄송한데요, 누나. 자세히 묻고 싶은 게 있는데요."

이케지리가 좋은 타이밍에 질문을 해 주었다. 과연 내 단짝.

"입시 학원생도 학생에 포함되나요?"

"그걸, 뭐 자세히 물어!"

"그야, 나폴리탄 스파게티가 먹고 싶어서잖아!"

이케지리는 옛날부터 그랬다. 나폴리 빵――빵에 스파게티를 끼워 넣은 탄산화물 집합체――을 먹기 위해 1교시 수업을 빠져나와서 아무도 없는 학생 식당에 줄을 서는 바보다.

"진정해, 이케지리. 우리의 임무는 은행 계좌를 개설하는 거야. 그러기 위해 필요한 건 도장이야. 나폴리탄 스파게티 따윌 먹을 때가 아니라고! 우린 도장을 찾기 위해 여기로 왔어!"

이건 좀 운명이라고 생각한다. 쓰레기통에서 탈출을 시도한 우리를 개의 귀를 단 여신이 인도해준 거야! 할렐루야!

"전혀 아니잖아. 아자미는 그냥 미야마에한테 샘나서 그런 것뿐이잖아. 너야말로 냉파스타라도 먹으면서 냉정해지라고."

그랬다. 도장에 대한 건 방금 전까지 잊고 있었다. 하지만 누구든 아름다운 여신이 눈앞에 나타난다면 신바람이 나서 막 떠받들고 싶잖아?

"손님들, 참 재미있으시네요."

우리의 바보 같은 대화를 들으며 여신이 키득키득 웃는다. 고귀하도다. 진심, 할렐루야다.

"냉파스타는 없지만, 입시 학원생도 물론 학생이시고 도장에 대해서도 상담이 가능하니, 우선은 카운터 자리에 앉으시는 건 어떠세요?"

우리는 "네" 하고 대답하고 여신의 말을 따랐다.

가게에 들어선 순간 은은하게 풍기는 달콤한 냄새를 맡고 무심코 눈을 감는다.

이것이 여신의 향기…… 는 역시나 아니겠지만, 버터가 녹는 듯한 향긋함에 위가 자극되었다.

그 순간 배가 꼬르륵꼬르륵 소리를 내기 시작한다. 헷갈리기 쉽지만 배가 고픈 건 아니다.

"이케지리, 잠깐 화장실 좀 다녀올게."

낮에 드링크 바에서 음료를 너무 많이 마신 탓일 것이다. 시간을 들여 창작 음료를 제조하는 데 힘썼던 보답이 지금 막 온 것 같다.

난 재빠른 몸놀림으로 화장실로 보이는 문을 열고 대변인지 소변인지 아무도 눈치채지 못하도록 순식간에 배설을 끝냈다. 그리고 거울 앞에 서서 '처음부터 거울을 보러 온 것뿐입니다만?' 하고 말하는 듯한 쿨한 표정을 만들고 흐트러진 머리카락을 정돈한다.

"……완벽해."

더벅머리 미야마에보다 단연코 잘생겼다. 나도 재수생만

아니라면 나름대로 잘나가는 청춘을 보낼 수 있었을 것이다. 내년에 순조롭게 대학생이 되면 저 점원한테 데이트 신청을 하는 것도 좋을지도 모른다.

흥 하고 승리의 미소를 지으면서 화장실에서 나간다. 그러자 멀리 테이블석에 더벅머리를 한 뒤통수가 보였다.

"미야마에⋯⋯."

그때와 똑같은 파란색 티셔츠를 보고 문득 기억이 되살아난다.

같은 초등학교를 다녔던 이케지리와는 달리 나와 미야마에의 만남은 고등학교 1학년 축제 때 이루어졌다.

아니, 정확하게는 4월 달 시점에서 같은 반 친구였지만 그때는 무난한 장발이었던 미야마에를 난 그다지 마음에 두지 않았던 것이다.

나도 이케지리도 동아리 활동 같은 갑갑한 건 하지 않는 주의라서 축제 때는 한가했다. 콜라를 마시는 것 말고는 할 게 없어서 그냥 시간을 때울 요량으로 체육관을 찾았던 것 같다.

"어라, 우리 반 미야마에 아니야?"

이케지리의 말을 듣고 보니 앰프와 드럼 세트가 죽 놓인 무대 위에 남학생이 몇 명 있었다. 밴드부 단원일 것이다.

미야마에는 중앙의 마이크 스탠드 앞에서 파란색 티셔츠를 입고 서 있었다. 그러나 그 분위기가 평소와 다르다. 확연히 다르다.

"우와, 정말이네. 뭐야, 저 머리, 진짜 웃긴다!"

미야마에는 평소와 다름없는 어중간한 긴 머리에 꼬불꼬불한 파마를 했다. 그리고 목에 흰 스트라토캐스터──기타 종류는 나중에 가서 알게 되었지만──를 매달고 눈부신 얼굴로 사람이 드문드문 있는 체육관을 보고 있었다.

"오, 죽이네! 저 녀석, 이번 기회에 고등학교에서 이미지 변신을 하려는 건가!"

체육관 2층석에서 우리는 미야마에를 손가락으로 가리키며 웃었다. 그러자 정작 본인은 뭘 착각했는지 이쪽으로 손을 흔든다. 우리는 더 빵 터졌다.

그러나 본인은 기분이 좋은 듯 쑥스러운 얼굴로 연주를 시작한다.

그렇다. 갑자기 시작되었다. 드럼 박자도 없이 코드 한 방 울리지도 않고 미야마에는 사람이 모여드는 공연장의 분위기와 같은 톤으로 구불구불한 선율을 인트로 없이 연주하기 시작했다.

순간적으로 공연장의 분위기가 바뀐 것을 지금도 기억하고 있다. 웅성거림이 딱 그치고 주목을 받지 않았던 무대를 모두가 우러러보았다.

아마추어가 들어도 '아, 이 사람, 실력이 대단한데' 하고 감탄할 만한 사운드. 그것을 베이스 라인이 뒤쫓고 드럼의 리듬이 겹친다.

그리고 폭발했다.

"미쳤다……."

단 세 사람의 음압에 공연장 전체가 압도당하고 있었다.

그때까지 라이브 공연 같은 건 손에 꼽을 정도밖에는 안 가 봤지만 미야마에의 연주는 프로의 그것과 다르지 않다고 느꼈다. 손톱 안쪽까지 소름이 돋는 느낌이고 뒷머리가 마비된 듯 저릿저릿했다.

미야마에가 리프 연주(두 소절 또는 네 소절의 짧은 구절을 반복해서 반주하는 기법)를 하면서 마이크에 대고 영어를 외친다. 랩이었다.

가사의 뜻은 모르겠다. 아마도 랩 실력은 그렇게 뛰어난 건 아닌 것 같다. 그렇지만 미야마에네의 음악은 체육관에 있는 모두의 귀와 영혼을 20분 동안 매료시켰다.

다음 날 우리는 미야마에에게 소감을 전했다. 질투를 섞어 '멋있었어'라고.

미야마에는 실제로 얘기해 보니 잘 웃는 좋은 녀석으로 축제 때 연주한 건 〈레이지 어게인스트 더 머신〉의 곡이고 입고 있던 옷은 〈소닉 유스〉라는 밴드의 티셔츠라고 알려 줬다.

지금은 둘 다 좋아하는 밴드다. 그렇지만 앨범 재킷을 보면 복잡한 마음이 든다. 그들에게 죄는 없지만 음은 기억과 결부된다.

이야기를 되돌리자. 우리는 그날 마지막으로 미야마에에게 물었다. 왜 그런 새 둥지 같은 머리를 했느냐고.

"……지미 헨드릭스를 동경해서."

미야마에는 쑥스러운 듯 곱슬곱슬한 머리를 긁적였다.

이제 와서 하는 얘기지만 솔직히 가슴이 두근거렸다. 남성 간의 사랑 같은 의미가 아니다. 내 안에는 소녀가 살고 있고 그 당시의 미야마에를 귀여운 녀석으로 느꼈을 뿐이다.

이후 미야마에와 우리는 친구가 되었다. 영화와 음악은 궁합이 잘 맞는다. 내가 〈소년 메리켄사쿠〉나 〈8마일〉이나 〈콰드로페니아〉와 같은 음악색이 짙은 영화를 추천하면 미야마에는 척 베리나 에어로스미스나 언더월드 같은, 영화의 주제곡과 삽입곡에 사용된 밴드와 곡을 알려 주었다.

이케지리는 이케지리대로 게임이나 애니메이션과 같은 서브컬처 방면에 강했기 때문에 우리는 고등학교 3년 동안 오로지 미하라시 용수로 변에서 실컷 수다를 떨곤 했다.

"아자미는 엉뚱한 센스가 있어. 시 같은 걸 쓰면 좋을지도 몰라."

어느 날 미야마에가 그런 말을 했다.

"그거 좋네. 나중에 셋이서 밴드를 결성하자. 난, 드럼을 칠게. 아자미는 베이스려나."

"난 기타야. 베이스는 인기 없어."

"기타도 인기 없대도."

"그건 미야마에가 더벅머리라서 그래."

셋이서 웃으며 미야마에는 베이스로 전향하기로 맹세했다.

그렇게 우리는 미래를 약속했다. 시기를 정한 것도 아닌데다 나도 기타 연습은 전혀 안 했지만 언젠가 하려고 마음먹은 것이다.

그런데 미야마에는 우리 곁을 떠났다.

우리 중에 리더 크리스는 없을 텐데 재능 있는 고디는 감화를 받을 기회를 놓치지 않았다. 쓰레기를 버리고 참다운 인간이 되었다.

적어 놓았던 내 시는 갈 곳을 잃고 휴지조각이 되었다.

"늦었네, 똥 눴냐?"

이케지리가 있는 데로 돌아오자 초등학생 같은 질문이 날아들었다. 무시한다.

"아리쿠이 씨, 이 녀석이 아자미예요. 나르시시스트라서 거울 보면 오래 걸려요."

이케지리가 카운터 너머로 스스럼없이 말을 건다. 전혀 도움이 안 되는 녀석이다. 난 변명을 생각하면서 이케지리의 이야기 상대를 봤다.

"뜨헉."

거기에 있던 예기치 않은 존재에 엉겁결에 개그 만화 같은 소리가 나온다.

온몸에 흰 털이 난, 복슬복슬한 생명체. 그 얼굴은 코를 잡아당겨 늘인 것처럼 홀쭉하고 눈동자는 바둑알처럼 반들반들 까맣다. 발끝에는 날카로운 발톱이 호를 그리며 자라나 있고 가슴부터 허리에 걸쳐서 앞치마와 비슷한 갈색 무늬가 있다.

내 뇌 속을 검색하는 한 이건 흰곰 인형이다. 꼬리가 쥐처럼 긴 게 마음에 걸리지만 어쨌든 무언가를 변형시킨 인형일 것이다.

"상당히 큰 인형이네. 일종의 손님 유치용 판다인가?"

"아뇨, 개미핥기입니다."

남자 목소리가 들렸지만 주위에 그 말을 한 것으로 생각되는 인물이 없다.

"아자미, 이 아리쿠이 씨가 우리 도장을 파준대. 아리쿠이 씨는 개미핥기 도장 장인이야. 완전 대박이지 않냐?"

"뭐……?"

내가 놀란 건 이케지리 때문이다. 이 녀석, 쓰레기병이 더 깊어져서 드디어 머리가 이상해진 건가? 친한 친구가 인형에게 말을 걸면 누구든 그렇게 느낄 것이다.

그러나 다음 순간, 난 자신의 머리를 의심하게 된다.

"안녕하세요, 가게 주인 아리쿠이입니다."

꾸벅 머리를 숙인 인형은 명백히 아저씨 목소리로 말했다.

"아까 이케지리 씨로부터 이야기를 들었습니다. 저희 도장은 전부 손으로 새기기 때문에 오늘 건네 드리기는 어렵습니다. 하지만 일주일 정도 시간을 주시면, 두 분의 시작에 어울리는 것을 준비할 수 있을 것 같습니다."

인형이 내 눈앞에서 유창하게 말을 한다.

"아리쿠이 씨. 그거, 어쩐지 우리가 결혼하는 것 같은 느낌인데요."

이케지리가 인형에게 태클을 날렸다. '아리쿠이 씨'가 이거 실례했습니다 라고 말하는 듯이 두툼한 귀를 휙 쓰러뜨린다.

이게 무슨 일이지? 이 인형 안에 아저씨가 들어가 있나?

아니, 동물 의상치고는 작고 털이나 발톱의 디테일이 너무 정밀하다. 할리우드의 특수 효과 기술을 총결집했다면 있을 법한 이야기지만 메가폰을 잡은 스필버그의 모습은 보이지 않는다.

애초에 '아리쿠이 씨'라고 말할 정도니까 이 보송보송한 생명체는 진짜 개미핥기일지도 모른다. 그럼, 영화 〈아바타〉처럼 개미핥기의 몸에 아저씨의 뇌를 연결시켜 놓은 건가? 붉은불개미 외계인과 싸우기라도 할 작정인가?

영문을 모르고 우두커니 서 있자 띵 하고 벨 소리가 들렸다.

"피자 토스트입니다. 뜨거우니 조심하세요."

아리쿠이 씨의 짧은 앞발이 이케지리 앞에 접시를 놓는다.

"대박. 진짜로 맛있을 것 같은데."

구운 치즈 냄새에 이케지리가 코를 벌름거렸다.

"확실히…… 그게 아니라, 나폴리탄 스파게티 시키는 거 아니었어?"

"물론 나폴리탄 스파게티도 시켜 놨지. 저쪽에서 미야마에가 먹고 있는 게 보였는데 엄청 먹고 싶더라고. 피자 토스트는 패밀리 레스토랑에 잘 없지 않냐?"

이 녀석의 미래는 기필코 뚱보 번이다. 뱃살이 뒤룩뒤룩 찐 35세 중년이다.

"그보다, 계속 멀거니 서 있지 말고 앉아서 마음 좀 가라앉혀, 아자미."

이케지리에게 주의를 받는 건 납득이 가지 않지만 지당한 말이다.

난 의자에 걸터앉아 눈앞에 있던 컵을 집어 들었다. 물을 마시면서 차분하게 카운터 너머를 본다.

정체를 알 수 없는 아리쿠이 씨는 주방을 오가며 나폴리탄 스파게티를 만들고 있었다. 때로는 발판 위에 올라가서 선반으로 손을 뻗고 때로는 짧은 앞발로 능숙하게 피망을 썰고.

그 행동거지에 어색함은 없다. 털 앞치마 무늬도 아울러서 정말로 찻집 주인 같다.

"야, 내가 공부를 너무 열심히 해서 환각을 보고 있는 거냐?"

목소리를 낮추고 묻자 "재미있는 개그네" 하고 이케지리가 웃는다.

"잘 들어, 아자미. 여긴 '이세계'야."

"'이세계'?"

"그래. 네가 좋아하는 영화로 말하면, 〈해리 포터〉나 〈반지의 제왕〉의 세계지. 마법이 있고 드래건이 서식하고 엘프나 호빗 같은 종족이 존재하는 그거 말이야."

진지하게 상대하는 것도 바보 같아서 난 "하" 하고 한탄만 한다.

"진짜라니까. 아자미, 카운터 끝을 봐봐."

그 말을 듣고 보자 우리가 앉은 자리의 연장선, 가게의 제일 안쪽 카운터에 노트북이 놓여 있었다. 그 정면에 앉아서 졸려 보이는 눈으로 작업을 하고 있는 생명체는 믿을 수 없게도 아무리 봐도 카피바라다.

"쥐가 마우스를 조작하고 있다고……?"

"대박 웃기지? 하지만 카피오 씨는 어엿한 프로인 것 같아. 스탬프 도장의 디자이너래. 어떤 의미로 드래건보다 희귀도가 높잖아. 참고로."

이번에는 입구에 들어서서 오른쪽 가장 안쪽, 창가의 탁자를 턱으로 가리키는 이케지리. 그 자리에는 예스러운 타자기가 놓여 있고 거기서 비둘기 한 마리가 일사불란하게 머리를 흔들고 있다.

"저쪽 비둘기는 소설가라네. 문사 비둘기라는 것 같아. 여행 비둘기라는 게 있어서 그런가, 카피바라에 비하면 임팩트는 없네."

그때 비둘기가 띵 하고 타자기 벨을 울린다. 마치 우리의 이야기를 듣고 있다가 항의하는 듯한 순간에.

"그리고 가장 압권인 건 우사 씨야. 아자미, 그녀의 엉덩이를 봐봐. 야한 생각은 일절 하지 말고."

그게 여신의 이름인 것 같다. 우사 씨는 이름까지 너무 귀엽다.

그건 그렇고 정결한 마음으로 그녀의 엉덩이를 쳐다보자 거기에 달려 있던 둥근 꼬리가 씰룩씰룩 움직였다.

"우사 씨는 '반인반토'야. 사람과 토끼의 유전자를 가진 존재라고. 워울프나 켄타우로스 같은 거지."

"같은 거라고 해도, 내가 사는 세계에 늑대인간이나 반인 반마 같은 생명체는 존재하지 않아."

"그렇지. 말하는 개미핥기나 카피바라도 없어. 그게 있다는 건 이세계라는 거잖아? 이 가게의 문은 두 개의 다른 세계를 이어주는 마법의 문이야. 킹스 나이트역의 9와 4분의 6 승강장(영화 해리 포터 시리즈에 등장하는 킹스 크로스역 9와 4분의 3 승강장을 말함) 같은 거지."

"몇 군데 틀렸지만, 수험생이니까 약분 정도는 해라."

"조용히 해, 이 태클 안경! 난 문과야!"

나도 문과다만. 뭐지, 이 녀석의 안경 콤플렉스는.

"무엇에든지 의미를 찾는 건 인간의 나쁜 버릇이지. 난 음악을 듣듯 하루하루를 살고 있어. '설명할 순 없지만, 좋은 건 좋다', 그렇게 말이야."

누군가가 나직하게 중얼거렸다. 슬쩍 목소리가 난 쪽을 봤지만 거기에는 졸려 보이는 눈을 한 카피바라밖에 없다.

"……뭐, 됐어. 일단 여긴 이세계라고 생각하자."

"오? 무지 시원시원하게 이해했네."

이해 따윈 하지 않았다. 이세계가 있을 리 없다.

우리는 무조건 부정한다. 입만 열면 귀찮다는 말밖에 하지 않는다. 하지만 아까처럼 기세를 몰아 아르바이트를 구했을 때, 선로전환기가 철커덩 하고 작동한 것 같은 느낌이 들었던 것이다. 물론 내가 그렇게 느낀 것뿐이지만 그래도 눈치챌 수 있었다.

"음악을 듣는 것과 같아. 핑계를 갖다 붙여 무언가를 부정해도 자신은 아무것도 달라지지 않아. 새로운 가치관을 받아들이는 것만이 인간은 자신을 바꿀 수 있어."

"또, 쓰레기 명언이 나왔네. 오늘따라 신통방통한데, 아자미."

그때, 문득 시선을 느꼈다.

돌아보니 테이블석에서 크림소다를 마시고 있는 여자애가 놀란 듯이 눈을 크게 뜨고 나를 보고 있다. 야단났네. 살짝 남의 말을 끌어다 쓴 게 들켰나.

"어, 어쨌든 여긴 이세계라고 해 둘게. 좀 수수하지만."

작은 소리로 이케지리에게 속삭이고 가게 안의 모습을 살폈다.

크림소다 소녀와 미야마에 커플 외에는 정장 차림의 누나와 아이를 동반한 부부가 커피를 마시고 있다. 계산을 하고 있는 손님도 보였지만 지갑에서 도토리나 낙엽이 나오지도 않는다.

여기는 아리쿠이 씨네의 존재 말고는 현실과 전혀 다르지 않은 세계다. 아니, 아마도 현실일 것이다.

그러나 판타지와 리얼리티의 경계선이 없다. 마치 지브리

(스튜디오 지브리의 준말로 일본의 애니메이션 제작사) 영화처럼 사람과 짐승이 경관에 녹아들어 있다.

다른 가치관을 받아들이는 것은 쉽지 않다. 하지만 미야마에도 그럭저럭 타협을 봤으니까 여기에 있는 것이다. 타협점은 이세계든 그림책 속이든 뭐든지 좋다. 핑계를 대가며 무언가를 부정해도 자신은 아무것도 달라지지 않는다.

그래서 나는 눈앞의 광경을 받아들인다.

그렇지만 확인하고 싶은 건 있었다.

"저, 질문 두 가지만 해도 되나요?"

카운터에 포크를 놓고 있던 우사 씨를 불러세운다.

"네네. 남자 친구가 있는지랑 나이가 관한 것만 빼면 기꺼이요."

"질문을 마치겠습니다."

"아자미, 넌 참 일관성이 있구나……."

이케지리가 어이없어한 순간 식욕을 자극하는 냄새가 풍겨 왔다.

"오래 기다리셨습니다. 나폴리탄 스파게티 나왔습니다."

아리쿠이 씨가 힘겹게 손을 쭉 뻗으면서 카운터에 김이 나는 접시를 놓는다.

수북이 담긴 빨간 스파게티 사이사이에 흐물흐물해진 양파와 피망이 보였다. 그 밖에도 '옛날 그대로'라는 듯이 기름기가 도는 얇게 썬 소시지도 들어 있다.

파스타가 드래건 수염으로 만들어진 건 아닌 것 같다. 접시와 함께 놓인 치즈 가루도 노란 뚜껑에 초록색 용기에 담긴 그것.

아리쿠이 씨가 이케지리 앞에 놓은 그것은 정직하다고 해도 좋을 정도로 현실미가 넘치는 나폴리탄 스파게티였다.

"와, 대박. 진짜 대박이다, 이거. 내 역대 1위였던 '정통 카피바라 나폴리탄 스파게티'를 가뿐하게 넘어섰어!"

이케지리가 와글와글 떠들어대면서 빨간 스파게티를 후루룩거리며 먹는다.

냉동식품을 예로 드는 건 좀 아닌 것 같다는 생각은 들지만 맛있게 먹고 있는 걸 보고 있자니 배에서 꼬르륵 소리가 났다. 그러고 보니 난 아무것도 주문하지 않았다.

하지만 나폴리탄 스파게티는 좋아하지 않았다. 수많은 파스타 요리 중에서도 일본에서 만들어진 이것만이 면이 훌훌 잘 넘어가지도 않을 뿐더러 기름기가 않아 속이 니글거린다.

그렇게 늘 해오던 버릇대로 부정부터 해 버렸지만 나폴리탄 스파게티는 초등학교 급식에서 카레나 닭튀김과 1, 2위를 다투는 인기 메뉴다. 어느새 소원해져 버렸지만 나도 옛날에는 좋아하던 음식이었다.

나폴리탄이 변한 게 아니다. 나폴리탄은 계속 나폴리탄인 채로 있다. 우리의 관계가 변한 원인은 분명 내 쪽에 있다.

그렇게 생각한 순간 반사적으로 미야마에 쪽을 보고 말았다.

"저도 나폴리탄 스파게티를!"

자신에게 조바심을 내며 화풀이하듯 주문한다.

그러자 아리쿠이 씨로부터 예기치 못한 대답이 돌아왔다.

"죄송합니다. 오늘은 벌써 재료가 전부 떨어져서."

꾸벅 머리를 숙이는 아리쿠이 씨. 그 사랑스러움에 살짝 가슴이 뛴다.

아니, 가슴이 뛰는 게 아니지. 잠자코 있어, 내 안의 소녀여.

"맛, 진짜 끝내준다. 무한정 먹을 수 있겠어, 이거…… 어이, 뭐야, 아자미."

난 맹렬한 기세로 나폴리탄 스파게티를 마구 먹어대는, 이케지리의 팔을 잡았다.

"한 입만 줘."

"싫어. 아자미는 '한 입'의 무게를 몰라."

"뭐야, 그게. 곱빼기인데 뭐, 어때."

"넌 빌려 쓴 화장실을 돌려 준 적 있어? 없지. 남의 물건을 빌린다는 건 본래 업보를 짊어지는 거나 다름없는 행위야. 그런데도 세상에는 그게 마치 의미를 갖지 않는 것처럼 쉽게 남의 화장실을 빌려 쓰거나 한 입만 달라는 녀석이 있어. '화장실은 닳는 게 아니니까 괜찮잖아?' 닳아! 상대방에게 아주 환멸을 느껴! '곱빼기니까 괜찮잖아?' 괜찮을 리가 있겠냐! 많이 먹고 싶어서 곱빼기를 시킨 거라고!"

왜 그래, 이케지리, 라고 말할 수 없었다. 이 녀석, 참 성가시네, 라는 생각도 하지 않았다. 난 '환멸'이라는 말에 짓눌려 마음속으로 숨을 헐떡이고 있었다.

"아자미, 난 네가 상대를 배려하는 마음을 알았으면 해."

갑자기 진지한 얼굴이 된 이케지리를 보며 난 눈을 딴 데로 돌린다. 입가에 처세용 웃음을 준비한다.

"그래서…… 우사 씨, 죄송한데요. 음식을 덜어 주고 싶은데, 접시 한 개만 더 주실 수 있으세요?"

"여자냐!"

난 남몰래 안도의 한숨을 내쉬었다. 한순간이라도 '또 환멸 당했다'고 겁먹은 자신이 한심스럽다.

이케지리와 미야마에는 다르다. 이 녀석에게는 나를 버릴 '재능' 따위는 없다.

그러나 동요가 있었던 탓인지 그 뒤에 이케지리가 나눠 준 나폴리탄 스파게티가 무슨 맛인지 알 수 없었다. 미각은 감정의 영향을 받는다. 또 다른 날에 먹으러 오자.

"일반적으로 도장은 인감도장, 은행도장, 막도장까지 총 세 종류가 있습니다."

식후에 서비스로 제공되는 커피를 부탁하고 아리쿠이 씨와 도장 제작에 관해 상의를 했다. 술렁이는 마음도 가라앉은 듯해서 패밀리 레스토랑에서 마시는 커피보다 만 배는 더 맛있게 느낀다. 참고로 이케지리는 호지차(찻잎을 센 불로 볶아 만든 일본의 전통차) 라테를 시켰다. 여자냐.

"은행 계좌를 개설하는 데 필요한 것은 은행도장입니다만, 이건 은행신고인이라고 해서 기본적으로는 본인 확인을 대신할 수 있는 도장입니다. 평상시 거래할 때 현금 카드를 사용할 경우에는 사용 빈도는 그다지 높지 않을 거라고 봅니다."

"즉, 처음 한 번밖에 찍지 않는다는 말인가요?"

이케지리의 질문에 아리쿠이 씨가 시간을 들여 천천히 고개를 끄덕였다. '단언은 할 수 없지만, 자네들은 학생이니까, 아마도……'라는 자신 없는 긍정. 뭐지, 이 걸어 다니는 매력덩어리 캐릭터는.

"원래는 위조나 마모 같은 위험을 피하기 위해서 세 종류의 도장은 따로따로 준비해야 합니다. 하지만 두 분은 학생이시고 첫 도장이기도 하니, 막도장으로도 두루 사용할 수 있도록 가독성이 높은 글씨체로 만들면 좋을 것 같은데."

아리쿠이 씨가 메뉴판을 펼치고 서체 표본을 보여 주었다. 일단 학생한테 바가지를 씌울 생각은 없는 것 같다.

"이거, 무서운 이야기 해 주는 프로그램 같은 데서 쓰이는 글자체 같지 않냐?"

"고인체네요. 컴퓨터나 텔레비전 화면에서 보는 것과 도장은 또 다릅니다. 실제로는 오싹한 분위기보다 붓글씨 특유의, 먹물이 뭉친 부분에서 독특한 아름다움을 느낄 수 있는 서체라고 봅니다."

아리쿠이 씨가 고인체로 종이에 술술 쓴 '池尻(이케지리)'는 과연 확실히 서화와 같은 개성을 느끼게 한다. 그건 그렇고 난 한 가지 마음에 걸리는 게 있었다.

"저기, 이케지리."

"왜, 아자미."

"근처에서 팔지 않는 성인 나는 그렇다 치고, 너까지 도장을 만들 필요 없는 거 아니야? 그렇게 싼 것도 아닐 거고."

어쩐지 그 말만은 해 두어야 할 것 같았다. 쓰레기인 우리에게 흥과 기세는 중요하지만 쓸데없이 돈을 쓸 필요는 없다.

아리쿠이 씨를 보자 눈을 딴 데로 휙 돌렸다. 뭐, 형편상 '그러네요'라고는 말할 수 없을 것이다. 잠깐 얘기했을 뿐이지만 이런 사람(?!) 됨됨이라면 '만들어야 합니다' 하고 억지로 밀고 나갈 수 없는 유형이다.

그래서 현재 아리쿠이 씨는 난처한 듯 카운터 가장자리를 발톱으로 박박 깎고 있다. 이 행동은 위험하다. 남자인 나조차 '심쿵사(가슴이 쿵쿵거려 죽을 것처럼 좋아하는 것)'라는 말이 머리를 스칠 정도니까 착각해서 '결혼할래'와 같은 말을 꺼내는 누나도 있지 않을까.

"바보야, 무슨 소리 하는 거야. 우린 같이 선로 위를 걷는 거잖아. 찬물 끼얹지 말고 기름을 부으라고. 예~."

"……그렇겠지. 예~."

뭐, 이케지리의 주머니 사정을 걱정한 것뿐이지 다른 뜻은 없다. 아리쿠이 씨도 그걸 헤아려준 듯 저렴하고 좋은 도장 재료를 권해 준다. 덕분에 우리는 흥과 기세를 죽이지 않고 도장을 주문할 수 있었다.

그 대신 당초 목적이었던 미야마에의 여자 친구를 관찰하는 것을 까맣게 잊고 있었다.

생각났을 때는 이미 침대 안이었기 때문에 정말로 이세계에서 마법에 걸린 기분이었다고 나중의 난 회상할 것이다.

일주일 후. 우리는 득의양양한 기세로 아리쿠이 도장포에서 도장을 받았다.

"오, 의외로 무거운 도장이네. 회양목 재질이라고 했나?"

나도 이케지리와 같은 소감이었다. 생각해 보면 도장을 찍은 기억은 그다지 많지 않다. 기억에 남는 건, 동네 자치회의 라디오 체조(우리나라의 국민 체조에 해당함) 활동에서 당번으로 임명됐을 때 정도다. 그때 사용한 도장은 부모님께 빌린 것이었는데 도장재가 가볍고 인면이 여기저기 깨져 있어 어린이용 카드에 찍기 어려웠던 것으로 기억한다.

그에 비하면 아리쿠이 씨네 도장에는 묵직함이 있었다. 어쩐지 소재의 무게보다 더 묵직하게 들어찬 듯한 느낌이 있다.

"여기에, 시험 삼아 찍어 보시죠."

아리쿠이 씨의 덥수룩한 손이 둥근 용기에 든 인주와 복사 용지를 카운터 위에 놓았다.

"오, 인주, 엄청 새빨갛다."

이케지리가 용기의 뚜껑을 열고 전율한다. 확실히 자주 보는 스펀지 형태의 인주에 비하면 주색이라기보다 붉은색에 가깝다.

"반죽 인주입니다. 즉, 안료에 가까운 인주죠."

"그러고 보니 옛날부터 궁금했었는데요, 왜 도장은 빨간 걸로 찍을까요?"

"빨강이 아니면 안 된다는 법은 없습니다. 인주를 중국에서는 인니라고 부르듯이, 원래는 진흙을 사용했다는 설도 있고요. 실제로, 에도 시대에 서민의 인감은 검정이었습니다. 도장에 붉은색 인주를 쓰게 된 건, 운수가 좋기 때문이라고 해요. 신사의 도리이와 마찬가지지요."

그때 문득 가게 안에 있던 손님 중 한 사람이 이쪽을 봤다.

중학생 정도 되어 보이는 여자애다. 전에도 본 것 같다. 도리이를 좋아하는 걸까.

"그럼, 나, 인주로 머리 물들여 볼까. 합격을 기원하는 의미에서."

"겨우 금발에 익숙해졌으니까 관둬."

그렇게 이케지리의 말을 받아넘긴 뒤 문득 생각했다.

"그보다, 차라리 내가 빨갛게 물들이는 게 낫겠네. 합격하면."

이케지리의 금발과 꼬불꼬불 더벅머리에 감화를 받은 건 아니지만, 인생에서 한 번 정도는 기발한 머리를 해 보는 것도 나쁘지 않다. 빨간색 머리 여성이 주인공인 〈롤라 런〉(톰 티크베어 감독의 독일 영화)도 좋아하는 영화이고 아리쿠이 씨가 말한 것처럼 빨강은 운수가 좋은 색이다.

"뭐야, 아자미. 대학교 들어가면 이미지 변신하게?"

"그런 게 아…… 닌 것도 아닌가. 서민적인 이미지에서 벗어나 보게."

"너무 기발한 머리 하면 인기 없다."

"대신 펑키하게 놀아 볼 수는 있겠네."

"그게 뭐야."

"저, 시험 삼아 찍어 보시는 게……."

아리쿠이 씨에게 죄송합니다 하고 사과하고 우리는 도장을 꾹 찍었다.

"오오…… 왠지, 대단해진 기분이야."

"응. 어른이 됐다고나 할까, 한 꺼풀 벗겨진 것 같은 느낌이 들어."

종이에 찍힌 도장은 그것을 찍은 본인보다 더 당당했다. 그렇지만 뭐랄까, 너무 훌륭해서 편치 않은 마음이 들기도 한다. 인주의 붉은 글씨도 꼭 남의 걸 빌린 것 같다.

"두 분의 대학 합격을 기원하겠습니다. 공부도 아르바이트도 열심히 하세요."

아리쿠이 씨와 우사 씨가 웃으며 우리를 배웅해 주었다.

"이야, 싸게 잘 샀어, 아자미."

"그렇긴 한데, 왠지 뒤가 찜찜하지 않냐? 분수에 좀 맞지 않는다고나 할까."

"그래? 난 전혀 안 그런데."

지금 생각해 보면 이 감각의 차이가 우리의 끝을 알리는 시작이었던 것이다.

4

자신이 행복하다고 생각하는 것은 술을 마시는 것과 비슷하다.

이 세상에 영원히 지속되는 행복이란 존재하지 않는다. 만약 사람이 행복을 느낀다면 그것은 곧 시작되는 불행을 견디기 위해 뇌가 모르핀을 분비하고 있는 것뿐이다.

불행은 마치 꼬아 놓은 새끼줄같이 언제나 행복의 이면에 도사리고 있다. 난 그것이 비단 영화 속 이야기만은 아니라는 사실을 깨달으면서 몹시 취해 있었다.

쓰레기가 분수에 맞지 않는 것을 구한 이 여름에 나와 이케지리에게는 아래의 사건이 일어났다.

· 둘 다 아르바이트를 시작했다.
· 둘 다 성적이 올랐다.
· 이케지리가 입시 공부를 그만두었다.
· 내가 아르바이트를 그만두었다.

아르바이트를 시작하고 나서 알게 된 것은 패밀리 레스토랑에서는 의외로 풀타임으로 일하는 사람이 적다는 것이다. 왕창 돈을 벌고 싶은 사람보다는 비는 시간을 할애해서 일하는 학생이나 주부가 많다.

그들과 함께 일하면서 우리는 지금까지 얼마나 많은 시간을 허비하고 있었는지를 이해했다. 예를 들면, 2시간 일해서

번 돈으로 2시간 영화를 보는 것과, 4시간 무료 스마트폰 게임을 하는 것은 둘 다 유의미하다면 유의미하다.

그렇지만 그 항진 명제대로 목적이 없다면 어떤 시간도 무의미하다고 할 수 있다.

지금까지 '편하게' 보냈던 우리는 그 시간을 유의미하게 느낀 건 아니다. 시간을 금액으로 환산하면 이 시점에서 크게 마이너스다.

하지만 더 무서운 것이 있다.

입시 학원의 1회당(90분) 수업료를 돈으로 환산하면 대략 3,000엔. 우리가 90분 일해서 벌 수 있는 금액은 그 절반인 1,500엔. 하루 수업은 적어도 두 번(180분) 있다.

오싹한 정도가 아니다. 감각적으로 말한다면 우리는 매일 흡연실에서 5천 엔짜리에 불을 지르며 놀고 있었던 것이나 마찬가지다.

아무것도 하지 않으면 손해를 본다는 걸 깨달은 우리는 조급하게 정열을 쏟았다. 자투리 시간에 영어 단어 앱을 들여다보고 움직일 수 없는 시간, 즉 강의의 이해도를 높이기 위해 매일 아리쿠이 도장포에서 예습과 복습을 거르지 않고 했다.

반대로 말하면 지금까지 그것조차 하지 않았던 것이다.

당연히 바닥이었던 성적은 금세 오른다.

이렇게 되니 주입식의 수험 공부도 즐겁게 느껴진다. 게다가 우사 씨는 늘 봐도 귀엽고 아리쿠이 씨도 바라만 봐도 위안이 된다. 나폴리탄 스파게티도 매일 먹어도 질리지 않는데다 커피도 드링크 바의 건 마실 수 없게 되었다.

난 아리쿠이 도장포에서 시를 쓰는 시간도 아껴 가며 공부했다.

그 결과, 8월 첫째 주 모의고사에서 우리는 지망 학교에 대해 'C(40%~60% 합격률)' 등급을 받았다. 그걸 승리라고 생각하지는 않지만 지금까지 계속 'E(20% 이하 합격률)'였던 것을 생각하면 '패자의 사고방식'에서는 확실히 벗어났다고 생각한다.

반응을 얻은 우리의 상태는 이케지리가 말하기를,

"우린 '자신'이라는, 모든 능력이 향상되는 막강한 능력을 손에 넣은 거라고!"라는 것 같다. 확실히 끝을 알 수 없는 만능감이 있었다. 우사 씨에게 데이트를 신청하면 승낙을 받을 수 있을 것 같은 기분마저 들었다.

뭐, 기분만 드는 것뿐이지 퇴짜를 맞을 게 뻔했기 때문에 실제로 데이트를 청한 건 아르바이트하는 곳의 여자애들이었다. 수영장에서 그녀들과 노는 것보다 그 뒤에 이케지리와 라면을 먹으면서 했던 반성회가 더 즐거웠지만.

그런 무적의 우리의 소문을 우연히 들었는지 어느 날 아르바이트를 하러 가자 삼수생 선배가 면접을 받고 있었다. 지원 동기로 '출세하고 싶다'고 말했기 때문에 우리는 웃음을 빵 터뜨리며 선배를 마구 부려먹었다.

그 후에 입시 학원에서 만나자, '진짜로 너흰 훌륭한 동기 부여자야'라며 삼수생 선배는 어디서부터 눈높이를 맞춰야 할지 모르는 발언을 해서 또다시 우리의 복근을 뒤틀리게 했다.

매일매일 좋은 날이었다. 이케지리가 의도한 대로 우리는 공부하게 되었고 아르바이트하러 가면 눈요기도 할 수 있었다. 쓰레기 재수생이라도 여자 친구는 없어도 알찬 매일이 더없이 '즐거웠다.' 바보스럽지만 우리는 '최강'이었다.

이대로만 가면 내년에는 대학에 들어갈 수 있을 것이다. 그렇게 되면 난 이케지리와 밴드를 시작할 생각이다. 이제 고등학교 때처럼 미야마에에게 주눅들 필요는 없다. '실패하지 않기 위해 기타 연습을 하지 않는다'는 소극적인 선택을 하지 않아도 된다. 원망으로 가득했던 나는 이케지리 덕분에 이렇게 다시 태어났다.

뭐, 이케지리에게는 아직 '밴드 하자'라는 말은 하지 않았지만. 그건 여자애에게 고백하는 것보다 용기가 필요하고.

어쨌든 우리가 새로 걷기 시작한 이 길은 미야마에와 함께했던 고등학생 때처럼 즐거웠다. 쓰레기장에 틀어박혀 있었던 때에는 보이지 않았던 목적지가 길을 살짝 돌아서 갔더니 의외로 가까이에 있었던 느낌이다.

그래서 무엇이 잘못되었는지 잘 몰랐다.

8월이 끝나갈 무렵, 난 다시 버려지는 신세가 되었다.

우리의 아르바이트가 끝나갈 시기에 이케지리가 수험 공부를 그만두겠다는 말을 꺼낸 것이다.

모처럼 성적도 올랐는데 무슨 소리냐고 비난하자 공부보다 더 중요한 일을 찾았다고 대답했다.

'난 아자미만큼 성적이 오르지 않았어. 공부는 적성에 안 맞아. 그런 내가 억지로 대학에 들어가 봐야 무슨 의미가 있겠냐?'

성적은 아직 더 오를 수 있어. 인생의 목적은 이제부터 찾으면 돼. 일단 대학에 들어가서 같이 밴드를 하자고 난 얼떨결에 고백했다.

이케지리는 쌀쌀맞게 비웃었다.

'그건 즐거운 게 아니라 편한 거야. 그런 걸 세상은 망나니 대학생이라고 하지. 난 더는 시간을 낭비하고 싶지 않아. 아르바이트를 해 보니 그걸 알게 됐어. 지금의 난, 일하는 것에 기쁨을 느끼거든.'

진심이냐, 하고 태클을 날리자 '우리는 내년에 성인이야' 하고 진지한 얼굴로 말했다.

이케지리는 나와 보내는 시간을 무가치한 것이라고 단정을 지었다. 심지어 지난날 함께한 시간도 '낭비'로 딱 잘라 버렸다. '즐거웠던 그 시절'처럼 우정을 이야기로 남기지도 않았다.

난 아르바이트를 그만뒀다. 여자 유니폼도 충분히 봐서 미련은 없다.

무언가를 얻으려면 다른 무언가를 잃는다. 인생의 이율배반적 명제는 절대적이다.

나에게는 미야마에 같은 음악적 재능도 없다. 이케지리처럼 남을 끌어당기는 매력도 없다. 난 아무 가진 것도 없으면서 그 녀석들과의 우정을 원했다. 대신 내밀 만한 것이 없기 때문에 우정 자체를 잃었다.

나는 분수에 맞지 않는 '즐거움'을 보냈던 것이다. 그 녀석들이 '한때 친구'로 있어 준 것만으로도 감사하다. 그렇게 생각해야 한다.

아무것도 없는 나는 상처를 받을 자격도 없으니까.

5

가을바람 속에서 외로움, 담배를 입에 물고 인사를 하네
여기는 작은 입시 학원의, 해가 들지 않는 흡연실

스마트폰을 들여다보며 시간을 때우고 강 건너 불구경 하 듯 멍을 때린다

익히 알고 계시는 이곳은 쓰레기장입니다

제가 바로 쓰레기의 표본입니다

"걔, 애니메이션에 빠삭해서 나랑 얘기가 잘 통해."

삼수 선배가 닥터 페퍼(미국의 닥터 페퍼 스내플 그룹에서 판매하는 탄산음료) 냄새가 나는 트림을 하면서 말했다. 벌써 10월이 되 었지만 이 녀석은 아직 패밀리 레스토랑에서 아르바이트를 하고 있는 것 같다.

"딱히 못 들었는데요."

다시 돌아 온 쓰레기더미 같은 흡연실. 콘크리트 바닥은 엉 덩이가 시리다. 캔 커피는 지독하게 맛이 없다. 게다가 기분 나쁜 선배에게 집중 마크를 당하며 나의 매일은 최악이었다.

책장 뒤로 떨어진 압정이 그나마 인생을 구가하고 있다고 본다.

"'빌려 쓴 화장실을 돌려주는 녀석은 없어'라니 좀 웃겼 어. 하지만 그 애, 요즘 별로 아르바이트 안 와서 걱정이 되 더라고."

"그러게 못 들었다니까요."

대답하면서 이케지리가 그런 이야기까지 했나 싶어 마음

이 착잡해졌다. 그보다 그 녀석, 왜 아르바이트 땡땡이치는 거지? 노동의 기쁨에 눈을 뜬 게 아니었나?

"직설적으로 말하는 타입인가 봐? 참, 걔, 널 걱정하는 것 같더라. 네가 요즘 통 공부를 안 한다고 내가 걔한테 말했거든."

"쓸데없는 말 하고 다니는 것도, '너'라고 부르는 것도 그만해 주시죠."

"이 세상에서 가장 찌질한 남자가 누구냐 하면, 바로 삐진 남자야."

이 녀석한테까지 간파를 당하고 있는 건가 싶어 한순간 소스라치게 놀란다.

"……라고, 고토바노 아야카라는 점술사가 말했어, 라고 형님이 말했어."

"대체 몇 명을 거치는 거야!"

"오, 멋진 태클. 너, 열심히 해라. 출세, 해야지?"

삼수 선배가 흐흐 웃으며 엄지손가락을 세운다. 후려갈기고 싶었다. 하지만 그러면 정말로 내가 삐져 있는 것 같기 때문에 생각을 고쳐먹는다.

"그건 그렇고, 내 이름은 사기누마야. 그리고 나, 이제 아르바이트 가야 돼."

카레 빵을 뜯어 먹으면서 선배가 떠나간다. 난 그 등에 대고 가운뎃손가락을 세우고 '사수나 해라' 하고 저주를 내뱉었다.

사람이 없어진 흡연 부스를 10월의 바람이 훑고 지나간다. 손안에서 미적지근해진 캔 커피가 전철 안에서 노인에게 자리를 양보하려고 일어났다가 거절을 당한 녀석처럼, 따분한 듯이 내 쪽을 돌아보고 있었다.

"처음부터 일어나지 말걸!"

내동댕이친 캔은 쓰레기통에 들어가지 않고 주위에 검은 내용물을 흩뿌렸다.

그런 비참한 내 모습을 전선에 앉아 있던 비둘기 한 마리가 보고 있다.

"쓰레기더미에 비둘기냐……."

난 자신을 차갑게 비웃었다.

어젯밤에 스쿠터로 국도를 달렸다.

최대한 속도를 높이고 큰 소리로 레이지 어게인스트 더 머신의 〈게릴라 라디오〉를 부르며 아무도 없는 밤을 제멋대로 무방비하게 내달렸다.

하지만 즐겁지도 않고 편하지도 않았다. 옛날 영화에서 흔히 나오는 장면이지만, 실제로 해 보니 그건 청춘이 아니다. 그냥 이상한 사람의 이동 방식이다. 폭주 행위는 혼자서 하

는 것도 아니고 스쿠터의 규정 속도도 초음속이라고 하기에
는 거리가 멀다.

그래서 오늘은 가을바람이 부는 해 질 녘에 미하라시 용수
로 변을 거닐고 있다.

그렇지만 이것도 청춘이 아니었다. 그냥 감상적인 이동 방
식이다. 아까부터 내 머릿속에서는 벤 이 킹이 노래를 부르
고 있다. 그대여, 그대여, 내 곁에 있어 줘, 하고 내 안의 소
녀를 울리고 있다.

그 '최강의 여름'은 나에게는 모르핀이었다. 머지않아 고독
이 찾아오리라는 것을 알고 있었다.

'결혼하면 존 레논보다 폴 매카트니를 좋아하게 될 거야.'

그런 대사가 〈바닐라 스카이〉라는 영화에 나온다. 사람은
변한다. 소중하게 여겼던 것을 갑자기 싫어하게 된다. 영원
한 우정이란 이 세상에 존재하지 않는다. 〈스탠 바이 미〉도
마지막에는 모두 뿔뿔이 흩어진다.

그걸 알고 있었기 때문에 난 혼자가 아닌 여름에 마지막
이야기를 갈망했다.

뭐, 그냥 그렇다는 이야기다. 그냥 그렇다는.

"저."

갑자기 들린 목소리에 숙이고 있던 얼굴을 든다. 머리를 양
갈래로 묶은 여자애가 어쩐지 울 것 같은 얼굴로 서 있었다.

"요즘, 아리쿠이 씨네 가게에 안 오시네요."

"네? …… 아아, 크림소다."

여름에 아리쿠이 도장포에서 자주 본 여자애였다. 그때는 사복이었기 때문에 교복을 입고 있으니 다른 인상을 받는다. 근처 학교는 아닌 것 같다.

"왜, 안 오시는 거예요?"

"아아…… 응. 좀. 이런저런 일이 있어서."

중학생을 상대로 투덜댈 수도 없고 설명하는 것도 귀찮았다.

"여, 여자 친구가 생겼나요?"

"어? 아니, 전혀 아닌데."

거기서 "얏호!" 하는 소리가 들렸다. 눈앞의 여자애가 아니라 전봇대 뒤에 숨어서 이쪽을 보고 있는 2인조 여자애들 쪽에서. 저 교복은 우리 지역에 있는 학교다. 아니, 내 모교다.

"저, 혹시 고민거리가 있으시면, 아리쿠이 씨께 상담 받으세요. 인형한테 말하는 것 같은 느낌이거든요. 의외로 반발심도 작고."

내 안의 소녀가 순간 가슴을 두근거리게 했다. 하지만 난 고민하는 게 아니다. 단순히 마음이 답답해서 그러는 것뿐이다. 자신한테.

"그래. 또 조만간 갈게. 나폴리탄 스파게티도 먹고 싶기도 하고."

"저, 처음에는 아자미 씨랑 이케지리 씨가 싫었어요. 목소리, 너무 커서. 그리고 상스럽고."

갑작스런 규탄에 말을 잃는다.

"미, 미안해. 그럼, 난 이제 가게에는——."

"하지만, 분하지만 자꾸 웃겨서, 그러다가 듣는 게 즐거워져서 두 분이 공부하고 있는 동안에는 저도 열심히 공부하고, 덕분에 전학 간 중학교에서도 공부를 잘 따라가고 있어요. 자신감이 생겨서 친구들과도 화해할 수 있었고요."

"……잘됐네. 분명 다음에는 복권에 당첨되고, 남자 친구도 생길 거야."

이토록 멋없는 대답도 없다. 하지만 지금의 난 그때와는 다르다.

"그런 건, 아직 일러요……."

여자애가 머뭇머뭇하며 기어들어가는 목소리로 중얼거렸다.

"보는 것만으로도, 좋아요. 신께 참배하는 것과, 같아요."

"신?"

"머, 머리, 빨갛게 됐으면 좋겠어요."

그 말을 끝으로 여자애는 맹렬한 기세로 달아나 버렸다.

전봇대의 여자애들이 허둥지둥 뒤를 쫓아간다.

"이름, 못 물어봤네."

하지만 그걸로 됐는지도 모른다. 그녀의 마지막 말은 확실한 격려였다. 바꿔 말하면 '시험 잘 보세요'다.

그렇지만 나는 그 응원을 받을 자격이 없다. 그 이후로 공부에 열중하지 않는다. 아마 올해도 실패하겠지. 나도 삼수생 선배도 말이다. 뭐, 그렇게 되면 이제 시험 자체를 안 보게 되겠지만.

"마지막으로 나폴리탄 스파게티나 먹어 둘까."

말 속에 깃들어 있는 힘이라고 하나. 아까 입 밖에 내고 나서 그 나폴리탄 맛이 나는 나폴리탄 스파게티가 미치도록 먹고 싶어졌다.

그대로 용수로를 따라 나아가서 아리쿠이 도장포를 향한다.

오랜만에 문을 열자 정겨운 커피 향이 났다.

"어서 와, 아자미."

아리쿠이 씨는 여느 때처럼 반겨 주었다. 걱정했다는 말도 오랜만이라는 말도 하지 않는다. 그게 묘하게 기분 좋다.

쉬는 날인지 우사 씨가 없는 건 아쉽지만 그래도 이 가게에 오면 안심이 되었다. 아직 자신이 있을 곳이 있는 것 같은 착각이 들었다.

"아자미⋯⋯?"

카운터에 앉아 있던 손님 하나가 뒤돌아본다.

그게 누군지는──이케지리가 아니라는 것은──뒤돌아 보기 전에 알았다.

"우와, 진짜 오랜만이다! 아자미, 잘 지내냐?"

더벅머리를 한 옛 친구가 내 얼굴을 보며 환하게 미소를 짓는다.

"어, 잘 지내지. 미야마에는 여전히 곱슬곱슬하네."

이상한 감각이었다. 우리를 버린 주제에 미야마에는 뻔뻔하게도 진짜로 기뻐하며 웃고 있다. 나도 그 웃는 얼굴을 보며 마치 마음의 응어리가 없었던 것처럼 재회를 기뻐한다.

"공부는 어때? 이제 몇 달 안 남았지? 그나저나, 참 길다, 1년. 아자미랑 이케지리한테 하고 싶은 말이 아주 많아. 시험 치르면 거하게 축하 파티 하자."

"뭐야, 나를 보고 싶어서 참는 것 같은 그 연기는."

"너무하네. 참는, 아니 배려하는 거라고. 아자미도 그렇게 해 줬잖아. 내가 시험 볼 때."

"⋯⋯넌, 그렇게 해석하는 거냐?"

이제 와서 화가 치밀었다. 개처럼 붙임성 좋은 얼굴을 하고 있어도 말까지 그런 건 아니다. 그전까지 매일 만났는데 음대 입시를 결심했을 때부터 얼굴도 안 비춘 건 미야마에다.

"아, 아자미, 나폴리탄 스파게티면 될까?"

시야 끝에서 뭔가 복슬복슬한 것이 부지런히 움직이고 있다. 그러나 그런 건 아무래도 상관없다.

"과연, 천하의 음대생님은 다르네. 아랫것들한테까지 친절을 베풀고."

"뭐야, 아랫것들이라니. 1년 재수는 보통이잖아? 비굴해지지 마."

"비굴이 아니야. 난 조무래기 조연이야. 넌 주인공인 엘리트고. 처음부터 걷는 길이 달라. 머리도, 도장도, 난 새까매."

"무슨 말인지 모르겠어. 고등학교 3년 동안, 줄곧 셋이서 붙어 다녔잖아."

"그것뿐이잖아. 수명을 생각하면 80분의 3이야. 겨우 그만큼 같은 시간을 보낸 사이인 거지, 언제까지고 친구 같은 얼굴 하지 마. 넌 쓰레기가 아니야!"

우는 연기를 한 배우는 카메라가 멈춰도 감정에 복받쳐 계속 눈물을 흘린다. 스크린으로 보기만 하는 인간은 연기자 개인의 감정까지 생각하지 않는다.

"……또, 그거냐."

미야마에가 한숨을 쉬고 머리를 아무렇게나 헝클어뜨렸다.

"또? 또가 뭔데."

"아자미, 케이크도 있어. 우사 몫인데, 모카롤도 있고."

카운터 위에 차례차례 디저트 접시가 놓인다.

"아자미, 그냥 화풀이라면 난 신경 안 써. 그게 아니면, 무슨 일이 있었는지 말해 줘. 이케지리는 어떻게 된 거야?"

"내가 아냐? 1년 전의 나한테 물어봐."

"물어보면 또 같은 소리를 할 거잖아. '쓰레기랑 같이 있으면 인생 망친다'고."

아까부터 계속 시끄럽게 구네, 하고 말하려던 순간 띵 하고 권투 경기에서 쓰는 공 같은 소리로 비둘기의 타자기가 울었다. 힘이 훅 빠진다.

"아자미."

아리쿠이 씨가 카운터 안에서 발돋움하고 세컨드(권투에서 경기 중 선수를 돌보는 사람)처럼 나를 올려다봤다.

"이케지리가 우리 가게에 온 건, 너랑 같이 왔던 그날이 처음은 아니야."

"……아."

"처음에는 고등학생 때, 다이라와 둘이서 왔었어. 이케지리가 했던 '중요한 이야기'의 내용은 나한테는 들리지 않았지만 말이야."

다이라는 미야마에의 이름이다. 미야마에 쪽을 보자 더벅

머리가 두 번 흔들린다.

"이케지리한테 들었어. 내가 대입 시험을 치를 때까지 이케지리나 아자미랑은 안 만나는 게 좋겠다고."

"이케지리가……? 그 녀석이 그랬어?"

"그랬어. '의지는 쓰레기에게는 너무 눈부셔. 우린 무의식적으로 질투가 나서 반드시 너를 방해할 거야'라고. 내가 과장이 심하다고 대답했더니, 쓰레기를 얕보지 말라며 엄청 화를 냈어."

이야기가 머릿속에서 정리되지 않는다. 초조감으로 감정만이 격앙되어간다.

"그래서 뭐, 난 그럭저럭 대학에 붙었지만, 이번에는 아자미랑 이케지리가 힘든 입장이 됐잖아? 그러니까 난 기다리고 있을게. 베이스 기타는 아직 안 샀지만, 기타로 베이스 기타 흉내는 내고 있어."

미야마에는 무언가에 한번 빠지면 주위가 보이지 않는 타입이었다. 수업 중에 중얼중얼 혼잣말을 하나 싶더니 갑자기 교실을 나가 음악실에서 피아노를 치기 시작한 적도 있다.

그래서 난 미야마에가 줄곧 거기에 푹 빠져 있다고 생각하고 있었다. 진심으로 음악과 마주하고 있기 때문에 우리가 안 보이는 거라고 생각했었다.

그 자체는 상관없다. 난 친구로서 미야마에의 선택을 존중

한다. 그렇게 생각하고 있었는데 자신들이 배신을 당했다, 버려졌다는 기분은 떨칠 수 없었다.

그건 확실히 질투에서 기인했다.

난 자신의 무력함은 뒤로 밀어 두고 미야마에는 우정보다 미래를 잡은 비열한 자식이라고 간주하고 통쾌해했다. 패자의 사고방식으로 예방선을 치고 있었다. 그래서 미야마에가 여자 친구와 걸어가고 있는 것을 봤을 땐 내 그럴 줄 알았다니까 하고 완전히 기고만장한 기분이었다.

그런데 그 모든 게 같은 부류(쓰레기)인 이케지리의 생각이었다니, 난 대체 어떤 얼굴을 해야 하지?

"그날, 아자미가 화장실에 들어간 사이에 나도 이케지리에게 말했어. 네 성만 새겨진 도장이 필요하면, 맞은편 잇슨도 씨네서 싸게 살 수 있다고. 여기."

아리쿠이 씨가 조용히 커피 잔을 놓았다.

잇슨도는 옛날부터 있던 문방구다. 그때 아리쿠이 씨는 도장 제작을 권하지도 거절하지도 않은 줄 알았는데 실제로는 거절했던 모양이다.

"도장은 취직이라든가, 결혼, 주택이나 자동차 구입, 즉 인생의 전환점이 될 때 만들어야 해. 이케지리에게도 그렇게 말했더니, 그는 고개를 저으며 '아자미는 그렇다 쳐도, 전 전환점으로 삼을 거예요'라고 했었어."

"전환점이라니, 그러면 마치…….."

아르바이트를 하기 전부터 대입 시험을 안 치르기로 작정했던 것 같잖아. 자신이 노동의 기쁨에 눈을 뜰 줄, 미리 알았던 것 같잖아.

"아자미. 그거 어쩌면, 나 때랑 같은 패턴 아닐까?"

"나한테 질투가 나서 발목을 잡지 않으려고 이케지리가 스스로 물러났다는 거야?"

더벅머리가 아마도 하고 고개를 끄덕인다.

"바보 같은 소리 마. 나한테는 미야마에 같은 재능은 없어. 시가 좋다고 말할 거면 그 더벅머리에 비둘기 소설가를 살게 해 줄 테다."

"가끔 머물게 해 주고 있지. 게다가 아자미의 시를 난 좋아하고, 그거 말고도 재능이 있다는 건 알아. 왜냐면, 아자미는 재학 중에 대학 한 군데에 붙었잖아?"

"그걸 어떻게…… 야, 누구한테 들었어!"

그건 이케지리는 물론 부모님에게조차 말하지 않은 것이었다.

"개인 시험이 끝나고 심심해서 7월 초쯤에 모교 동아리에 얼굴을 내밀었거든. 그때 고문 선생님이 그러셨어. '아자미노는 공부 잘하고 있지? 제 발로 찬 대학에 들어가면 웃길 거야'라고."

밴드부 고문은 우리 반 담임이었다. 의무라고 해서 졸업 전에 입시 결과와 진로에 대한 보고는 하게끔 되어 있다.

"나 말고도 졸업생이 놀러 왔으니까, 돌고 돌아 이케지리의 귀에도 들어갔을 수도 있어. 그 녀석이 그걸 어떻게 생각했을지는 모르겠지만."

확실히 난 고등학교 재학 중에 기적적으로 대학에 붙었다. 다녀도 좋은 곳이긴 했지만 그것보다 난 이케지리와 재수하는 쪽을 택했다.

언젠가 다가올 이야기의 끝을 난 내 손으로 막을 내리고 싶지 않았다. 다른 모든 것을 희생해서라도 난 이케지리와 같은 길을 걷고 싶었다.

"그때, 이케지리는 너를 이렇게 소개해 줬어. '아자미는 누구보다도 친구 생각을 많이 해요'라고. 아주 멋진 얼굴로. 이런 느낌으로……."

아리쿠이 씨가 '멋진 얼굴'을 재현해 주었지만 전혀 모르겠다.

"우정에 보답하기 위해 물러나다니, 이케지리가 생각할 만한 일이네. 왠지 연인 사이 같아, 아자미랑 이케지리는."

놀리는 듯한 미야마에의 얼굴을 보며 난 쓰레기장에서 나누었던 대화를 떠올렸다.

'하지만, 난 아자미의 좋은 점도 많이 알거든?'

'왜 애인 같은 말투로 말하는데!'

최악이다. 이게 무슨 일이람. 그 녀석은 나를 호모라고 생각하고 있다. 거기다 좀 다정하게 굴었다.

"그 망할 금발 자식!"

난 그 자리에서 이케지리에게 전화했다. 안 받는다.

가게를 뛰쳐나가 그 녀석의 집으로 갔다. 없다.

집에 돌아와 스쿠터를 몰고 짚이는 곳을 찾았더니, 있었다.

그 뒤의 일은 창피하므로 미야마에게도 아리쿠이 씨에게도 말하지 않았다.

6

이세계 같은 현실 이야기. 예습과 복습, 나폴리탄 스파게티

여기는 아리쿠이 도장포의 기분 좋은 지정석

커피를 한 손에 들고 단어를 외우고 서로 문제를 내주는 금과 적

오래 기다리셨을 바로 그 쓰레기입니다

인주의 잡담을 기대하시라

"어머, 오랜만이에요. 두 사람 다. 강가에서 치고받으며

우정을 다진 것 같은 얼굴이네요. 아자미 군은 머리에서 피가 나고."

빰이 부은 이케지리의 얼굴과 내 두발을 보고 오랜만에 보는 우사 씨가 웃는다.

"설마요. 요즘 세상에 그런 짓을 하는 놈은 없죠."

난 과장스럽게 어깨를 으쓱여 보였다. 이봐, 허니, 농담이 심하잖아. 나로 말할 것 같으면 평화주의자가 안경을 쓴 것 같은 남자라고. 그런 대사를 표정에 싣고.

"그럼, 사이좋게 '계단에서 굴렀다'는 건가요?"

우사 씨는 모든 것을 꿰뚫어 본 듯한 얼굴로 테이블석으로 안내해 주었다. 설령 내년에 대학생이 되더라도 솔직히 데이트를 신청할 마음은 나지 않는다. 그보다 평생 무리다.

살짝 실연의 아픔을 겪은 나는 아리쿠이 씨에게 나폴리탄 스파게티와 커피를 주문했다.

이케지리는 같은 메뉴에 차만 호지차 라테로 바꾼다. 요즘 이 녀석이 여자애같이 구는 건 새삼스레 살이 찌는 것에 대해 신경 쓰기 시작해서 그런 건지도 모른다.

그리고 나서 한동안 우리는 말없이 공부했다.

이따금씩 어금니가 욱신거려서 집중이 흐트러진다.

앞을 보자 이케지리도 빰을 싹싹 문지르고 있었다.

사람을 정통으로 때린 건 처음이었다. 물론 맞은 것도.

벽을 때렸을 때와 달리 주먹 바깥쪽이 아니라 안쪽이 아프다.

그날 이케지리는 미하라시 용수로 안쪽에 있는 공원에 있었다. 옛날에 자주 셋이서 있던 장소다. 철책에 기대어 저수지를 바라보고 있던 이케지리는 내 스쿠터 소리에 뒤를 돌아봤다.

눈이 마주쳤다.

영화 같은 대사는 없었다.

난 별안간 달려들어 주먹질을 했고 시원스레 빗나가 오히려 뺨을 한 방 맞았다.

사람은 맞으면 아픔보다 분노를 느낀다. 즉 '매우 빡치는' 상태다. 그래서 그 뒤의 일은 거의 기억에 없다. 뭐, 나도 이케지리도 운동부 같은 데에는 안 들어갔기 때문에 불과 5분 만에 지쳐 버렸던 것 같다.

정신을 차리고 보니 밤의 잔디밭에 나란히 누워 있었다. 가을바람이 상처에 스며든다. 그렇지만 고양감과 육체 피로가 뭐라 말할 수 없이 기분 좋다.

어깨로 숨을 쉬면서 밤하늘을 올려다보고 있자 비둘기 한 마리가 나무에 앉아서 우리를 내려다보고 있었다. 저 무표정한 얼굴로 무슨 생각을 하는 걸까? 서로 치고받는 인간을 멍

청이 같다고 생각하고 있는 것으로도 보이고 옛날을 그리워하는 노인과 비슷한 분위기도 난다.

"꽁냥꽁냥 해버렸네, 아자미."

"이케지리, 만족하냐? 난 귀여운 여자애랑 꽁냥꽁냥하고 싶었어."

"그렇게 연막 안 쳐도 돼. 네가 남자를 좋아한다는 건 알아."

야, 하고 몸을 일으키려고 했지만 살짝 턱이 들렸을 뿐이었다.

"농담이야. 아자미라면, 대학에서 화끈하게 연애할 수 있을 거야. 공부, 열심히 해라."

"이케지리, 넌 쓰레기야."

"알아."

"나도 쓰레기야."

"아자미는 달라. 넌 하면 되는 애야. 나 같은 애랑 어울리지 말고 이번에야말로 제대로 대학 가."

오랜 의문이 얼음 녹듯 풀렸다. 사람은 치고받고 싸워도 서로를 이해하지 못한다. 쓸 데도 없으면서 마음속에 쌓여가는 묘한 에너지가 살짝 가시는 것뿐이다.

결국 제대로 말로 설복하지 않으면 자신의 마음은 상대방에게 전해지지 않는다.

"전에 삼수 선배가 말했었지. 우리가 좋은 동기 부여자라고."

"아아, 선배는 의욕만 있고 능력이 달리는 쓰레기니까."

"하지만 그건, 꽤 정곡을 찌르는 말 같아. 우린 둘 다 쓰레기니까 서로에게 동기 부여자가 필요해. 나랑 미야마에를 똑같이 보지 마. 그 녀석은 쓰레기가 아니니까 혼자서도 할 수 있어. 하지만 난 이케지리가 없으면 정말로 그냥 안경 쓰레기야. 그때 혼자 대학에 들어갔어도 결국 가지 않게 됐을 게 뻔해."

"아자미한테는 미안하지만, 그런 것 같긴 하네."

"그렇지? 그리고 너도 내가 없으면 그냥 금발 쓰레기야. 노동의 기쁨에 눈을 떴다느니 그런 말을 했으면서 결국 아르바이트 땡땡이나 치고."

"그건. 진짜로 취직할 생각이었는데."

흡연실에서 이케지리에게 고무되고 패밀리 레스토랑에서 내가 기합을 불어넣는다. 우리는 그렇게 서로에게 마음을 써주지 않으면 변변한 일조차도 생기지 않는다.

물론 언젠가는 우리도 뿔뿔이 흩어질 것이다. '그 애들 같은 친구가 나에겐 다시는 생기지 않았다'고 향수에 젖어 오늘을 추억할 날이 반드시 온다.

하지만 그건 지금이 아니다. 우리는 아직 여행 중이다.

"아리쿠이 씨가 말했잖아. 도장은 인생의 전환점에 만드는 거라고. 전환점은 만드는 게 아니야. 우리의 전환점은 아직 한참 멀었어."

"즉, 난 아직 쓰레기인 채로 있어야 한다는 건가."

"그래도 괜찮잖아. 넌 쓰레기의 동기 부여자야. 지금까지처럼, 생각한 대로 행동하면 돼. 뒤는 내가 닦아 줄게."

"어, 뭐……."

"하지 마! 제발 그 소재 끌고 나오지 마!"

이케지리가 웃었다. 아직 더 말해야 할 게 있다는 얼굴로.

"쓰레기의 동기 부여자(쿠즈노 모치베이터)라고들 하는데."

"오랜만에 '라고들 하는데'다."

"그거 왠지 '갈분 떡(쿠즈모치 타베타) 먹었다' 같지 않냐?"

"미하라시 용수의 수위만큼 낮구나, 네 의식."

"공부해야지."

"뒤처진 거 만회해야지."

"내일부터."

"내일부터."

그리하여 지금에 이른다. 내일부터, 하고 늘 입버릇처럼 해오던 핑계치고는 둘 다 꽤 성실하게 공부하고 있었다. 10월은 '이제 와서 공부해봐야 늦다'와 '열심히 하면 없어 보인다'의 딱 중간 정도의 시기이기 때문에 누구의 눈치를 볼

것도 없다.

그리고 아리쿠이 도장포는 환경적으로도 공부가 잘 된다.

손님은 그런대로 있고 저마다 이야기를 나누는데도 모두 인테리어 소품의 일부처럼 가게에 자연스럽게 어우러져 눈에 잘 띄지 않는다. 마치 그런 인간만 골라서 우사 씨가 입구에서 선정하고 있는 것 같다.

역시나 그런 공포 요소는 없다고 생각하지만 아리쿠이 씨를 받아들일 수 있을지의 여부로 모종의 선별은 끝난 것 같다.

"야, 이케지리. 결국, 아리쿠이 씨의 정체가 뭐냐?"

집중력이 산책하러 나간지라 난 파트너를 거기에 끌어들였다.

"내가 알고 있는 건 도장 전문가라는 사실뿐이야. 그 발톱으로 티타늄도 새기는 것 같더라."

"'울버린'이냐."

"뭐, 비슷하지 않을까? 실제로 우리 세계에 영웅이 있다면 이렇게 접할 것 같아."

그런 것일지도 모른다. 가게의 손님은 모두 아리쿠이 씨를 '아리쿠이 씨'로 받아들이고 있다. 가끔 어떻게 동물이 말을 할 수 있는지 의문이 들기도 하지만 도와 준 '스파이더맨'의 마스크를 벗기는 녀석은 없다.

짤랑, 문의 벨이 울렸다. 한 손을 들고 미야마에가 가게로 들어선다.

"뭐 하러 왔어. 더벅머리는 더벅머리 집에서 더벅머리 교향곡이라도 치고 있을 것이지."

"너무하네. 잠깐 너희들 얼굴 보러 온 것뿐인데. 그보다, 아자미 머리 왜 빨개? 이케지리한테 대항하는 거야?"

"시끄러워. 아르바이트랑 피아노 연습으로 바쁠 거 아냐, 더벅. 빨리, 돌아가라, 더벅."

"너무하네. 왠지 어미같이 입에 착 달라붙는 게 너무하네."

셋이서 웃고 있자 "많이 기다리셨습니다" 하고 우사 씨가 주문한 것을 날라 왔다.

"늘 후배 같은 말투로 말하는 다이라 군이 친구들과 평범하게 말하는 걸 보니까 참 신선하네."

"그런가요? 뭐, 후미노 씨도 도장포 식구들도, 저보다 나이가 많고."

미야마에와 우사 씨가 우리가 모르는 화제를 정답게 이야기하고 있다.

"어이, 잠깐만, 더벅. 왜 너만 우사 씨가 이름으로 부르고 있는데."

"나왔다, 쉿 안경! 질투(싯토)와 젠장(Shit)이 묘하게 걸쳐져 있어, 이거!"

분하게도 이케지리의 우스갯소리에 우사 씨가 웃었다.

"후후. 그건 말이죠. 다이라 군의 여자 친구가 우연히 같은 성씨인 미야마에 씨라서 그래요."

"잠깐만요, 우사 씨! 후미노 씨는 여자 친구 아니에요. 선배라고요."

그 밀짚모자를 쓴 여자일 것이다. 이케지리와 얼굴을 마주 본다.

"했냐?"

우리가 동시에 말한 순간 등골이 오싹해졌다. 조심조심 눈을 움직이자 우사 씨가 사람을 죽일 것 같은 차가운 시선으로 두 쓰레기를 노려보고 있다.

"나폴리탄 곱빼기, 식기 전에 드시지요."

우리는 허겁지겁 포크를 들고 스파게티를 돌돌 말았다. 그렇게 하지 않으면 숨통이 끊어질 것만 같았다.

"아…… 진짜 맛있다."

생을 실감한 듯 이케지리가 여느 때와 같은 대사를 말한다. 실제로 산미가 날아간 케첩과 탄수화물의 궁합은 최고였다. 그래서 이케지리는 다음에 이렇게 말한다.

"부드러운 맛~."

그건 여성 탤런트가 맛집을 탐방하면서 자주 쓰는 관용구다. 그런 요리들은 우리가 보기엔 '싱거운 맛'일 뿐이지만 아리쿠이 씨의 나폴리탄 스파게티는 쌀밥을 먹을 만하게 간이 잘 되어 있다. 그러면서도 술술 목에 잘 넘어가서 속이 니글거리지도 않다.

그래서 이런 경우의 '부드러운 맛~'은 '무한정 먹을 수 있겠어'라든가 '나폴리탄 스파게티는 꼭 음료수 같아' 같은, 목넘김을 표현하는 말들 중의 하나다.

"정말 맛있어. 심지어 전력 질주 후에 콜라랑 같이 놓여 있어도 주저 없이 고를 수 있을 만큼, 후루룩 먹을 수 있겠어."

"뭔가 비법으로 마요네즈를 쓰는 것 같아. 그나저나 오늘건 특히 더 맛있네."

노조미구치 일대에서 가장 맛있는 '카피바라 녀석'의 라면을 후루룩거리며 먹듯 이케지리는 입 주변에 케첩을 잔뜩 묻히고 후루룩거리며 스파게티를 들이켜고 있다.

"그건 아마도 즐거운 기분이라서 그런 걸 거예요."

목소리는 옆 테이블석에서 들려 왔다. 용수로 변에서 만난 그 여자애가 살짝 귀를 붉히고 크림소다의 체리를 콕콕 찌르고 있다.

"확실히 지금은, 게임에서 어려운 퀘스트에 도전하고 있는 듯한 고양감이 있어."

맛있지도 맛없지도 않은 콜라를 마시던 이케지리는 그렇게 느낀 것 같다. 흙탕물처럼 지독하게 맛이 없는 캔 커피를 마시던 나도 같은 심정이었다.

"저도, 두 분이 하는 얘기를 듣고 있으니까, 평소 때보다 더 맛있는 것 같아요."

여자애의 눈이 힐끔힐끔 염색한 지 얼마 안 된 내 머리를 보고 있다.

이케지리와 치고받고 싸운 어제는 도장을 만들 만한 전환점이 아니다. 하지만 나에게는 잊을 수 없는 하루다. 그래서 오늘 아침에 제일 먼저 미용실에 다녀왔다. 입시 결과가 잘 나오기를 기원하는 마음에서, 도리이를 좋아하는 이 애에 대한 답례 그리고 내 자신에게 당당하기 위해서.

참고로 이케지리는 내 빨간 머리를 보고도 히죽 웃었을 뿐이었다. 아리쿠이 씨도 딱히 반응 없음. 굳이 말하자면 소설가 비둘기와 카피오 씨만이 내 머리에 이상하게 경계하는 모습을 보였다. 이유는 잘 모르겠다.

"지난번에는 고마웠어. 네 이름, 가르쳐줄 수 있어?"

난 얼굴에 환한 미소를 띠고 여자애에게 물었다. 그런데 그녀는 벌떡 일어서서 "안녕히 계세요" 하고 인사하고 후다닥 뛰어서 가게에서 나간다. 왜지. 남이 들으면 창피한 이름인가?

"아자미, 잠깐 경찰서까지 같이 좀 가 주실까?"

"저기, 미야마에. 너희가 생각하는 그런 일은 없거든?"

"그럼, 어떤 일이 있었는데, 에로 안경 씨."

"언제든지 신고할 수 있게 110번 눌러 놔야지, 더벅."

"그 어미 마음에 들었냐! 그보다, 너야말로 선배랑 어떤 관계인데?"

난처한 나머지 추궁하자 미야마에는 마지못해 자백했다. 그 여자 친구는 미야마에의 1년 선배였지만 이미 대학을 그만둔 것 같다. 지금은 가루이자와에서 일하고 있어서 요전 날에는 한 달 만의 재회였다고 한다.

"하지만 뭐, 선배니 뭐니 해도 결국 좋아하는 거지?"

"좋아하지만, 후미노 씨는 뭐랄까, 대화가 잘 통하는 괴짜 같은 사람이야. 사막에서도 정글에서도 웃는 얼굴로 걸어 다니다가 어려움에 처한 사람이 있으면 '자요' 하고 주머니에서 게 다리를 꺼낼 것 같은. 그래서 다들 좋아한대."

나와 이케지리는 얼굴을 마주봤다. 이 녀석, 무슨 소리 하는 거지?

"그러고 보니, 후미노도 말했었어. 다이라 군은 '별똥별이 빛나도 소원을 빌지 않고, 떨어진 곳에 주우러 가려는 사람'이라고."

우사 씨가 알려 준, 선배라는 여자 친구의 미야마에에 대한 평가를 듣고 우리와는 사는 세계가 다르다는 것을 뼈저리게 느끼게 되었다. 부디, 오래오래 행복하기를. 아찔한 두 사람의 예술 세계에서 나오지 마시기를.

이윽고 화제는 이케지리가 한 선택으로 옮겨 간다. 친구의 재능을 시기하기는커녕 쓰레기인 나한테서 스스로 떨어지려 하다니, 뚱보 번 주제에 리더 크리스 같은 짓 하지 말라고.

"아니, 난 이케지리가 크리스라도 괜찮을 것 같아. 실제로 리더에다 금발이고."

그렇게 말하고 미야마에가 웃는다. 우리가 축제 때 했던 연주를 칭찬했을 때와 같은 얼굴로.

"이케지리의 어디가 리버 피닉스야. 금발은 그냥 인정 욕구(타인에게서 자신의 존재 가치 따위를 인정받고자 하는 욕구)야. 이 녀석은 번과 같은 '겁쟁이 임금님'이야."

"아자미 쪽이 인정 욕구 안경이잖아. 뭐냐, 그 인주 같은 머리는."

"그래도 되지 않나. 인정 욕구가 없는 십 대는 크립이 없는 라디오헤드(영국의 록 밴드) 같은 거고."

"도통 뭔 소린지. 스트레이트파마 하고 다시 와라, 더벅."

나와 이케지리가 동시에 말하고 미야마에가 더벅머리를 흩뜨리며 웃는다.

"그보다, 난 옛날에 아자미한테 들은 게 기억나. 영화에서는 소설가 고디랑 크리스가 주인공이고 괴짜 안경잡이 테디와 뚱보 번이 조연이지만, 실제로 촬영 현장에서 크리스와 제일 사이가 좋았던 건 안경잡이 테디였다고. 그러니까 이케지리는 역시 크리스야."

나는 고개를 숙이고 나폴리탄 스파게티를 허겁지겁 입에 집어넣었다.

빨간 머리와 빨간 나폴리탄 스파게티가 열이 있는 볼을 자연스러운 색으로 보여 주길 바라며.

"진짜, 맛 끝내준다, 아리쿠이 씨네 나폴리탄 스파게티."

"태클 말고는, 어설픈 안경잡이구나."

우린 셋이서 웃었다.

입 안의 상처에 케첩이 스며들었다.

개미핥기 도장집

소설가와 커피와 시그닛 링
~후기를 대신해서~

1

나는 비둘기다. 이름은 조너선 하트민스터. 우사 양이 아직도 이름을 기억하지 못한다. 아리쿠이 도장포의 단골손님 '하트 아무개 씨'다.

태어난 곳은 영국 해러즈의 처마 밑이었던 것 같은데, 철이 들었을 때에는 캔터베리의 저택에 살고 있었다. 말하자면 벼락부자가 된 집안의 도련님이다.

그런 내가 왜 일본에서 문필을 생업으로 삼고 있으며 커피를 파는 도장집을 활동 근거지로 두고 있는가 하면 기구한 인연에 이끌렸다고 말할 수밖에 없다.

본래 나는 낯간지러운 사소설 따위는 쓰지 않는 체질이다. 그러나 이번에는 기어코 전해야 할 말이 있어 이렇게 붓을 들었다.

튀는 작가를 싫어하는 분도 계시겠지만 긴 '후기'라고 생각하고 너그러이 용서해 주기를 바란다.

2

나의 아버지는 소설가였다. 조부도 증조부도 글 쓰는 일을 하셨다.

우리들은 문사 비둘기 일족이기 때문에 그렇게 될 수밖에 없다. 여행 비둘기들이 멸종 위기에 처해도 숨어살지 않았던 것과 같다고 할 수 있겠다.

그러나 유감스럽게도 모든 대가 이렇다 할 활약도 못하고 세상에 잊히는 신세가 되었다. 아버지는 피시앤칩스(생선튀김에 감자튀김을 곁들인 영국 음식)를 감싼 신문지를 쪼아대며 허기를 때웠다고 할 정도로 글쓰는 일만으로는 힘겨운 생활이었다고 한다.

그런 좋지 않은 때에 내가 태어났다.

그러나 역시나 아버지도 아들을 종이로 키울 생각은 없었던 모양이다. 아버지는 있는 돈, 없는 돈 긁어모아 매무새를 가다듬고 직업 상담소…… 옆에 있던 스포츠 복권 판매소에 뛰어들었다.

즉, 도박이다. 작가가 그런 것을 하면 방탕하다는 평을 듣지만 아들이 보기엔 동반자살이나 다름없다. 후에 '왜 말리지 않았느냐'고 어머니께 따지자 '여덟 마리의 새끼를 키우느라 정신이 없었다'고 말씀하셨다.

나는 외아들이다. 어머니가 기르고 계신 건 뻐꾸기의 자식이다. 구슬픈 조류의 습성. 외도를 한, 뻐꾸기 부모.

그런 연유로 귀여운 일곱 마리의 다른 새의 자식과 친자식인 나를 위해서 우리 아버지는 일생일대의 승부를 건다.

막상 무엇을 살까 망설이고 있자니 등에 업고 있던 새끼

새 한 마리가 생후 처음으로 "후룻후" 하고 울었다. 미래의 나다.

아버지는 이것을 비둘기의 결정적인 한 마디로 믿어버리고 자식의 울음소리와 비슷한 풋볼 클럽의 승리에 걸어 멋지게 일확천금을 이루어 냈다고 한다.

뭐, 장황하게 써 놓고 뭐하지만 묘하게 재미있는 에피소드가 삽입되어 있기 때문에 이 이야기는 십중팔구 창작일 것이다. 작가의 일화는 이야기의 반, 아니 이야기의 사분의 일정도로 듣는 게 좋다. 녀석들은 기고만장해진다.

그렇지만 아버지가 어떠한 방법으로든 큰돈을 번 건 사실이고 이후에는 그것을 밑천으로 장사를 시작했다.

그러나 재능이라는 것은 어디에 있는지 모르는 법이다. 아버지의 장사는 웬일인지 대박이 나고 지금은 이런 극동의 섬나라에까지 '조녀선 부동산'과 '닭꼬치 전문 조녀선'과 같은 나의 이름을 딴 회사명을 보게 되었다.

그런 아버지의 입버릇은 '꿈을 포기하는 건 나쁜 게 아니란다. 가까이에 행복의 파랑새가 있다면 오히려 옳은 선택일 거야'이다.

이 발언으로 알 수 있듯이 나는 아버지에게 맹목적인 사랑을 받았다. 이에 촌구석이긴 하지만 5에이커(약 6,120평)의 광활한 부지에서 아무 부족함 없이 무럭무럭 자랐다.

뭐, 도련님이라고 해도 시골에서 자란 까닭에 성질이 거칠다. 나는 나이도 몇 살 안 먹었을 때부터 고양이 꼬리를 밟거나 코요테에게 쫓기는 나날을 보냈다.

그래도 뭐, 부잣집 아들이다. 도시의 의사나 변호사의 아들과 마찬가지로 나도 나이가 차니 기숙학교에 다닐 처지가 되었다. 문사 비둘기인 내가 글 쓰는 일을 목표로 하는 건 자명한 이치지만 자식이 넘어지지 않도록 사전에 만반의 준비를 갖추게 해 주고 싶은 게 부모 마음일 것이다.

이리하여 나의 기숙사 생활은 시작되었지만 솔직히 잘해 나갔다고는 할 수 없다.

지금도 그렇지만 당시의 나도 외로운 한 마리 늑대가 아닌 한 마리 비둘기였다. 어느 소설 속 갈매기인 리빙스턴 씨도 집단 속에서 고독을 관철했다. 대체로 조너선이라는 이름이 붙는 새는 그렇게 될 운명인 것이다.

다만 나는 특별히 대화나 교제가 서투른 것도 아니다. 확실히 언변이 좋은 편은 아니었지만 부리와 날개가 있으면 개나 고양이와도 의사소통은 가능하다.

그렇지만 상대가 사람이 되면 그렇지도 않다. 나는 문사 비둘기라서 언어를 충분히 이해하고 있지만 사람에게 통하는 음역에서의 발성이 안 되는 것이다.

그러므로 사람과의 의사 전달은 필담으로 해야 하는데, 나는 필기가 서투르다. 아니 물론 문사 비둘기니까 쓸 수 없지는 않다. 그러나 처음 만난 상대에게 글자를 보여 줘도 "지렁이 먹고 싶니?" 하고 고개를 갸웃할 뿐이다. 내 악필은 익숙해 질 때까지 시간이 필요하다.

그나저나 내게는 친구가 없었는데 그건 환영해야 할 일이기도 했다. 딱히 억지를 부리는 게 아니다. 기숙학교는 각계에서 선발된 도련님이 모이는 배움의 장이다. 따라서 오른쪽을 봐도 왼쪽을 봐도 '밉상'이 옷을 입고 있는 무리들뿐이다. 애당초 우호를 돈독히 하고 싶은 상대가 전혀 없는 것이다. 다시 말하지만, 억지를 부리는 게 아니다.

그런 속물들 중에서도 특히 마음에 들지 않았던 것이 왕가의 벼락부자 귀족이다.

돈도 있고 미남이고 거기에다 학년 수석으로 복싱 클럽에 소속된 왼손잡이 캡틴. 심지어 판화 클럽의 대표까지 맡은 그 녀석을 주위에서는 경의를 담아 '캄피오네'라고 부르고 있었다. 이탈리아어로 챔피언을 뜻하는 말이지만 화가 나니까 '캄표'라고 부르기로 하자.

캄표는 성격이 나쁘다. 평소에도 주위에 호텔왕이나 카지노왕의 자제를 거느리고 다니면서 나 같은 전통도 가문도 없는 자수성가한 집안의 학생에게 모욕을 주게 했다.

"어이, 비둘기가 있네. 호텔 왕. 이 학교는 언제부터 새집이 된 거지?"

"부모가 돈만 있으면 비둘기도 들어올 수 있지. 네가 들어왔으니까, 카지노 왕."

"진짜 그러네. 그럼, 이 녀석의 어미 새는 대체 어떤 사업을 하고 있지?"

"가끔씩 황금 알을 낳는 거지."

"그야말로 '퐁' 말인가. 퐁, 퐁, 포옹~. 비둘기, 퐁, 퐁~."

그다지 빗나간 것도 아니지만 이런 패거리들은 이유를 막론하고 부리로 쪼아댄다. 그 '퐁, 퐁, 퐁'의 움직임은 병아리지 비둘기가 아니다.

그러나 슬프도다, 다수에게 소수는 이길 수 없는 것이 이치이거늘. 나는 무슨 일이 있을 때마다 추종자들에게 덤벼들었지만 오히려 매번 딱밤 한 방에 나가떨어졌다.

학교 건물 바닥에 걸레짝처럼 누워 있는 나를 캄표는 항상 버러지를 보는 듯한 눈으로 내려다봤다. '쓸데없는 짓을 하지 않으면 좋으련만'이라고 말하는 듯한 엷은 웃음과 함께.

굴욕적이다. 캄표 자체는 몸도 작고 그다지 강하지는 않은 것 같다. 아마도 복싱 클럽 캡틴 자리도 돈의 힘으로 손에 넣은 거겠지.

나는 자신의 손을 더럽히지 않는 패거리를 아주 싫어한다. 얘기가 나왔으니 말인데 판화 클럽에 소속되어 의외성을 연출하는 것 같은 수법도 마음에 들지 않는다.

하지만 제아무리 화가 볏(머리끝)까지 치밀어 오른들, 상대는 말하자면 지체 높으신 귀족이다. 내가 아무리 날개를 퍼덕여도 구름보다 높게는 닿지 않는다. 분하고 분해서 이를 가는 나날의 연속이었다. 뭐, 이도 볏도 없지만.

그러나 어느 날, 행운이 하늘에서 뚝 떨어졌다. 이 학교의 전통이었던 '바리츠' 수업에서 나는 캄표와 직접 대결하게 된 것이다.

바리츠는 어느 명탐정도 익혔다는, 일본의 유도와 비슷한 격투기다. 평소에는 딱밤 한 방에 쓰러지는 나였지만 바리츠에서는 기동성이 효력을 발휘할 터. 이건 천재일우의 기회다.

과연 나는 링 안을 자유자재로 날아다녔다. 틈을 보다가 문자 그대로 캄표의 발밑을 걸어 들어 올려 한판승을 거두었다.

캄표는 분한 듯이 '다음엔 꼭 이겨 주마! 각오하고 기다려라!' 하고 말하는 듯한 얼굴을 하고 있었기 때문에 나는 승리의 무대에서 일부러 목을 앞뒤로 흔들어 주었다. 꼴좋다.

이리하여 조너선 하트민스터의 이름은 학교 안에 널리 퍼졌다.

대놓고 환호하지는 않지만 캄표에게 좋지 않은 감정을 가진 자는 많았던 것이리라. 나는 여기저기서 칭찬을 받았다. 구체적으로는 견과를 받았다. 기쁘지만 피스타치오 껍질은 까주었으면 좋겠다.

그런 나의 인기에 반해 캄표의 구심력은 약해졌다. 호텔 왕이나 카지노 왕까지 나에게 콩을 주었다. 나쁜 생각은 안 들지만 청완두는 익혀 주었으면 한다.

자, 그래서 교내에서 우리의 입장은 역전되었건만 캄표는 썩지 않았다. 딱히 보존 식품이기 때문에 그렇다는 건 아니다. 기사도와 엔터테인먼트를 중시하는 우리 학교의 전통에 의해 캄표는 나에게 결투를 신청해 온 것이다.

뭐, 바리츠로 재대결을 하는 거지만 따분하기 짝이 없는 기숙사 생활에서 우리의 대결은 큰 행사가 된다. 당일에는 학교 측도 규칙을 완화하여 경기장에서는 소시지나 맥주가 제공되었다. 나에게는 캐슈너트다. 싫지는 않지만 나도 가끔은 비엔나소시지라든가 소시지 같은 것을 먹고 싶다.

조류에 대한 편견에 탄식하면서 나는 캐슈너트를 쪼아 먹었다. 이윽고 배가 불러서 얼굴을 들었을 때 온몸에 전기가 왔다.

교장이 무얼 착각했는지 바리츠 경기장은 일반객에게도 개방되어 있었다. 덕분에 농구 코트에 마련된 링 주위에는 이 지역 요크셔 주민들이 그런대로 모여 있다.

그중의 한 사람, 동양인 소녀가 있었다. 나이는 열네댓 살 쯤 됐을까. 뭐라 표현할 수가 없다. 보지 못한 동양적인 생김새는 어린 여자애로 보이기도 하고 성인으로 보이기도 했다.

시원한 눈매에 엷은 미소를 띤 작은 입술. 눈같이 하얀 피부에 발그스름하게 물든 뺨. 한없이 검고 윤기 있게 흘러내리는 하나로 묶은 머리.

세상에 이토록 아름다운 처녀가 존재한단 말인가 하고 나는 닭꼬치가 되기 일보 직전의 상태가 될 정도로 온몸이 사랑의 번개로 저릿저릿해져 있었다.

그렇게 찌르르 자극을 받는 사이에 공이 울린다. 이런 시합은 빨리 끝내 버리고 그녀를 바라보겠노라며 나는 재빨리 링에 내려앉았다.

그러자 대치한 캄표의 몸이 전보다 한층 더 크게 보인다. 아무래도 캄표는 캄표 나름대로 수련을 쌓아 온 것 같다. 그렇기는 해도 추종자 왕자들에 비하면 아직 한참 작다.

나는 왕자의 관록을 과시하기 위해 캄표가 어떻게 나오는지를 살폈다.

그때다. 갑자기 눈앞이 새하얘지나 싶더니 다음 순간 나는 몸이 단단히 결박된 상태로 캄표 밑에 짓눌려 있었다.

"한판승!"

환호성으로 들끓는 경기장. 그 속에서 나는 그저 혼자 멍하니 있었다. 무슨 일이 일어났는지 모른다. 혹시 한판승을 빼앗긴 건 나인가?

"역시, 어차피 비둘기는 비둘기라니까, 호텔 왕!"

"냉정하게 생각하면, 새가 동급생이라니 웃긴단 말이지, 카지노 왕!"

캄표의 추종자들로부터 야유가 날아들었다. 나는 아직 상황을 파악하지 못한다.

그녀를 찾아서 평소보다 더 목을 빙빙 돌린다. 찾았다.

"후룻…… 후우…….."

경기장을 떠나는 흑발의 뒷모습을 보며 나는 그제야 자신의 패배를 깨달았다.

나중에 알게 된 사실이지만 캄표가 쓴 기술은 '비둘기 속이기'라고 한다.

상대방의 얼굴 앞에서 손뼉을 치는, 일본의 스모 선수도 쓰는 기술인 것 같다. 참으로 무시무시한 기술이다. 난 총에 맞은 줄 알고 완전히 죽어 있었다.

그러나 마음까지 죽은 건 아니다.

실의에 빠진 채로 학년이 올라가도 기숙사 생활은 5년이다. 그리고 나와 캄표의 결투 '빅 바리츠'는 호평을 받았기 때문에 올해도 열린다.

그렇다면 하는 게 당연지사. 나는 수업도 내팽개치고 동굴에 틀어박혀 지냈다. 어둠 속에서 신경을 곤두세우고 작은 소리에도 동요하지 않는 정신을 길렀다.

덕분에 조금 밤눈도 밝아져서 나는 태어나서 처음으로 밤에 날았다. 밤하늘과 집들의 불빛 사이를 비상했던 그 흥분은 지금도 잊을 수가 없다.

여담은 그만하고 만반의 준비를 갖춘 나는 두 번째 빅 바리츠에 도전했다.

하지만 아쉽게도 또 졌다.

나는 막이 오른 직후에 비둘기 속이기 기술을 경계하고 있었지만 캄표 녀석이 전혀 쓰지 않는다. 눈을 감고 귀를 기울이고 있자 그냥 확 잡혀서 휙 던져졌다. 굴욕적이다.

"새 같은 작은 몸으로 인간을 이길 수는 없지, 호텔 왕."

"그렇게 따지면 캄피오네도 대충 그렇잖아, 카지노 왕."

"그럼, 뇌의 문제인가. 뭐, 동물이 인간을 이길 수 있는 요소 따원——으악."

"어이, 카지노 왕! 정신 차려! 카지노! 카지노!"

싱겁게 이긴 것이 마음에 안 들었는지 캄표는 기분 전환을 하듯 추종자를 냅다 던지고 떠나갔다.

그러나 그런 건 아무래도 좋다. 나는 머리를 돌려 그녀를 찾는다.

찾았다. 작년과 마찬가지로 떠나가는 뒷모습을.

나는 분발했다. 내년에야말로 바리츠를 제압하고 그녀의 어깨에 올라앉아 보이겠노라고.

그리하여 일 년간 무지막지하게 수행해서 맞이한 세 번째 빅 바리츠인데, 아까웠다. 실로 아까웠다. 나는 꽤 막다른 곳까지 캄표를 몰아붙여서 한 번은 무릎을 꿇게 했다.

"으음, 이번에는 좀 식겁했지만, 결국은 동물이네, 호텔 왕."

"어이, 지금 한 발언 취소해, 미디어 왕. 그렇지 않으면 카지노 왕처럼…… 아아, 미디어 왕! 미디어!"

지난해에 이어 또 다시 추종자를 내던지고 떠나가는 캄표. 어깨 너머로 나를 보는 녀석의 눈이 '네 힘은 고작 그거냐?'라고 말하고 있었다.

이렇게 되면 인정하지 않을 수 없다. 캄표는 내가 한낱 새임에도 자만하지 않고 승자가 된 뒤에도 수행을 게을리 하지 않았다. 이쪽을 내려다보는 그 눈은 마음에 안 들지만 놈은 틀림없이 캄피오네다. 뭐, 바로 캄표라고 부르겠지만.

나는 그녀 생각도 잊고 네 번째 바리츠에 대비했다.

가슴살부터 날갯죽지 끝까지 온몸을 단련하여 예전에는 딱밤 한 방에 쓰러졌던 내가 헌 타이어를 목에 건 채 시계탑의 종을 쪼아대는 경지에 이르렀다.

아버지는 '무엇 때문에 기숙학교에 들어간 줄 아느냐! 육체가 아니라 인맥을 만들어라!'라고 편지로 매우 화를 내셨지만 이것도 조녀선의 이름을 가진 새의 숙명이다. 나는 더 높이 날고 싶다.

그리고 맞이한 네 번째 빅 바리츠.

"새 주제에 인간에게 맞서기 때문이다! 너 같은 동물이 소설가를 꿈꾸고 있다니 웃기는군! 안 그래, 호텔 왕?!"

"아……. 너만은 '관용을 베푸는 가진 자의 정신'을 실천하는 영리한 녀석인 줄 알았는데…… 석유 왕! 석유 왕!"

만신창이가 되어 몹시 피폐해진 캄표가 여느 때처럼 추종자 인간을 내던진다. 나는 그 광경을 링 바닥에서 멍하니 바라보고 있었다.

한 시간에 걸친 사투를 벌이는 중에 나는 조금은 캄표에 대해 알게 된 것 같다.

돈도 권력도 제멋대로 주무르는 녀석의 입장이라면 애초에 이런 어리석은 축제에 참가할 필요는 없다. 그럼 왜 캄표는 싸우는가.

그게 놈의 긍지이기 때문이다.

가문이라는 책임을 짊어지고 원하는 것도 원하지 않는 것도 모두 손에 넣고 부모가 정해 놓은 길 위를 소리 없이 그냥 걸어가기만 하는 인생. 모두가 녀석의, 정확히 말하자면 부친의 그림자 앞에 머리를 조아리고 감히 도전하는 인간은 없다.

거기에 내가 나타났다. 넘어져도, 넘어져도 불사조처럼 다시 살아나는 상대와의 싸움에 캄표는 처음으로 '생'을 발견한 것이리라.

누구에게 강요당한 것도 아니다. 놈은 이 팔각형의 링 안에서 캄피오네로부터 해방되어 자유를, 자신을 만끽하고 있었던 것이다.

이제 우리 사이에 말은 필요 없다. 뭐, 원래 말은 안 했지만.

나는 마지막 싸움에 후회를 남기지 않도록 한껏 몸과 마음을 단련했다.

그러나 아쉽게도 우리의 청춘의 나날은 뒷맛이 개운치 않은 끝을 맞이한다.

졸업 직전의 마지막 싸움, 모든 결말을 짓는 '더 라스트 바리츠' 전날에 나는 아버지의 방문을 받았다.

어지간해서는 기숙학교에 부모가 오지는 않는다. 이런, 어머니가 육아로 지쳐서 쓰러지셨나하고 생각했더니 아버지의 말은 예상 밖의 것이었다.

'조너선, 마지막 바리츠에서 져 다오.'

가업에 대한 건 전혀 모르는 나이지만 아버지의 회사가 어느 비열한 자로부터 압력을 받고 있다는 것은 이해할 수 있었다.

빅 바리츠가 시작된 이후로 나는 한 번도 이기지 못했다. 그렇기는 해도 한 시간에 걸친 지난번 사투를 보고 어느 비열한 자가 자기 자식이 실패하지 않도록 미리 손을 써 놓고 싶었던 것이리라. 캄표가 딱해서 견딜 수 없었다.

그리고 라스트 바리츠 날이 찾아온다.

경기장에는 이름도 모르는 그녀도 와 있었다. 요 5년 동안에 성장한 옆얼굴에는 완전히 어른스러운 요염함이 있다. 입고 있는 일본 옷(후에 유카타라는 것을 알게 된다)은 앉아 있으면 실로 기분이 좋을 것 같다.

나는 그녀에게 말을 걸고 싶다. 그러기 위해서는 승리를 거두어야 한다.

하지만 내가 승리하면 온 가족이 길거리에 나앉는다. 비록 피는 섞여 있지 않을지라도 뻐꾸기들은 함께 자란 동생이다.

시합 개시를 알리는 공이 울렸다. 어쨌든 이걸로 마지막이다.

나는 온 힘을 다해 싸우는 쪽을 선택했다. 이유는 대답할 것도 없다.

캄표 역시 온 힘을 다해 다가오기 때문이다.

"호호, 호호!"

나는 우렁차게 외치며 링 중앙으로 날아간다.

그러나 운명은 때론 잔혹하다.

난, 단 몇 초 만에 쓰러졌다.

그만 비둘기 속이기 기술에 걸려들었다. 작년에도 재작년에도 쓰지 않았기 때문에 올해도 그 기술을 걸어오지 않을 거라고 굳게 믿고 있었다.

경기장은 라스트 바리츠의 결과에 크게 열광했다. 승자는 늘 승자라며 왕의 자제들이 맥주를 한 손에 들고 축배를 든다.

"그나저나 지게 돼 있었다고 해도, 몇 초 만에 나가떨어지지 않아도 될 텐데. 역시 어차피 새 따윈…… 엇, 잠깐, 으아아아아악!"

들뜬 나머지 뒤에서 몰래 말하던 호텔 왕이 캄표의 손에 힘껏 내던져졌다.

"이봐."

항상 상대를 내려다보고 있던 눈을 부릅뜨고 캄표가 내 곁으로 다가온다.

"너, 일부러 졌냐?"

생각해 보면 이 5년 동안 제대로 캄표와 이야기하는 것은 이번이 처음이다. 전해질지는 확실치 않지만 나도 새가슴을 잡힌 채 발성을 시도한다.

"뿌꾸, 뿌꾸꾸, 꾸꾸."

나는 온 힘을 다해 싸워서 졌다. 넌 진정한 캄피오네다——

——그렇게 전하였을 터이다. 그게 사실이었고 캄표 자신이 비열한 자와 내통하지 않았다는 것은 눈을 보면 알 수 있었다.

그러나 캄표는 믿지 않았다. 말이 안 통했던 건 아니다. 아무리 생각해도 내가 경기 시작과 동시에 바로 패한 탓이다.

이윽고 졸업식을 맞이했지만 댄스파티에 캄표의 모습은 없었다.

그러나 그런 건 아무래도 좋다.

연회장에서 생각지도 못한 사람이 나에게 말을 걸어 왔던 것이다.

"이걸 가지세요."

그녀다. 이브닝드레스를 입은 동양 소녀는 탁자 위에서 아몬드를 쪼아 먹고 있던 나에게 특이한 반지를 내밀었다.

"칼리지 링이에요."

이 나라에는 졸업 시에 반지를 만드는 풍습이 있다. 그렇긴 해도 평범한 반지가 아니라 인장 반지(도장을 새긴 반지)라고 불리는 상판이 평평하고 넓은 반지다. 왜 그런 반지를 만드느냐 하면 돌 주위에 학교 이름과 졸업 연도를 새겨 넣어 자신의 출신을 과시하기 위해서다.

물론 나는 아주 질색이다. 학교에 제작 거절 의사도 밝혔다.

그렇지만 그녀의 손에 놓여 있던 그것은 형상은 링이지만 돌 대신에 이 학교의 휘장이 새겨져 있었다. 이것은 시그닛 링이라고 불리는 것으로 옛날 귀족이 자기 가문의 문장을 날인하기 위해 만든 도장의 일종이다. 편지를 밀랍으로 봉하고 그 위에 가문을 힘껏 눌러서 서명을 대신한다.

"조금, 독특하게 디자인되어 있답니다."

그녀는 드레스소매에서 스탬프잉크 패드를 꺼내서 반지를 갖다대더니 탁자에 놓여 있던 종이 냅킨에 꾹 눌러 댄다.

그러자 신기한 일이 일어난다. 하얀 선 위에 나타난 것은 학교 휘장이 아니라 조금 삐뚤삐뚤한 '조너선 하트민스터'라는 내 이름이었던 것이다.

"쿠루포……?"

갸웃한 내 목에 그녀가 끈에 끼운 반지를 걸어 주었다.

"하트민스터 님은 클럽에도 소속되어 있지 않고, 칼리지 링도 안 만드실 거라고 들었어요. 필담이 어려우시면, 이 반지는 사인 대용으로 도움이 될 거예요."

그래서 나를 위해 만든, 혹은 만들게 했다는 걸까. 그녀는 줄곧 경기장 구석에서 바리츠 대결을 하는 나를 보고 있었던 건가.

나는 감격의 눈물을 흘렸다. 그러나 그녀는 거기서 꾸벅 고개를 숙이고 파티 인파 속으로 사라진다.

"포, 폿포폿포!"

자, 잠깐만요, 하고 연회장 안을 뒤졌지만 그 뒷모습은 어디에도 없었다.

나중에 들은 바로는 그녀는 모국인 일본으로 돌아갔다고 한다. 원래 이쪽에 와 있던 것도 그녀의 부모가 캄표 일족이 운영하는 회사의 종업원이었기 때문인 것 같다.

그녀에 대한 정보를 얻어들을 때 난 그녀의 이름을 알았다. '유코 씨'라고 하는 모양이다.

내가 그 이름을 부를 수 있는 날은 언젠가 올까?

3

그 후 나는 전 세계를 여행하고 다녔다. 기숙사 생활이라는 새장으로부터 해방되어 자유를 만끽하고 싶었던 것이다.

내가 라스트 바리츠 대결에서 패한 것에 대해 마음의 빚이 있었던 건지 아버지는 4, 5년 정도 아들이 방탕하게 지내는 것을 허락해 주었다. 그렇다면 난 어떻게 해서든지 그 사이에 소설가로 입신양명해야 한다. 무직 상태에서 벗어나야 한다.

가는 곳마다 카페에서 커피를 마시면서 나는 데뷔작을 구상했다. 여비가 떨어지면 전서구인 척 우체국에 몰래 들어가

밤에는 달빛을 받으면서 인기척이 없는 골목길에서 타자기를 부리로 쪼아댔다.

타자기는 컴퓨터와 달리 전원이 필요 없기 때문에 장소를 가리지 않고 작업할 수 있어 좋다. 대신 소리가 시끄럽기 때문에 남의 눈을 피해야 한다. 이래저래 애물단지 취급을 받지만 그 투박한 존재에 공감하여 노르웨이의 전당포에서 할부로 구입했다.

그때에 그녀에게서 받은 시그닛 링이 도움이 되었다. 나에게는 귀찮은 사인 대신 반지를 꾹 찍기만 하면 되니 요긴하게 쓰고 있다. 조금 삐뚤어진 형태로 찍히지만, 그것도 그녀의 온기가 느껴져서 좋다.

도움이 된 걸로 따지면 캄표도 그럴 것이다. 기숙사 생활을 하면서 내 필기 솜씨는 늘지 않았지만 녀석과 겨룬 바리츠 대결 덕분에 몸은 단련되었다.

지금의 나는 이토록 무거운 타자기도 거뜬히 운반할 수 있다. 이 점만은 그 남자에게 감사하고 싶다.

그 캄표 얘기가 나와서 말인데, 요르단에 갔을 때 석유 왕에게서 소문을 들었다. 잘은 모르지만 녀석은 라스트 바리츠 대결 후에 집에서 도망쳐 나와 행방을 전혀 모르는 것 같다.

"난 같은 방을 써서 아는데, 캄피오네는 가업을 물려받기 싫다고 부모님과 옥신각신했어. 뭔가 하고 싶은 일이 있었던 모양이야."

잘 닦여진 길 위를 걸어가야만 하는 건 자산가에 태어난 놈의 숙명이다. 그것을 거역한다면 당연히 모든 것을 버리게 될 것이다.

한참 있다가 라스베이거스로 날아갔을 때는 카지노 왕에게서 이상한 이야기를 들었다. 웬걸, 그 캄표가 뒷세계에서 제법 얼굴이 알려져 있다는 것이다.

"처음에는 경호원으로 시작했다고 들었어. 지금은 위조지폐를 만들어서 악덕업자의 도박장을 휩쓸고 다니는 것 같아. 믿겨지냐? 캄피오네가 서민의 영웅이라니까?"

그 냉혈한인 캄표가 간접적이라고는 하나 남을 돕다니 도무지 믿을 수가 없다.

나는 선물로 받은 마카다미아 너트를 쪼아 먹으면서 고향으로 날아갔다. 거기서 호텔 왕으로부터 들은 이야기에 고개를 너무 갸웃한 나머지 난 픽 쓰러져 버린다.

"캄피오네, 지금은 일본의 어느 카페에서 점원 일을 하고 있다나 봐."

뒷세계의 유명 인사에서 카페 점원. 대체 뭐가 캄표를 그렇게 만든 거지 하고 옆으로 쓰러진 채 생각한다.

"하지만 참 바보같은 녀석이야. 그런 대단한 집에 태어났으면서 전부 버리다니. 결국은 그 녀석도――아야! 하지 마!

쪼지 마, 이 새야!"

나는 타자기와 반지를 매달고 일본으로 건너갔다.

딱히 캄표가 걱정이 된 건 아니다. 반지의 온기로 인해 그녀가 그리워졌을 뿐이다.

일본으로 온 뒤로는 역시 카페를 돌아다니면서 소설을 썼다(그때 나한테 일어난 불행은 『개미핥기 도장집』 1권 후기를 참조하길 바란다).

안타깝게도 그녀는 찾지 못했다. 모국과 비슷한 규모의 섬나라이면서도 이 나라는 의외로 인구가 많다. 당연히 자그마한 캄표는 전혀 눈에 띄지 않았다.

그러나 무슨 업보인지 나는 아무런 연고도 없는 이 땅에서 소설가로 정식으로 데뷔하게 되었다. 정말이지 새의 일생이란 알 수 없는 노릇이다.

그런 사정으로 나는 이 나라에 장기간 머물게 되었다.

날마다 열도를 날아다니며 견문을 넓히고 그것을 부리로 풀어낸다. 문화의 차이는 이국이라기보다 이세계 같았지만 창작 의욕은 충분히 자극을 받았다. 문호 고이즈미 야쿠모(영국 출신으로 일본에 귀화한 작가)와 같은 심정이었을 것이다.

하지만 이 나라에서 곤란한 일이 하나 있다. 잉크 리본이 없는 것이다.

언어의 차이로 영문 타자기가 보급되지 않았기 때문인지 비둘기용은 고사하고 인간의 것조차 제대로 취급하지 않았다. 덕분에 오래된 문구점을 찾으면 먼지를 뒤집어쓴 잉크 리본을 몽땅 사들이는 판국이었다. 처녀작의 인세는 전부 잉크 리본 값으로 사라졌다고 해도 과언이 아니다.

그 말을 들으면 많은 사람들이 이렇게 생각할 것이다.

'그런 상황에서, 타자기가 고장이 나 버리면 어떡해?'

내가 어떻게 했냐면 '눈앞이 캄캄해졌다'이다.

탁탁 신작을 타자기로 쓰고 있던 어느 날, 갑자기 'E' 글자가 찍히지 않았다. 세게 쪼아 봐도 힘껏 입김을 불어도 'E'만이 가타부타 말이 없다.

나는 실로 난처했다. 이런 이국땅에서는 수리업자도 찾지 못할 것이다. 그렇다고 모국으로 돌아갈 시간도 없다. 왜냐하면 마감이 내일이다.

거기서 문득 생각났다. 옛날에 어니스트 빈센트 라이트(미국의 작가)가 'E'가 포함된 단어를 쓰지 않고 5만 자로 된 소설을 썼다는 것을.

그렇지만 나머지 열 몇 장을 'E'를 안 쓰고 써 본들 무슨 칭찬을 받을 수 있겠는가. 나는 어중간한 것을 싫어한다.

그렇다면 'E'만 펜으로 쓰라는 얘긴데, 그건 안될 말이다. 이야기를 풀어내는 에너지라 함은 대개 부리에서 나오는 법이다. 두 마리 토끼를 잡으려다 한 마리도 못 잡는다는 속담도 있지 않은가.

나는 사람이 없는 공원 벤치에 쭈그리고 앉았다. 상당히 우울하다. 변명만 하고 있다고 생각하겠지만 나는 제대로 쓰고 싶은 것뿐이다.

시선 끝에서 집비둘기가 한가롭게 빈 과자 봉지를 쪼아대고 있다. 분명 녀석들은 아무 생각도 하고 있지 않을 것이다. 부러운 이야기다. 나도 다시 태어난다면 평범한 비둘기가 되고 싶다. 아니, 그렇지도 않은가.

"비둘기가 비둘기를 보면서 생각에 잠겨 있네……."

내가 있는 벤치 바로 옆에서 소녀가 신기한 듯이 이쪽을 보고 있었다. 교복을 입고 있으니 고등학생이겠지만 어딘지 모르게 빈틈이 없어 보이는 얼굴이다.

"훗호, 훗호."

나는 날 좀 가만 놔둬 하고 혼잣말을 하고 석양에 반사되는 저수지로 눈을 돌렸다.

"내 말을 알아듣는 것 같네. 점장님이랑 다른 타입인가."

"쿠쿠, 훗호, 훗호."

상관 말고 그냥 내버려 두라고 하고 대답하자 소녀가 "음?" 하고 미간을 찌푸렸다. 왜인지 내 새가슴을 응시하고 있다. 뭐, 이 근방의 비둘기와는 다르게 잘 단련되어 있으니

보고 싶어 하는 마음은 모르는 것도 아니다. 나는 크게 가슴을 펴 주었다.

"거기 비둘기 씨, 뭔가 곤란한 일이 있으시면 우리 가게로 오지 않을래요? 점장님이라면 분명 비둘기 씨께 힘이 될 수 있을 거예요."

무얼 착각했는지 소녀는 묘한 제안을 해 왔다. 마음은 고맙지만 그 가게가 골동품 가게가 아닌 이상 가 봐야 헛걸음이다.

"뭐, 힘은 될 수 없을지도 모르지만, 거기서 생각에 잠겨 있어 봤자 아무것도 해결되지 않을 걸요?"

아픈 곳을 찔렀다. 확실히 이런 용수로 변에 있는 공원에서 기다리고 있어도 타자기 수리업자는 나타나지 않는다.

"마음이 내키면, 제 뒤를 따라오세요."

소녀가 발길을 휙 돌렸다. 이 나라 사람들은 '예의'를 중히 여긴다고 한다. '예의'란 대가를 바라지 않는 친절, 혹은 박애정신과 비슷하다. 이러한 소녀에게까지 그 정신이 계승되고 있다는 것에 감탄하여 나는 "호호오" 하고 울었다.

예의에는 예의로 답해야 할 것이다. 그렇게 생각하고 날아오르려는데 소녀가 천천히 뒤를 돌아봤다.

"혹시나 해서 물어보는 건데요, 비둘기 씨, 돈은 가지고 계시겠죠?"

4

소녀에게 이끌려 도착한 곳에는 붉은 벽돌로 지어진 건물이 있었다. 그 모습으로 미루어 보건대 아무래도 찻집 같다.

有久井印房

나는 한자에 약해서 차양에 적힌 가게 이름은 읽을 줄 모른다.

그러나 세상 어디에서나 카페라 불리는 음식점은 가게 앞에 메뉴판이 늘어서 있고 커피 향을 풍기는 법이다. 여기도 비슷한 경관을 보여주고 있으니 내 추측이 거의 맞을 것이다.

"점장님, 오리……아니, 비둘기 데려 왔어요."

입구의 문을 열고 소녀가 툭 말을 내뱉었다.

아무래도 소녀는 가게의 종업원이었던 것 같다. 별것 아니다. 소녀는 예의를 중시한 게 아니라 단순히 한가해 보이는 새를 발견하고 호객 행위를 한 것뿐이었다.

비둘기를 오리 취급하는 건 말이 안 된다. 나는 소녀를 부리로 쪼려고 급강하한다.

그러자 카운터 안쪽에서 예기치 못한 목소리가 들렸다.

"어서 오세요. 아, 문사 비둘기로군요. 신기하네요."

발언한 자를 보고 놀란다. 웬걸, 남부작은개미핥기다. 나도 세계 각지를 날아다녔지만 카페에서 일하는 개미핥기는 처음 봤다.

"왠지 고민이 있어 보여서요. 비둘기 씨, 뭐로 주문하시겠어요?"

소녀가 메뉴판을 내밀자 나는 반사적으로 카운터에 앉아 버렸다. 습관이란 무섭다.

그러나 더 무서운 건 메뉴판에서 이걸 발견했을 때다.

'비엔나커피'

나도 이 나라에 온 지 제법 되었기 때문에 한자는 무리라도 가타카나는 읽을수 있다. 직업상 말도 제법 익혔기 때문에 그게 '비엔나소시지가 들어 있는 커피'를 뜻하는 말로 이해했다. 비엔나소시지는 소시지의 일종으로 기본적으로는 맥주 안주다. 이 나라에서는 문어 모양으로 칼집을 내서 도시락에 담거나 어묵 조림에 들어가는 속 재료로 쓰기도 하는 모양이다. 그것만으로도 나에게는 이해의 범주를 넘어서지만 비엔나소시지를 커피에 띄운다는 발상은 어디에서 나오는 걸까. 개미만 잡아먹는 종이 생각하는 바는 도통 알 수가 없다. 그러나 몹시 흥미를 자아내게 했다.

"후루후루포."

"알겠습니다. 잠시만 기다려 주세요."

내가 비엔나커피를 주문하자 개미핥기는 가볍게 눈인사를 하고 커피밀을 득득 돌리기 시작했다. 역시 직접 대화를 할 수 있다는 건 정말 멋지다. 편집부에서도 멀지 않으니 맛이 좋으면 단골가게로 삼지 못할 것도 없다.

잠시 후 가게 안에 좋은 향이 감돌았다. 나는 눈을 감고 냄새를 즐긴다. 글 쓰는 일을 생업으로 하는 자는 사람과 새를 가리지 않고 커피라면 사족을 못 쓴다.

"여기, 비엔나커피입니다."

카운터 위에 김이 나는 찻잔이 놓였다.

하지만 정작 중요한 비엔나소시지가 안 들어 있다. 대신 까만 커피 위에 떠 있는 건 아무래도 휘핑크림 같다.

"후룻후?"

"오, 그렇군요. 오스트리아의 '아인슈페너(에스프레소에 물을 넣어 희석한 후 휘핑크림을 얹은 커피)'와 비슷한 것을 일본에서는 '비엔나풍'이라는 뜻을 담아서 비엔나커피라고 부르죠. 원하시면 비엔나소시지도 드릴 수 있는데."

"어? 혹시 이 비둘기 씨, 비엔나커피에 비엔나소시지가 들어있는 줄 알았던 거예요? 요즘 세상에 초등학생도 그런 소리 안 하는데."

소녀가 키득키득 웃은지라 나는 화가 치밀었다. 이 여자애는 보기와는 달리 성격이 나쁘다. 그녀와는 너무 차이가 난다. 살짝 뜨끔한 맛을 보여 주마.

"그, 그러고 보니, 무슨 고민이라도 있으신가요? 전, 점장 아리쿠이입니다."

내가 화났다는 것을 눈치챘는지 점장이 재빨리 화제를 바꿨다. 소녀의 태도는 마음에 안 들지만 일단은 날개를 접고 사정을 이야기한다.

"그렇군요. 타자기를 수리해야 한다고요."

나는 고개를 끄덕이면서 비엔나커피를 홀짝였다.

"훗?"

놀랐다. 맛이 아니라 그 온도에 말이다. 나는 상당히 오랫동안 이야기했을 텐데 커피가 전혀 식지 않았다.

"아뇨, 고온으로 커피를 내린 게 아니라, 휘핑크림이 뚜껑 역할을 해서 그럴 겁니다."

"호호."

과연. '식어도 맛있는 커피'를 뛰어넘는 '식지 않는 커피'인가. 집필 중에 오래 눌어붙어 앉아 글을 써야 할 때는 참으로 고마운 아이디어라고 할 수 있을 것이다.

감탄하면서 한 번 더 홀짝이자 이번에는 그 맛에 탄성이 절로 나왔다.

커피에 떠 있는 휘핑크림을 보며 나는 도심의 감각적인 카페에서 마실 수 있는 '풍미가 어쩌고저쩌고' 하는 맛을 상상했다. 그런데 천만에, 실제로 비엔나커피는 상당히 개성이 강한 맛이다. 크림이 녹기 시작한 부분은 카푸치노와 비슷한 '단맛이 도드라진 쓴맛'이 있지만 커피만 단독으로 마셔도 또 다른 '단맛이 도드라진 쓴맛'이 있었다.

"커피를 진하게 추출하고, 바닥에 미리 굵은 황설탕을 넣어 두었지요."

"호호."

그것이 정통 스타일인지 점장의 아이디어인지는 모르지만 비엔나커피는 상당히 독특한 음료다. 언뜻 보기에는 이질적으로 보이지만 위에 얹은 휘핑크림의 단맛이 좋다. 나도 가끔은 '산뜻한 쇼트케이크를 먹고 싶은데' 하는 기분이 들 때가 있는데, 그건 특별히 딸기나 스펀지케이크를 원하는 건 아니다. '살짝 생크림을 핥아 먹고 싶다' 정도의 마음인 것이다. 비엔나커피는 그 소망을 적당히 충족시켜 준다.

"쿠룻쿠."

"'사나이의 음료' 같다고요? 네, 그럴 겁니다. 확실히 비엔나커피는 보기보다 남성미가 있을지도 모르겠네요."

나는 완전히 비엔나커피의 팬이 되어 버렸다. 이 조용한 가게 주인도 제법 말이 통한다. 가능하면 내일부터는 여기서 집필하고 싶다.

그러나 그러기 위해서는 먼저 'E'를 칠 수 있게 해야 한다. 나는 어떻게 안 되겠느냐고 가게 주인에게 통사정을 했다.

"그러고 보니 카피오, 인쇄기 수리도 할 수 있다고 했지?"

아리쿠이 씨가 고개를 돌린 곳, 카운터 끄트머리에 노트북이 놓여 있었다. 그 앞에 버러지를 보는 듯한 눈을 한 갈색 생명체가 앉아 있다.

낯이 익는 정도가 아니다.

거기에 있던 건 캄표였다.

"꼬, 꼬꼬댁, 꼬꼬!"

놀란 나머지 목소리가 뒤집혀 닭이 된다.

"아, 역시 비둘기 씨, 카피오랑 아는 사이였군요. 같은 반지를 가지고 있어서 그렇지 않을까 했거든요."

소녀가 보고 있던 것은 내 새가슴이 아니라 목에 건 반지였던 것 같다.

'그나저나 같은 반지라고?' 하고 캄표를 보자 그 얇은 왼쪽 앞발가락 끝에 모교의 휘장이 들어간 칼리지 링이 끼워져 있었다.

"그 반지는, 카피오가 직접 디자인해서 새긴 거예요. 그럼, 비둘기 씨와는 친구?"

소녀의 말에 소스라치게 놀랐다. 이 반지는 그녀가 새겨

준 게 아니었다는 건가? 심지어, 캄표가 새겼다고?

"카피오는 우리 가게에서 명함이나 스탬프 디자인을 하고 있거든요. 바쁠 때는 주방에도 서 주기도 하고요."

나는 입이 다물어지지 않는다. 왜냐하면 이 녀석은 캄표인 걸? 그 카피바라 그룹의 자제라고. 서야 할 곳은 주방이 아니라 세상의 정점이란 말이다.

여전히 눈을 희번덕거리는 나를 캄표의 냉담한 눈이 흘끔 쳐다봤다.

"타자기를 수리하려면, 조건이 있다."

어딘가 믿을 수 없는 기분이었지만 그건 그야말로 캄표의 목소리였다.

5

그날부터 나는 아리쿠이 도장포에 눌러앉게 되었다.

캄표가 수리해 준 타자기는 쾌조를 보였다. 놈이 어디서 그런 기술을 익혔는지는 묻지 않았다. 라스베이거스에서 위조지폐를 만들었다던 과거는 어차피 소문이다. 타자기도 스탬프도 구조는 비슷해서 고칠 수 있었다. 일단은 그렇게 생각하기로 했다.

캄표는 옛날과 마찬가지로 지금도 과묵하다. 때때로 나직하게 같잖은 대사를 내뱉거나 일본어 연습으로 마음에 든 말장난을 하기도 하지만 기본적으로는 거의 말이 없다. 따라서 졸업 후에 놈이 어떤 방식으로 살았는지는 분명하지 않다.

그렇긴 해도 가게 안에서 관찰하고 있노라니 여러 가지로 알 수 있었다.

캄표는 명함이나 스탬프를 기획하고 제작하는 일을 한다. 직접 컴퓨터로 디자인을 하고 손님이 마음에 들어 하면 안쪽 공방에서 고무도장을 제작한다.

그러는 동안 놈은 계속 싸늘한 눈을 하고 있지만 완성된 제품을 보고 손님이 기뻐하면 살짝 미소를 지었다. 나와 바리츠로 싸웠을 때 자주 보이던 눈이다. 상대가 어린애라면 그 눈은 점점 가늘어진다.

아마도 이게 캄표가 '하고 싶었던 일'일 것이다. 은하수를 건너는 레일 위를 걷는 것보다 단단히 대지에 묻힌 노면 전차(트램)의 선로를 넘고 싶다. 그런 결론에 이르는 여행을 저 녀석은 계속해 온 것이라고 생각한다.

그러고 보니 학창 시절에도 캄표는 아무렇지 않게 판화 클럽의 대표를 맡았었다. 그건 의외성을 연출하려고 했던 게 아니었던 것 같다.

왜냐하면 그날 캄표가 나에게 들이댄 '타자기를 고치는 조건'도 그것과 관련되었기 때문이다.

'네가 걸고 있는 그 반지를, 점장님한테 맡겨서 새로 새겼으면 좋겠어.'

내가 그녀에게서 받은 그 시그닛 링은 원래는 캄표가 연습 삼아 만든 작품이었던 것 같다. 확실히 건네주기는커녕 보여 줄 생각도 없었던 것을 그녀가 마음대로 가져갔던 걸로 보인다.

그녀가 왜 그런 행동을 했는지에 대해서는 일단 넘어가자.

이 조건에 아리쿠이 씨는 두 앞발을 벌리고 위협 포즈를 취하면서 맹렬히 반대했다.

칼리지 링으로 제작된 것일지라도 시그닛 링의 주요 용도는 도장이다. 새로운 도장을 파는 건 상관없지만 아직 쓸 수 있는 반지의 인면을 깎아내는 건 처음에 새긴 장인을 모욕하는 것 같아서 바람직하지 않다는 것 같다.

그러나 이번 경우는 새긴 본인이 의뢰한 것이다. '제대로 된 도장으로 만들어 달라'고. 그렇지 않으면 타자기는 수리하지 않겠다고.

나로서는 캄표가 반지를 다시 새기고 싶어 하는 이유를 알 수 없었다. 만듦새가 마음에 들지 않는다면 한마디 말로 '버려라'라고 하면 된다. 물론 그렇게 할 마음은 없지만 이 조건으로 캄표에게 무슨 득이 있을 것 같지는 않다.

아리쿠이 씨와 캄표의 의논은 끝없이 이어졌다. 아마도 장인의 고집과 자부심의 문제일 것이다. 나는 당사자인데도 배제되었다.

이윽고 영업시간의 끝이 다가오고 내가 우사 양에게 훌라(트럼프 카드를 사용하는 마작 형태의 카드놀이)로 32번을 내리 졌을 즈음, 겨우 아리쿠이 씨가 뜻을 굽혀 주었다. 덕분에 가까스로 마감에는 맞출 수 있었다.

그리하여 나는 아름다운 글씨로 다시 새겨진 시그닛 링을 손에 넣었다. 전의 비뚤어진 모양의 '조너선 하트민스터'도 싫지는 않았지만 이건 이것대로 좋다.

그렇지만 연습용으로 만든 것이라고는 해도 나의 이름을 새겼기 때문에 캄표 녀석, 처음부터 반지를 나한테 줄 생각이었던 건 아닐까?

가게 안에 둘만 있을 때 물어봤더니, '전교생 수만큼 새겼다'라고 쌀쌀맞게 대답했다. 심지어 '오히려 내가 묻고 싶네. 내가 너한테만 새겨 줘야 하는 이유를 말이야' 하고 코웃음을 쳤다. 캄표는 나에게 밉살스러운 말을 할 때만 수다스러워진다.

여전히 얄미운 놈이지만 나도 졸업 후에는 캄표를 밉지 않게 생각하고 있었다. 따뜻한 옛 친구는 아니지만 모국에서 떨어진 머나먼 이국에서 재회했으니 좀 더 친해져도 좋겠지. 그렇게 생각했었다.

그러나 어느 때를 기점으로 캄표야말로 내 평생의 적임을 뼈저리게 느꼈다.

아리쿠이 도장포 맞은편에는 잇슨도라는 문구점이 있었다. 주 4일 영업이라는 상당히 개성 강한 가게다.

그날도 평소처럼 테이블석에서 집필하고 있던 나는 타자에 지쳐 아무 생각 없이 고개를 돌렸다. 그러자 잇슨도에서 가게를 보고 있던 인물과 눈이 마주치고 새총에라도 맞은 것처럼 기겁을 한다.

그녀다. 내 바리츠 대결을 5년 동안 지켜봐 준 그 소녀가 완전히 성인이 되어 문구점에서 유연하게 미소를 짓고 있었던 것이다.

내가 꼬끼오 하고 닭같이 굴고 있자 소식통인 우사 양이 가르쳐 주었다.

그녀는 몇 년 전에 잇슨도 주인에게 시집을 와, 이발관도 하는 남편을 대신해서 문구점을 꾸려 나가고 있는 것 같다. 그 수심에 찬 표정에 동네 남자들은 맥없이 쓰러지고 그녀를 '초트 씨'라는 애칭으로 부르며 용건도 없는데 가게에 죽치고 있다고 한다.

잇슨도가 주 3일 쉬는 것은 부인이 가족과 휴일을 맞추기 위해서라고 한다. 왜냐하면 남편은 초혼이 아니라 이미 성인이 된 외동딸도 있기 때문에 부인은 가족과의 시간을 각별히 소중히 여기는 듯하다.

그러나 정작 중요한 건 이제부터다.

캄표가 아리쿠이 씨네서 일하게 된 건 초트 부인의 소개가 있었기 때문인 것 같다. 그러나 부인과 캄표가 어떤 관계인지는 우사 양조차 파악하지 못하고 있다고 한다.

하지만 나는 알 수 있었다. 초트 부인이 가게 안에서 캄표를 보는 눈은 내가 테이블석에서 잇슨도의 그녀를 보는 눈과 같다.

그걸 깨달은 날부터 나는 캄표와 친해지려는 생각을 버렸다. 허점을 보이면 바리츠로 대결도 했다. 뭐, 아리쿠이 씨가 위협 포즈로 중재를 하기 때문에 지금껏 승리를 거둔 적은 없지만.

그러나 나는 언젠가 반드시 그 반쯤 풀린 눈을 한 서생원 놈을 쓰러뜨려야 한다.

그렇게 하지 않으면 '가족을 끔찍이 생각하는' 부인의 주 3일의 연휴가 거짓말이 되어 버리지 않겠는가. 유부녀이면서 캄표를 연모하고 있는 것에 대한 '속죄'로 가게가 쉬는 날에는 가족과의 시간을 소중히 여기고 있는 것처럼 보이게 될 게 아닌가.

그래서 나는 캄표를 이겨야만 한다. 놈을 이기고 그녀의 눈을 뜨게 하기 위해 난 이 가게에 있는 것이다.

그렇기는 하지만 나와 캄표가 싸우고 있으면 길을 사이에 둔 잇슨도에서 초트 부인은 언제나 기뻐해하는 표정을 지었다. 그 우아한 미소를 보고 있노라면 내가 그릇된 의심을 하고 있는 것 같은 생각이 들기도 한다.

때때로 그녀는 마치 인연을 지켜보는 신수와도 같았다.

6

타자를 치는 목이 피곤해지면 아리쿠이 씨에게 커피를 부탁하고 아뜨뜨 하고 지저귀면서 창밖을 본다. 건너편 잇슨도에서 가게를 보는 초트 부인을 바라보며 넌지시 한숨을 쉰다. 그러고 나서 주위에 폐가 되지 않을 정도로 다시 조용히 목을 흔들어 글자를 친다.

그게 요 몇 년간의 나의 일상이다.

가끔은 이 책의 취재차 가게 안을 관찰하기도 한다.

구석의 테이블석에서 홍차를 마시고 있는 청년은 탁자 위에 풀은 손목시계와 지갑을 같은 간격으로 나란히 놓는다. 이런 종류의 사람들은 항상 남이 나를 어떻게 볼지를 의식하고 있기 때문에 머잖아 역 앞의 멋스러운 카페로 옮길 것이다. 아마 아리쿠이 씨나 캄표의 존재도 모르고 있을 거다.

카운터에서 콜라를 마시고 있는 학생은 나를 본받아야

한다. 스마트폰을 보면서 놓여 있는 콜라의 빨대를 물고 있기 때문에 자세가 몹시 나쁘다. 요즈음 이런 무리들이 남녀를 불문하고 늘고 있다. 스마트폰을 하지 말라고는 안 하겠지만 가끔은 비둘기처럼 가슴을 펴고 세상을 바라보았으면 좋겠다. 그렇게 하면 아리쿠이 씨 같은 존재를 못 보고 넘어가는 일도 없다. 1인석에 앉은 회사원으로 보이는 여자가 탁자 밑에서 펌프스를 벗고 발을 비비기 시작했다. 곧바로 우사 양이 에어컨 온도를 올린다. 여고생일 때에 비하면 우사 양은 손님을 유치하는 것 말고도 눈치가 보통이 아니다.

말씨가 나쁜 건 여전하지만 언제나 사람을 잘 본다.

아리쿠이 씨에 대해서는 아직 잘 모르겠다. 이 가게 주인이 개미핥기임에도 인간의 말을 할 줄 아는 것은(나에게는) 그다지 신기하지는 않지만 아무래도 나나 캄표와는 태생이 다른 것 같다는 느낌이 든다.

왜 그런고 하니 손님인 안경잡이가 갑자기 머리를 빨갛게 물들이고 온 날, 나와 캄표는 몹시 부들부들 떨었다. 빨강은 자연계에서는 경고의 색이다. 그 몸에 독을 품고 있는 생명체는 대체로 몸빛이 붉다.

그런데 아리쿠이 씨는 빨간 머리를 보고도 딱히 반응을 보이지 않았다. 직업상 붉은색에 익숙해져서 그런 건지도 모르지만 그건 캄표도 마찬가지다.

그럼에도 아리쿠이 씨는 동물도 아니고 사람도 아니다. 그러면서 양쪽 모두에 해당되는 것처럼 느껴진다.

뭐, 이제 와서 정체를 파헤치려는 생각은 없지만 머잖아 내가 모국에 돌아갈 즈음에는 한두 가지쯤 과거 이야기도 들을 수 있지 않을까 생각한다.

끝으로 캄표에 대해 언급하기 전에 이 책에서 다룬 손님들의 뒷이야기를 쓰도록 하겠다.

아리쿠이 씨는 종종 '인연'이라는 말을 입에 담곤 한다. 그것을 단순한 우연으로 뚝 잘라 버리는 건 쉽다. 내가 여기서 커피를 홀짝이면서 소설을 쓰고 있는 것도 '인연'이라기보다는 '숙명'에 가깝다.

하지만 이렇게 가게 안쪽에서 도장집을 찾는 사람들을 보고 있노라면 그 희비가 엇갈리는 것을 표현하기에는 '인연' 이외에 적당한 말이 없는 것도 사실이다.

올해 봄, 도장포에서 자그마한 파티가 열렸다.

평소 같으면 휴업일인 일요일에 미하라시 용수로에 등롱을 띄우는 행사를 구경하면서 어떤 남녀가 결혼식 뒤풀이 자리를 마련한 것이다. 종업원은 물론이고 나 같은 단골까지 초대를 받은 것은 신부에게 여러 가지로 생각하는 바가 있었기 때문일 것이다.

늘 시끄러운 금발과 적발의 단골손님은 이 역시 단골인 더벅머리와 처음 보는 좀 뚱뚱한 남자를 데려와 밴드 연주를 했다. 한 곡을 끝낸 시점에서 주변으로부터 불만이 터져 나와 결성하자마자 바로 해산되었다. 당연하다. 염원한 대로 대학에 합격했다지만 놈들은 너무 들떠 있다.

크림소다 소녀도 친구 둘을 동반하여 댄스를 선보였다. 주말에 노조미구치역을 뚜뚜, 뚜뚜 소리를 내며 거닐자 '유카리(인연) 데크'라고 불리는 보행자 통로에서 소녀들이 춤 연습을 하고 있는 것을 우연히 봤다. 건물 유리창에 자신을 비추고 춤추는 소녀는 처음 도장포를 찾았을 때와 비교해서 표정에 자신이 가득 차 있었다. 소녀를 몰래 바라보며 눈물을 흘리고 있는 아버지의 모습은 못 본 척을 해 준다. 저 아버지는 딸의 적에 대해 '연을 끊는다'는 선택을 했다. 딸과 같은 시점에 서야 가능한, 어머니의 사랑을 닮은 사나이의 결단이다.

아무런 관계가 없는 사람과 사람, 혹은 사람과 사람 이외의 무언가의 사이에서 생겨난 연결고리를 우리는 '인연'이라고 부른다.

그러나 내가 아리쿠이 도장포에서 봐 온 '인연'은 연결 고리의 탄생만이 아니다.

서로에게 부정적인 부모와 자식, 오해로 엇갈리는 남녀와 심하게 꼬인 우정이라는, 멀어진 인연이 다시 만나는 장면도 직접 목격했다.

앞으로 나에게도 그러한 복연이 있을지는 모르겠다며 목에 건 시그닛 링을 보며 생각한다.

벽에 걸린 오리너구리 그림을 사이에 두고 서로 반대편에 있는 새와 짐승 또한 '인연'이라는 연이 멀어진 존재라는 생각이 들지 않는 것도 아니다.

자, 여기까지 길게 썼는데 내가 전하고 싶은 건 한 가지다.

작품 속에서 캄표는 '카피오'로 불리고 있지만 이건 놈이 카피바라속인 것과는 무관하다.

과묵한 캄표에게서 이름을 알아낼 때 우사 양은 '분신사바'를 이용했다고 한다. 그때 캄표는 스스로를 '캄피오네'라고 이름을 대고 싶었을 것이다.

그러나 일본에 온 지 얼마 되지 않아 일본어가 서툴렀기 때문에 '카피오'가 되어 버린 것으로 생각된다.

난 빵 터졌다. 이야, 썼다, 썼어. 쌤통이다.

이것으로 볼일은 끝났으니 감사의 말로 옮겨 가도록 하겠다.

우선은 이번에도 등장을 흔쾌히 허락해 준 도장포 식구들과 출연 의뢰가 전달이 됐는지는 확실치 않지만 찾아 주신 모든 분들께 감사 인사를 드리고 싶다.

또한 매번 죄송함을 느끼며 오랫동안 원고를 기다려 주신 담당 편집자님께 사과를 그리고 작품 속의 다양한 장면과 인물과 식사를 그 삽화로 필자보다 훨씬 더 큰 감동을 독자에게 전해 주신 일러스트레이터 사사키 요시유키 씨에게 진심으로 감사의 말씀을 드리고 싶다.

　그럼, 다시 만나는 날까지 건강히 지내시기를.

조너선 하트민스터

삽화를 담당했습니다.
따뜻한 세계관을 가지고 있는 이 작품을 다시 만나게 되어
한 명의 독자로서도 매우 기쁘게 생각합니다.
모두 다 즐겁게 그릴 수 있었습니다만, 특히 1권 때보다
그리고 싶었던 하트민스터 씨를 그릴 수 있어서
대만족입니다.

사사키 요시유키

옮긴이의 말

삶의 헌옷을 벗고 새 옷을 입는, 이전의 나에서 새로운 나로 거듭나는 지점을 인생의 전환점이라고 부릅니다. 사람은 저마다 놓인 사정과 형편에 따라 강도의 차이는 있겠지만 채 인지하지 못하는 사이에 생의 마디마디에서 삶의 고비를 맞이하게 됩니다. 그것이 누군가에게는 사춘기가 될 수도 있고, 또 누군가에게는 연인과의 이별의 아픔이 될 수도 있으며, 사랑하는 이의 죽음 등이 그 계기가 되기도 합니다. 그 과정에서 크고 작은 마음의 성장통을 겪습니다. 그리고 마치 어둡고 긴 터널 같았던 격통을 겪고 나서야 비로소 새로운 삶의 주인으로 성장해 있는 나를 발견하게 되고, 곧 인생의 성숙기에 접어드는 것이지요. 오롯이 혼자만의 힘으로 생의 힘겨운 언덕을 오를 수 없을 때, 곁에서 손을 잡아주고 함께 그 길을 오르는 이가 있다면 분명 주저앉지 아니하고 무사히

고비를 넘기게 될 것입니다.

'개미핥기 도장집'은 바로 그 동행자 같은 존재입니다. 구체적으로는 가게 주인인 아리쿠이 씨와 인연을 맺음으로써 삶의 격랑 속에서 표류하던 보통의 사람들이 긍정적이고 좋은 방향으로 변모하게 됩니다. 남부작은개미핥기인 아리쿠이 씨는 섣불리 위로의 말을 건네기보다는 그저 조용히, 정성스레 담아낸 음식과 맛있는 차로 가게를 찾아온 손님들의 지친 몸과 마음을 달래줍니다. 소통의 부재로 한없이 어긋나기만 하는 한 부모 가정과 오랜 오해와 편견으로 좀처럼 앞으로 나아가지 못하는 남자와 여자 그리고 누구보다 찬란하고 빛나는 청춘을 보내고 싶어 하는, 아이와 어른의 경계에 선 젊은이들, 누구에게도 말 못 하는 가슴앓이를 하는 생계형 작가까지 모두들 우연을 가장한 필연으로 도장 가게 겸 찻집이라는 이 독특하고 소박한 공간에 찾아와 찬찬히 미소를 되찾고 다시 일어설 용기를 얻습니다.

작가는 이들의 엉킨 실타래 같은 고민들을 해결하는 데 중요한 중간 역할을 도장에 맡깁니다. 막도장, 인감도장, 시그닛 링, 사찰 참배 기념 스탬프 등 그 쓰임에 대해 친절하게 설명해주고 자연스레 각각의 사연에 대입시켜 풀어나갑니다. 어디로 튈지 모르는 재치 있는 필력에 예리한 통찰력을 녹여내어 웃음과 아릿한 감동을 선사합니다. 또한 인간이기에 짊어져야 할 '역할과 책임'이라는, 자칫 무거워질 수 있는 메시지를 특유의 너스레로 에둘러 전하는 대목에서는 작가의 삶의 철학마저 엿보이는 듯합니다. 부모와 자식 간의 마땅히 지켜야 할 도리와 책임, 친구나 연인 사이에 성립하는, 눈에 보이지는 않으나 반드시 거기에 존재하는 약속 등 여러 형태의 역할과 책임에 대해 무겁지 않으면서도 유쾌하게 그려냈습니다. 이 작품은 MZ세대, 즉 부모와 자녀 세대를 아우르는 독자에게 가볍지만 깊고 개운한 맛을 느끼게 해줄 것입니다. 여기에 하토미 스타 작가가 작품 속에서도 언급한, 지금은 고인이 된 리버 피닉스의 반항기적인 십 대 연기를 볼 수 있는 영화 〈스탠 바이 미(Stand By Me)〉와 주제곡으로 쓰인 벤 이 킹(Ben E. King)의 〈Stand By Me〉를 함께 감상하시면 작품의 여운을 더 오래, 깊이 가져갈 수 있지 않을까 합니다.

지금 삶의 고비에 휩쓸려 한없이 무언가에 기대고 싶다면, 신비하고도 묘한 '개미핥기 도장집'에 잠시 들렀다 가는 건 어떨까요. 마음 넉넉한 개미핥기 주인장이 비엔나커피를 내밀며 그 동글동글하고 까만 눈으로 이렇게 넌지시 건네줄 것입니다.

당신의 오늘을, 응원합니다.

정선옥

개미핥기 도장집 2

2022년 9월 23일 1판 1쇄 인쇄
2022년 9월 30일 1판 1쇄 발행

지 은 이   하토미 스타
일 러 스 트   사사키 요시유키
옮 긴 이   정선옥
발 행 인   유재옥
본 부 장   조병권
편 집 1 팀   김준균 김혜연 박소연
편 집 2 팀   정영길 조찬희 박치우 정지원
편 집 3 팀   오준영 곽혜민 이해빈
디 자 인   이가민
라 이 츠   맹미영 이승희 이윤서
디 지 털   박상섭 김지연
발 행 처   (주)소미미디어
등   록   제2015-000008호
주   소   서울시 마포구 토정로 222, 403호(신수동, 한국출판콘텐츠센터)
판   매   (주)소미미디어
제 작 처   코리아피앤피
영   업   박종욱
마 케 팅   한민지 최원석 최정연
물   류   허석용 백철기
전   화   편집부 (070)4253-9250, (070)4164-3960 기획실 (02)567-3388
           판매 및 마케팅 (070)4165-6888, Fax (02)322-7665

ISBN 979-11-384-3432-4 (04830)
ISBN 979-11-384-3339-6 (세트)